文創風
love.doghouse.com.tw

狗屋硬底子，臺灣文創軟實力，原創風格無極限！

文創風 009

青瓷怡夢

之一〈願嫁良夫〉

琴瑟靜好 著

目錄

作者序		005
楔子		009
第一章	回到清朝	011
第二章	選秀	031
第三章	禮數	047
第四章	過年	065
第五章	調戲	081
第六章	指婚	099
第七章	鬧矛盾	117
第八章	新婚	135
第九章	胤祥回府	153
第十章	冷戰	173
第十一章	獻舞	193
第十二章	木蘭秋獮	213
第十三章	裂痕	235
第十四章	拒絕	259
第十五章	育兒	273
第十六章	失意	293

作者序

琴瑟靜好

寫《青瓷怡夢》那年我大四，法學專業所有的課程都已在上學期完成，而畢業論文答辯在來年的五月份。因此有很寬裕的一段時間可供我自由支配，《青瓷》便是在那一年的春節動筆寫的。

三十萬字前前後後寫了半年，每天似乎都有新的靈感，滔滔不絕而又源源不斷。寫完了，也畢業了。本該很傷情的季節裡我倒是沒有太多感觸。那時心氣高遠，一心只往遠處看，總以為未來是一個遙不可及但又無比美好的中轉站，邁過去定會人生絢爛。可等到真的繞過那個中轉站時，青春已然是泥沙俱下。

所以，《青瓷》的意義對我來說就顯得格外重要，那是青春時代的一本紀念冊，記載了那個年齡的我對於生活及愛情的一切感受和看法，雖然不成熟但是很真實。

這本書寫的是一個女孩子的成長史，一個自我、任性、小心眼但是又勇敢、豁達、有原則的女性一生的史詩。雖然是個現代人穿越到清朝的故事，但是想表達的卻是現代社會中我們經常會遇見的問題——在愛情與原則之間妳選哪個？

兩個互不相識毫無瓜葛的男女，他們來自相異的家庭，接受著不同的教育，生活圈子及朋友圈子完全沒有交集，兩個陌生人為什麼會相愛，進而組成一個家庭？還要生兒育女，相互扶持著走過一輩子？度過當初曾受荷爾蒙支配引起的戀愛狂熱期之後，剩下的能讓妳堅持陪他走過一生的信念在哪裡？

愛情是一種虛無縹緲的東西，是極夜裡永遠看不見的太陽，是心上永懷希望卻永遠看不到盡頭的一個念想。而性格的契合、相似的人生觀價值觀、必要時的一些忍讓才是讓生活維繫下去的根源吧？

因為片面的堅信只有自己的想法才是對的，所以小說裡的男女主人公才會有那麼多的冷戰，那麼多的怨懟及埋怨。有些時候我們的心明明是想讓事情朝著好的方面發展，可是努力的方向卻往往跟預期的相反，那麼多的無力湧上心頭，越漸地磨光了自己的耐性，最後終於落得一拍兩散的結局。在我們與他的這段關係裡，讓自己覺得不耐煩的不僅僅是對愛情的懷疑，而是撲面而來的煩惱已經觸及到了我們的最底線。

於是，又回到了開始的那個問題，愛情與原則妳選哪個？當我真的能夠想清楚這個問題的時候，我應該會同青寧一樣，這一生都過去了吧？所以，在最後的番外裡，當他們在現代遇到對方的時候，青寧選擇了退讓一些，因為她很明白物極必反的道理，太濃烈的愛那不是愛，反而是注定的失敗。

屬於我的最華美的大學時代已經過去，但是，我的生命卻不僅止於此。大家都一樣，不管處於人生的哪一個驛站，生命都在以流動的形態奔湧不息。所以，我們都要往前看。

很高興在大陸簡體版發行的同時能夠看到繁體版的上市，不瞞大家，今夕何夕的那個番外其實是特意為你們寫的，因為我當初設定的結局裡沒有這部分。兩個人沒有見上最後一面而抱憾終生——簡體版就是這樣的結束。由此可見，我骨子裡是有寫虐戀的潛力的⊙﹏⊙b……廢話說到這裡，如果你們有什麼想對我說的，可以到我的新浪微博留言，有微博的可以直接@琴瑟靜好。

最後，感謝你們的厚愛。

楔子

二〇〇六年初夏，離期末考越來越近的時候，我往圖書館跑的次數也越來越多。管理員是個大一的工讀生，見到我已經很習慣地微笑，並叫聲：「學姊，又來了。」我換了借書證，朝他笑了笑就進去了。

很熟練地走到第三列第二排，看著上頭寫著的「法學」列，輕輕嘆了口氣。我不喜歡這一科，可為了以後就業方便，便捨棄了自己最愛的中文系。不管怎樣，唸了兩年還是提不起興趣，總之，先把期末考過了再說。

我家中許多人都是文科出身，寫作、從政等等都幹得頭頭是道，當然也有棄文從武者，經常看見上了年紀的祖輩拿出族譜來一一講著各朝先人的許多事蹟，民國亂世中家族的勢力到了最高峰。我尤喜這一部分，對藍衣黑綢裙也有著莫名的興趣，便帶著憧憬的心成天幻想我要回到過去，回到民國經歷我渴望的生活。

刑法唸了一半，我已經十分不耐煩，去還書的時候經過「文史」列，我便停下了腳步，熟門熟路地找到了不知翻過多少次的《民國總史》。

帶著大海氣息的涼風輕輕吹進來，窗幔便隨之輕輕款擺起來，我倚在書架，緩緩靠坐了下來，一室寧和清靜。正在我埋首看得起勁的當頭，覺得後腦勺被狠狠砸了一下，我眼前亂冒金星，隱隱約約的好不容易看到「凶手」的樣子，年代久遠、已經泛了黃的書脊上寫著「清史」兩個字。心裡暗罵，看來前一個朝代對我十分不滿意。那好，我也來看看你好了。

我將它攤開在地上，隨手一翻，看到它記載的正是康熙朝末期的事。起身將它帶到閱覽區，我拉開凳子便坐了下來。

我一頁頁地看著書，看得忘記了時間，海風吹來，亂了書的頁數嘩啦啦一直翻個不停，我伸手按住，書上的字漸漸變得模糊，直到白茫茫的一片什麼都看不見，白熾的光非常明亮刺眼，我不得已使勁閉上了眼，明明坐著卻覺得身體處於空懸不受控制的狀態。意識模糊間，似乎聽到了兩個人在對話，我只含糊聽見一人說：「這就是我要找的人。」

「您的意思是……」

「是她該回去的時候了……」

第一章　回到清朝

康熙三十八年。

那是個夏日午後，溽暑難耐。空氣裡似乎有綠豆湯好聞的香氣，偶爾幾絲風吹進了屋子，拂在我臉上，半睡半醒之間，只覺得身邊似有低語聲。

睜開眼睛環顧四周，首先感覺到的是頭下的瓷枕，瓷器裡我最愛青花，一摸便知道這是青瓷做的。紅木的房頂很闊，細緻地雕著各種吉祥花紋，古樸典雅、細緻秀麗。房裡一個丫頭坐在床榻上一邊打著扇子，一邊昏昏欲睡，頭馬上要磕到床沿上。我伸手點了點她的額頭，她驚醒，急忙站好，幫我把薄被蓋好。「格格，再歇歇吧，這會兒日頭正毒，大家都在睡晌午覺呢。」

我聽見她說話的語氣，心裡突然高興起來，好像祖宗顯靈了，我真的回到過去了。民國歷史我最清楚，這不會是我們家的祖宅吧？但……格格？這不是清朝的稱呼嗎？再細細打量她的穿著以及髮式後，我便高興不起來了，不是民國啊，她的穿著和稱呼都是清朝的。心裡暗暗驚訝不安，怎麼辦？是不是搞錯了啊？我是誰啊？這下完了。

「反正也起來了，陪我出去看看吧。」我強裝鎮定地對她笑了笑。

她大驚，半天說不出話來，只是緊緊看著我。「格……格格，妳……妳會說話了?!」

這話一說，我也嚇得不輕，敢情這格格以前還是個啞巴？

她急忙跑到門口，打起竹簾喊道：「杏兒，快去告訴夫人，格格的啞疾好了！」

「真的？哎！」那丫頭欣喜地應了一聲，就見一團淡青色的身影疾馳而去。

她扶我起身，穿好了衣服，外面早有小丫頭打好了簾子，出了門我細細看去，院子裡還有幾個十來歲的小丫頭，遠處的幾個靠著迴廊的柱子打著瞌睡，還有幾個逗弄著廊下的小貓小狗，近處的一個小丫頭見了我連忙行禮。「格格怎麼這麼早就醒了？」說了這話，臉上滿是期待的神色，彷彿是要確定我是否真的會說話了，然後她就要把睡著的丫頭們叫醒。

我忙笑著阻止了她。「沒關係，讓她們睡去吧，妳忙妳的。」

她嘴上應著是，可卻一直侍立在一旁，不肯動彈，驚訝的表情讓我盡收眼底，半天才反應過來，連忙跑開了去叫其他的丫頭。「格格跟我說話了！」

我也不再勉強她，便朝剛才一直在我屋裡侍候的女孩說：「姊姊，陪我走走吧。」

她驚訝地看了看我。「格格，主僕有別，千萬別這麼叫，可折煞奴婢了。」

我看她衣著與其他丫頭不一樣，而且隨侍在我左右，想必是貼身大丫頭，聽著她文謅謅的話，只能硬著頭皮跟她學斯文。「我自小不把妳當外人，叫聲姊姊也是應該，妳怎麼倒跟我生分起來了？」

她忙道了謝，眼裡卻噙了淚。「格格可是好了，以後再也別嚇奴婢了。」

我看了看她，心裡也有些感動，這個時空裡遇見的第一個人就對我這麼掏心掏肺的，看來老天對我不錯，給我個格格身分。看這些丫頭們的穿著也不俗，想必家境也殷實，不禁慶幸自己命好，要是生在窮苦人家，在這萬惡的舊社會，可是讓人家作踐死了。

「格格，奴婢陪您去夫人那兒看看，她要知道了，心裡不知有多高興呢。」

我想想也是，該來的總會來，一會兒少不了要認親，在這種情況不明的時候，裝失憶只能是最後的招數，走一步算一步了。

這女孩陪我走過了個門廊，過了幾處山石曲徑，我跟劉姥姥剛進大觀園似的，看哪兒都新鮮，空氣中突然飄來清甜的味道，我趕忙問身邊的丫頭：「這是什麼？」

「回格格，廚房正在做蜂蜜綠豆湯，說是消暑最好，您要吃我遣人去取。」

「不用，我就問問。」我向她微笑，此刻我所經歷的跟盧生有異曲同工之妙，只不過他聞見的是黃粱飯香，我聞見的是綠豆清香。

再過了幾處精巧別緻的廂房、遊廊便到了正房，一路上假山石木都是工匠們細心建造，北方園林的特色都在其間了。進入正室，幾個衣著豔麗的婦人忙起身，我大叫不妙，這可怎麼稱呼？還沒來得及細想，兩個丫頭扶著一位美婦人迎了過來，那婦人一把將我抱在懷裡，只是哭，半天才哽咽著說了話。「青兒，妳可真的好了？」

「額娘別哭，我沒事了。」我再笨也知道她是誰了。

四下裡一片嗚咽之聲，好不容易才住了聲，她喚道：「雲琳。」

一個丫頭抹了抹臉就下去了，不一會兒捧了個臉盆進來，服侍著我淨了臉，然後再重新補妝。我這才看見自己長什麼樣，一張相當稚氣的臉龐，也就七、八歲的樣子，五官倒還算秀氣，只是還沒有長開罷了。

這下可好，返老還童了，這便宜占的。

一起吃了飯，席間並沒有說太多話，都當我是大病初癒，乍一恢復說話功能，不宜多話。又請大夫複診了幾次，均說已無大礙，慢慢地大家才都放下心來。

夏天將要過去的時候才把府裡的情況大致瞭解了一下，如今是康熙三十八年，父親馬爾漢，今年春天剛遷左都御史，夏初的時候又遷兵部尚書，今年已經六十六歲，有五房小妾，母親是正室。封建社會中為了繁衍生息，多子多孫是福氣，所以從母親臉上看不出什麼，只是我並不屬於這個時代，頗有微詞。當然，只是心裡想想罷了，並沒有表現出來。若想在這個世界上多活幾年，不謹言慎行是不行的。我是他五十多歲才得的女兒，甚是疼愛，但終究是比不上哥哥們的，家裡還有幾個姊姊，都已經出嫁了。

封建社會中男尊女卑盛行，而且他是康熙的重臣，事務繁瑣，所以我也沒有見過這位尚書大人幾面，在得知我恢復說話功能之後，他只是安慰了幾句而已。至於額娘，可能是因為她身邊只有我這個女孩兒，平時對我嬌寵了些。她是個典型的中國古代女子，賢良淑德，說話輕柔溫和，也不乏滿人的瀟灑爽朗。雖然今年已快近五十，但保養得還是不錯的。

兆佳・青寧，今年八歲，古代的女孩早熟，我八歲的時候在幹些什麼早就忘了，可是在這兒可就什麼都得學了，好在是滿人，要求也不是很多。我的性格也懶散，只揀著自己感興趣的學。

送走了夏天，秋天就來了，北京的秋天天空清澈寧靜並且高遠。在這個陌生的時代裡，處處是我不熟悉的氣氛，知道自己姓兆佳之後，不知該喜該悲，清史上載十三阿哥胤祥的嫡福晉正是這位兆佳氏。可現在還是八歲的孩子，要等嫁給他還有那麼長的時間。因為了然，所以我對未來並沒有太多擔心，得過且過吧！時空跟我開了個大大的玩笑——讓我穿錯了年代。好在臨來之前看的清史正好是這時候，還算待我不薄，最起碼心裡有些底。

每天困在高牆大院裡，跟丫頭們玩完了就只能對著天空發呆，時日一長，就開始想念起現代種種的好，這裡沒有電視，也沒有電腦，真是落後。

秋天的天氣已經有了寒涼的跡象，我實在閒得無聊，就叫雲琳陪我去我老爹的書房找些書看，雲琳十二歲，天性細緻穩妥，我與她相處了兩、三個月後，除了我來自現代這件事不能說，幾乎什麼都跟她商量，於是感情又深厚了許多。

「格格，咱們還是別去了吧！」

「有什麼事我擔著，別害怕。」

我倆穿過院子，來到了一處清幽寧靜的地方，這些時日以來，我對府中的情形大體上已經瞭解，這個時辰父親極少會在書房逗留，等到了近處的時候卻看見小廝守著門，心想壞了，撞釘子上了，父親在。按照規矩，小廝稟明之後，我便走進了書房。

進去後才發現書房內除了父親還有一個人，我沒敢抬頭看，只是按照規矩給父親和他行了禮，便一直垂頭而立。

「女孩子家，來這種地方幹什麼？」父親的聲音不怒而威。

「回阿瑪的話，近來終日閒極無聊，所以想尋幾本書看。」

「這丫頭甚是淘氣，都是她母親將她慣壞了，女子無才便是德啊。」父親這話明顯是對另一個人說的。

「此言差矣，尚書大人今年剛剛被皇上任命為經筵講官，看來家中好學之風甚盛。咱們滿人不講究漢人的那一套，妳想看些什麼書？」

他聲音儒雅而且清晰有力，我稍稍抬頭，微側著身子回話，這才將他的面貌看了個七、八分，臉上線條甚是剛毅，下巴緊抿，但是眼睛卻熠熠生輝，一看就是飽學之士。

我並不知道他的身分，所以看了看父親，不知道該怎樣回答他的問題。

「這是太傅的長子，妳法海叔叔。」

我忍著笑再度給他行禮，總是想起那多管閒事的老和尚，趕忙回答他：「早就聽說叔叔才思敏捷，阿瑪在家中經常誇讚您未到而立之年便能教導皇子，很是了不起。」

他一愣，父親也一愣。八歲的小丫頭再早熟說出這樣的話也叫人害怕，他哈哈一笑，對父親說：「尚書大人果真家學淵深，難怪當今聖上如此看重大人。」

父親聽完這話也是撚鬚一笑，跟他客氣了半天，轉身對我說：「書架在外屋，妳讓老張在身邊候著，想要什麼書就讓他幫妳取了。」

我忙應了是，從裡間走了出來。

老張引我到書架旁，我挑挑揀揀，因為以前家中也有許多古籍，所以對我來講適應豎版繁體字並不困難。父親的藏書很是豐富，本來就是得到康熙重用的人，對於漢文化學識豐厚，日後有啥不懂的問問他也行。我拿了幾本基本的唐詩、宋詞，外加一些文藝評論，就準備行禮退安了。

還未到裡屋就隱約聽見法海說著十三阿哥和十四阿哥的事，我老公的事我自然上心，就趕忙跑到近處去一聽究竟，誰想到跑得太猛，一下衝到虛掩的門上，手上的書掉了一地。

父親臉上有些掛不住。「做什麼這麼慌慌張張的？一點女孩家的風範都沒有。」

若告訴他我是為了我未來丈夫的事所以慌張，老爺子還不當場吐血而亡？

「想來給阿瑪和法海叔叔請安告退的，腳下沒站穩，唐突了叔叔，請勿怪罪。」這種時候裝小媳婦還是對的。

「不礙事的。」法海很溫和地衝我笑笑，然後幫我撿起地上的書。「最喜歡誰的詩啊？」

「杜甫。」我告訴他。

「哦？這倒新鮮。」他饒富興味地問：「背兩句聽聽？」

「安得廣廈千萬間，大庇天下寒士俱歡顏！風雨不動安如山，嗚呼！何時眼前突兀見此屋，吾廬獨破受凍死亦足！」

他笑。「小小年紀就能有這等胸襟，尚書大人教女有方啊。」

我看著他，心裡鄙視：虛偽，這樣都能拍馬屁。

他再問：「妳生在富貴之家，平日自不會接觸到這些事情，怎會喜歡這樣悲傷的詩呢？」

「額娘經常教導，要有寬厚之心，寒門學子有志之人實屬不易，所以應該投入更多的精力去庇護他們才是。」

他頗有深意地看了我一眼，阿瑪也有些驚異，我得忘了正常智力二十歲這個事實，回到孩童甜美的世界才行。

「這倒奇了，十三阿哥前日也說，他最喜歡這首詩的這幾句。」

我一聽來了精神，立馬問道：「十三阿哥現在讀什麼書？他喜歡什麼文章？他不是經常隨皇上去塞外江南，還有空看書嗎？」

一連問了多個問題，他笑著對我阿瑪說：「看來格格對十三阿哥很是有心思，將他們配成一對也是好的，哈哈……」

我阿瑪連忙否認。「當今皇子，豈是我這等貧賤粗鄙之人能高攀得起的？小孩子胡說八道罷了。」然後轉向我。「還不快下去？」

我連忙讓雲琳抱著書，然後行禮跑了，嚇死我了。這萬惡的封建社會啊，說話還得繞著彎，幸好是童言無忌，要是十三、四歲的大姑娘說這話，我那老爹的臉面恐怕是掛不住了。

……

幾天下來除了請安就沒再見著公務繁忙的老父，倒是因為上次說的話讓阿瑪對我另眼相看，想看什麼書只要知會老張一聲，就可以到書房去取。有時候去姨娘那裡也能待上一會兒，額娘對我管得鬆，跟雲琳說閒話找樂子也清閒自在。日子一天天過去，我在古代待得風生水起，唯一不滿的就是因為法海的大嘴巴，讓我暗戀十三阿哥的惡名傳了整座北京城，成為格格、貴婦們茶餘飯後的牙慧。

朝廷中大臣們的夫人有時候會舉行宴會，康熙最恨結黨營私，看似表面上一片和樂，只是單純為了娛樂，可是男人們在皇上面前盡為臣之道，女人們在背後總要為自己的男人們爭取些援助力量的。總有好心人向我透露一些關於十三阿哥的事情，什麼十三很得康熙的寵愛，十三去年隨康熙去盛京謁陵，六月隨康熙去塞外，法海老師誇他與十四是繼八阿哥後，最優秀的兩位皇子……

清史上對人的評價也就寥寥幾字，十三阿哥也不常出現，一下子聽了這麼多，看來十三還是挺優秀的。只是苦了我，才八歲的小丫頭，成了別人打趣的對象，好在古代不在乎早戀的事。唯一不爽的是他們只看得到現在，我卻是連他的未來都知道，當他落魄的時候，又還有幾人能這麼開懷暢談？

康熙四十二年。

杏兒從大老遠的地方氣喘吁吁地跑過來。「格格，格格……」

「什麼事這麼驚驚惶惶的？」雲琳壓著聲斥責她。「格格剛才歇下了，怕要讓妳給驚醒了。」

「雲琳，讓她進來吧。」我在屋裡吩咐道。

四年一晃就過了，其間事情很瑣碎，有記憶的片段也不是特別多。不過，姨娘裡有位蒙古人，尤擅舞，跟她混了一段時間便開始學跳舞，春來秋往從不停歇，倒也小成規模，日子如流水般靜靜淌過。

雲琳引杏兒進來，又走回我身邊，我看她已經是十六歲的大姑娘了，面若春花，眸若翦水，穠纖合度的好身材讓我滿是羨慕，什麼時候我才能擺脫幼童的身分？再看杏兒，一張蘋果般的圓圓臉，因為奔跑過度胸口一上一下地起伏，我輕輕放下手裡的書，問她：「要跟我說什麼？」

她呆呆地看了我半天，才說：「格格跟先前不一樣了。」

我來了興致，笑嘻嘻地問她：「哪兒不一樣了？是不是身材變好了？」

雲琳跟杏兒都噗哧一笑，然後雲琳正了正臉色，斥道：「怎麼跟格格說話的？沒大沒小。」杏兒忙低下頭。

我阻止雲琳，笑看著杏兒。「妳雲姊姊最近脾氣可大得很，我這四年沒少受她念叨，這兩天還嫌我天天待在屋裡，也不出去。我看呀，她天天攛掇著我出去，難道年紀大了有了中意的人不成？」

雲琳聽完羞紅了臉，跺了跺腳。「奴婢全是為了格格，您還這樣編排人家。」

我忙賠不是，三人笑鬧了一會兒才止住。

我正色問杏兒：「剛才跑得急，究竟什麼事？」

「格格，咱們少爺要回京了。」

說完大家都是一驚，雲琳滯在當場，轉而又恢復了如常神色。

「這可真是大喜，咱們去夫人那兒。」我笑著領她們出去。

我哥哥，兆佳•賽爾弼，不日將從四川回京，京中有個空缺，因哥哥這幾年政務卓著，皇上允許，遷入京中填補空職。到了母親居處，意外地看見父親也在，掩不住滿臉的喜色，只聽見他說：「青兒，這次哥哥回來，可不要胡鬧了。」

我忙點頭稱是，難不成我與他還有些梁子？還沒有問明白，就聽見父親與母親商量迎接事項，兩人喜不自勝，我也插不上話，就乖乖閉嘴，從裡間退出來。到了外間，已經有好幾家消息靈通的送來了賀禮。父親是一品大員，自是少不了人奉承的，看來哥哥這一回來，家裡又要熱鬧一陣子了。

十月二十七日，哥哥在全家人的盼望中回來了。父親在家中設宴，又擺了戲臺，極盡寵愛之勢，之前父親不敢太張揚，但由於康熙的寵愛，竟破格在朝堂中順便問了一句，舉朝皆重視起來，往來賀喜之人絡繹不絕。

我聽著前庭的喧譁熱鬧，心裡煩躁，女孩子又不能隨意拋頭露面，便於院落中攏了雲琳和杏兒幾個在一處玩，我非要鬧著去射箭，滿人以馬背上得江山而著名，所以都會在自家府院內設置專門的射箭習武場所，雲琳拗不過我，便隨我一起去了。

雖然不會射箭，但近來正好是長身體的時候，我也不願意整日悶在屋裡，在練武場上拿箭當飛鏢使，近在咫尺內射中了幾個稻草人，心裡大爽，坐在庭院的石凳上正準備喝茶，卻聽見低笑聲。「丫頭長大了不少。」

驚得我咳了半天才止住，轉頭怒目相向，一個高人站在我面前，比氣勢就輸了一大截，雲琳趕忙低頭輕喚：「少爺。」

我也行禮道：「哥哥。」

他爽朗地笑了。「幾年不見，倒是越發知書達禮了，當時我給父親寫信，他說妳的啞疾好了，我可是高興得很。今日見了，心裡更是放心。」

我聽他說完就知道這哥哥肯定性情爽朗，我們之間應該沒什麼宿怨。滿人的規矩，小姑在家中是極有地位的，雲琳曾說過，這哥哥極其疼愛青寧，看來父親那句話是要我少跟他撒嬌胡鬧的。

我笑著問他：「嫂嫂呢？」然後仔細打量他，三十歲的樣子，感覺可靠踏實，是典型北方男子的長相，濃眉大眼，身材健壯。

「跟額娘在一起說話呢。」說完不經意地瞟了雲琳一眼，然後打趣我。「我一回來就聽說妳對十三阿哥……」

「行了，快打住吧，我的惡名聲真是毀人不倦，是毀滅的毀。」

他愣了一下，然後看著我哈哈大笑，雲琳笑了沒幾聲就跪下了，哥哥也拉著我行禮，我回頭，法海跟在兩個男孩子後邊，兩個都是黃帶子，我一想，得，說曹操曹操就到了。

我第一次見十三阿哥和十四阿哥，感覺對比強烈，十三內斂溫文，十四跋扈飛揚。他一直臉上含著笑，估計也被我的謠言拖累了不少，但依舊是修養很好的樣子。十四阿哥一直挑眉看著我，還帶著嬉笑的神情，不知道在十三面前說了句什麼，十三撐不住笑了。我心想這還得了，在未來老公面前說我壞話，這小子夠了！便急忙端了杯茶先給十三，再端了杯茶給十四，面恭言順道：「十四阿哥喝茶。」然後手一抖，整杯茶全潑在他身上。

他大驚。「妳這丫頭，妳……」

我連忙道歉謝罪，法海大樂。「丫頭還是這麼維護十三阿哥啊。」

大家都笑了，哥哥連忙走到十四面前。「十四阿哥恕罪，舍妹太緊張了。」

十四架子還挺大，一直瞪著我，我也瞪著他，怎麼說他才十五歲，我可是二十多歲的人了，也算長輩，尊重一下行不行？

十三阿哥連忙圓場。「妳帶十四弟去換件衣服吧。」

還是我家十三好啊。我連忙笑了。「十四阿哥，快別生氣了，奴婢唐突了，您別怪罪。」

他也不再說什麼，氣呼呼地隨我和雲琳去了，後面傳來一陣竊笑聲。

我把十四帶到額娘的屋裡，她們趕緊行禮，對於我家來說也算是莫大的榮幸，一來來了兩位皇子，額娘自是把我訓斥了一頓，然後向十四賠了半天不是，真是充分體會到了封建社會的階級制度。

家裡沒有他合身的衣服，只能先穿著哥哥小時的衣服，額娘命人趕緊給十四處理他那件被我弄髒的衣服，我就陪在他身邊給他解悶。他小聲問：「妳喜歡我十三哥嗎？」

我一愣，看了看額娘沒仔細聽我們說話，又瞧他滿臉嚴肅，就逗他說：「喜歡啊，長得好看脾氣也好誰不喜歡？」

他明顯被我的回答嚇著了。「女孩子家哪有這麼不害臊的？」說完臉有些紅。

我不可抑制地笑了起來，伸手碰了碰他的臉。「你臉紅什麼？」

他又是一愣。「妳、妳……」我一見他羞紅臉的可愛模樣，就又忘了我不是二十多，而是十二歲啊，而且還是男女授受不親的時代，直接裝傻吧。

他見我不說話，就又試探性地問了問。「老師說妳八歲就喜歡十三哥，可是真的？」

我心裡鄙視法海一千遍，沒見過這麼把小孩的童言稚語當真話的，便正色對十四說：「那是法海叔叔的玩笑話，小孩哪曉得喜不喜歡呢，剛剛我逗你玩的。女孩子的名節哪能隨便玷污的，你別再跟我說這樣的話了。」

他看我這樣，就點了點頭。

衣服一會兒就乾了，整理好之後我們一起去練武場找十三他們。還沒有進去就聽見十三他們正在討論事情，十四進去大家又是一番行禮問安。

法海笑著問我：「兩個人可是好了？」

我忙答：「十四阿哥寬宏大量，豈會和我一個小丫頭一般見識，能把我這小丫頭的話放在心上並念念不忘的，就只有法海叔叔了。」

說完大家都會了意，知道我為法海拿我和十三阿哥開涮心裡不樂意，哥哥趕緊制止我，嫌我沒禮貌，法海倒是十分好脾氣。「不礙事，不礙事的，呵呵，小丫頭害羞呢。」

十三阿哥看著我微微牽了牽嘴角，十四阿哥一副看好戲的樣子。我衝他們害羞地笑了笑，既然人家都說了，就裝害羞吧。只聽見法海再問我：「這四年又讀了些什麼書？」

「餘既為此志，後五年，吾妻來歸，時至軒中，從余問古事，或憑幾學書。吾妻歸寧，述諸小妹語曰：『聞姊家有閣子，且何謂閣子也？』其後六年，吾妻死，室壞不修。其後二年，餘久臥病無聊，乃使人複葺南閣子，其制稍異於前。然自後餘多在外，不常居。庭有枇杷樹，吾妻死之年所手植也，今已亭亭如蓋矣。」

我背完，自己心裡難受了許久，歸有光在這文章裡深刻悼念了他的祖母、母親以及妻子，我感動於這種平淡質樸的感覺，便選了自己熟悉的一段緩緩背了出來。

法海忽然又笑了，十三阿哥看著我，臉上多了些驚訝柔和的色彩，十四阿哥也說：「前兒十三哥還說歸有光是前明裡最會作文章的散文家呢。」說完看著我倆又笑了。

我也跟著他們打哈哈，心裡有些莫名其妙的擔心，歸有光不是所有人都能看得上的，十三阿哥生在皇家，這輩子是與這種寧靜淡泊的日子無緣了。

想到這些我心裡也頗為難受，我若真是兆佳氏，就肯定是要嫁給他的，以後的困難那麼多，我勢必要陪他一起度過，這種寧靜也不會在我的生活中出現了。我不想在這裡，我想回家。

我抬頭看他，十三阿哥的目光也在這時候落在我臉上，我倆都是一愣，他微微笑了，我卻隱約要哭出來，忙低頭避開他的注視。

談了一會兒，父親差人來請他們，哥哥忙帶人去了前廳，雲琳陪我去了母親屋裡，適才看見嫂嫂，因為有十四阿哥在，沒有好好說話，這會兒過去再敘敘也算盡了禮數。我看了看雲琳，心裡不免為她擔心，我不是傻子，她的心事我怎麼會不知道？

我在心裡有了一番計較，現在還不能說，待到日後再告訴她吧。

我自那次與十三阿哥第一次見面，之後就沒有再見過他，哥哥嫂嫂在身邊待著，日子過得也不是那麼無聊，嫂嫂是個溫柔的人，對我也極好，我與她還算談得來，我經常讓雲琳跟著，繡花、下棋、描花樣子都一起做，這樣多培養些感情，以後才不會虧待了雲琳。

有一日哥哥回來，臉上不復往日的神色，嫂嫂趕緊替他換了衣服，我問道：「哥哥怎麼了，遇上什麼不好的事了？」

他只嘆氣。「妹妹還小，這些事情原不是妳該操心的。」

「我哪還小啊？明年就要進宮了，三年一度的選秀能逃得了嗎？」來了這些年，跟家中的老少都有了感情，身處這個環境中，才知道要控制自己的生活有多麼難。阿瑪的官也算不小，哪一件事能完全隨了自己的願？更不用說十三、十四這些皇子們，雖然是天皇貴胄，這些年過的日子遠不如我舒坦。

說完這句話，哥哥嫂嫂都沈默了，雲琳快要哭出來，只是叫道：「格格……」我轉念一想，嫁十三可比嫁康熙好得多，便又忙不迭地勸他們。「又不是不見了，哥哥嫂嫂別這樣，可讓我不安心了。」

當下又說了幾句話，便帶著雲琳回我房裡去了，將出門口就聽到哥哥隱約說：「……京官不好做啊……」真是各有各的煩惱。

臨近年關，臘月初八那天早上長輩們臘祭過後，家裡的僕婦、嬤嬤便在廚房裡做著迎接大年的準備，粥整整熬了一整天，整個府中都氤氳著臘八粥散發的清新香氣。我來到這個家中，最享受的便是吃了，過年更是隆重至極。

臘月二十三，祭灶。臘月二十四，打掃。之後便是貼春聯、貼年畫，家裡的管家帶人四處討帳去了，父親田莊裡的佃農們都來繳些過年的物品，一直忙到除夕。除夕，神桌上供著一頭大豬，素食餑餑、供錢、香燭、五供、大供，一直到除夕晚上守歲，累得我不行，想起在現代，哪有這麼熱鬧的情形，額娘、嫂嫂、滿屋子的姨娘都在靜等，好不容易到了子時，新舊年交接完畢，漫天遍地的鞭炮響起來，額娘遣人將年夜飯端上來，吃完了就讓雲琳帶我回屋睡覺了，說明早早起去拜年。

一片和樂中迎來了康熙四十三年，不可預知的未來，進宮也就在今年了，心裡想著離權力中心是越來越近了，不想面對的陰謀也終究要到來了。

正月初一，早早地起來，阿瑪額娘坐在正中，按序位給他們拜年，然後是其他長輩們，再然後是平輩之間互相拜年。再受丫頭、小廝們的叩拜，族裡的人會時常過來，還有大臣之間也會互相走動。

上元節，這天是允許女眷們出去的，我早早地就跟額娘打了招呼，帶著雲琳一起出府，在大街上閒逛，母親不放心差了幾個小廝跟著，我讓他們跟在後邊。

春節期間收到十四阿哥的信，說好元宵節這天一起玩，約在一家酒樓上，我跟雲琳上了樓，遠遠地看見十四挑了一處好地方坐著，就笑著過去了。「給十四爺請安。」

他笑。「快坐吧，好不容易見著。」

過了一會兒就看見十三阿哥帶著一位女子緩緩走上樓梯，忙問十四阿哥，他不懷好意地眨眼。「十三哥一向風流多情。」

我也點點頭以示贊同，然後兩個人都笑了。雖說面上笑，心裡還是覺得像吃了蒼蠅，老公公開紅杏出牆，這滋味怎不難受？

一一見了禮，我看著那姑娘，不像世俗之人，一股清麗婉約之態，甚是高貴。她也看我，我們相視而笑，她道：「久聞姑娘大名……」

我生生截住。「咱們不來這套虛禮，說多了膩得慌，多虛偽，還是就簡簡單單說話好不？」

她愕然，半天才說：「但憑姑娘作主，但是……」

「我知道妳要說什麼，我頂著暗戀十三爺的帽子可不是一天、兩天了，今兒就把話說清楚了，誤會，純屬誤會。」

我笑嘻嘻地看著她，她也看著十三阿哥抿嘴一笑。「暗戀？有意思的詞兒。」

十三阿哥看了我一會兒，也爽朗地笑了笑。「老闆，給我們上酒。」

我看著雲琳在一邊站著，心裡怪彆扭，一把扯著她的袖子。「雲姊姊快坐吧。」

「姑娘，使不得，奴婢擔當不起。」她也是知道他們身分的。

我拿胳膊肘拐了拐十四，說話啊，你不放話敢坐嗎？

十四會意。「快坐吧，咱們出來最重要的是不洩漏行蹤，妳再這麼拘謹可就掃興了，是吧？十三哥。」

十三阿哥也點了點頭，道：「坐吧。」

雲琳才彆彆扭扭地斜著身坐了。

這一晚談笑風生，說到最後我都興奮得想擼袖子了，想了想還是忍住了。外面小廝跑到我身邊提醒。「格格，到時辰得回去了，免得老爺夫人擔心。」

雲琳也連忙勸我，我的臉肯定還紅著呢，喝得有點多了，就說：「行，回吧。」站起來的時候稍有踉蹌，十三阿哥在旁邊扶了扶，我抿唇一笑。「謝謝。」

「天色也不早了，我送送妳吧。」他說，然後向十四阿哥看了一眼。

十四說道：「放心，我會把十……姊姊送回去的。」

我衝他眨了眨眼，然後跟那姑娘告了辭，就笑著跟在十三阿哥身後走了。

街上人山人海，十三阿哥一直跟在我身邊，雲琳和小廝們跟在我們身後，冬天的夜晚偶有風吹過，冰冷刺骨的，我看見遠處有個小販抱著個冰糖葫蘆架，根根晶瑩透亮，饞蟲大鬧五臟廟，就笑著跟十三阿哥說：「您幫我買個糖葫蘆吃行嗎？」

他一時有些怔忡，我可憐兮兮地翻了翻自己的衣袋，又指了指前面的糖葫蘆，我真是一分錢都沒帶，可又真的很想吃。他哈哈大笑起來，聲音清悅好聽，買了一支放在我手裡，接過的時候，他溫暖的手指碰到了我的手背，我竟生生地打了個寒顫。這麼溫文爾雅的男人當我相公也挺好的，我這麼想著便也笑起來。

我毫無形象地吃著糖葫蘆，他突然說：「別迎著風吃，小心進風肚子痛。」

我點了點頭，改為小口小口地吃。

他又問我：「今晚不痛快可是為了進宮的事？」

我驚訝地張大了嘴半天合不上，就問：「有這麼明顯嗎？」

他笑。「很明顯。」

我默認了，然後艱難地開口。「到了陌生的地方，只是覺得很孤單。」

他張口說了句話，我沒聽清楚，因為城裡開始放焰火了，一個又一個地上去，狀若流螢，巧妙旋轉，我扯開嗓子問他：「你剛才說什麼？」

他搖頭笑了笑，又指了指天，滿天絢爛的煙火折成五彩的光打在他文雅祥和的臉上，我在心裡輕輕叫著他的名字，胤祥……

第二章　選秀

康熙四十三年。

這一年，過了正月之後便開始為我選秀的事籌謀，阿瑪自我八歲起便對我特別照顧，額娘更是疼愛無比，我曾經跟額娘說過我不想進後宮，後宮自古是女人們爭鬥耍心眼的地方，我沒有那種心思，估計到時候自己被人害死了還不明不白的呢，想必她與父親也明白我的意思。

不管是什麼樣的朝代，總會有走後門之說。阿瑪幫我安排這一切事宜，我也趕緊安排我需要安排的事宜。

這天，我把雲琳叫到身邊。「雲姊姊，我自小跟妳一道長大，有什麼事也從不瞞妳，我今日一進宮，不管是什麼樣的結局，再想出來可就難了，父母相見尚且困難，更何況妳呢。」

說到這兒她的眼淚已經流下來，我拿帕子給她擦了擦臉，接著說：「我唯一不放心的就是妳了，我今天只要妳一句話，跟了我哥哥，妳願是不願？」

她驚訝地抬頭，哽咽地喊我。「格格，您怎麼……」

我制止她，接著說：「咱倆一直在一起，妳的心思我明白，我看哥哥對妳也不是無情，只是委屈了妳，只能做妾了。」

她的眼淚不停地落下來。「少夫人賢淑溫柔，奴婢萬萬不敢想別的，而且奴婢身分低微，只是個丫頭……」

「我只問妳一句話，妳跟是不跟？」

「奴婢但憑格格作主……」她的臉上泛著嬌羞的紅暈，我一看便知道事情差不多了，只要跟額娘和嫂嫂商量一下就成了。

去找嫂嫂的時候沒有讓雲琳跟著，怕她不好意思，在路上正好看見了嫂嫂，兩個人便攜了手向後花園走去，她先開口。「妹妹，妳這一去，可讓嫂嫂怎麼辦啊？」

「嫂嫂，我進宮後，阿瑪和額娘就全靠哥哥嫂嫂了，哥哥最是個剛正不阿的性子，少不得在官場上不如意，嫂嫂要多勸著些，阿瑪額娘都歲數大了，嫂嫂就替我多盡些孝吧。」說著姑嫂兩個眼眶都紅了。

走了一段，她欲言又止，終於還是說了出來。「妹妹，上次上元節十三阿哥送妳回來，你倆自小就有緣分，妳去求他，讓他……」

我急忙說道：「嫂嫂糊塗，這種事情豈是他能作得了主的，而且當今皇上最恨結黨營私，倘若這麼做了，可讓阿瑪如何自處？我知道嫂嫂全是為了我好，只是這話千萬不能再說了。」

她本是個聰明人，關心則亂，忙點頭稱是。我見她對我這樣關心，大是感動，便把雲琳的事說了一下，又不想讓她傷心，只說是自己操心這丫頭的生計罷了，並未說出哥哥對她有情的話。

她想了一會兒就說：「妹妹放心吧，這丫頭我看著也合眼，是個識大體的，妳哥哥這個歲數上的子弟哪有不納妾的，趕明兒我回明了額娘，定把這事辦了。」

「如此便多謝嫂嫂了。」我知道她也委屈，只是我必須得讓雲琳有個好歸宿啊。

……

我臨走的時候，雲琳做了哥哥的妾室，都是寬厚人，應該不會鬧彆扭。這幾日我一直同額娘睡在一起，她喊一聲「青兒」就哭一次，我又不能告訴她我的未來，就只能多多寬慰她。

我的名字已經逐級呈報都統，也在戶部備了案，臨走之前家裡一片淒慘，母親整日以淚洗面，父親更顯蒼老。哥哥送我時在我手裡放了張紙條，眼裡也滿是不捨。坐上騾車我才打開手中的紙條，裡頭寫著：「有什麼事盡可找常保，此人可信。」

心裡納悶，常保是誰？

忐忑不安中經過了秀女的選拔，我沒有被撂牌子，然後進入複試，與其他幾個秀女仹在一間房子裡等待複選，一日閒極無聊，便走出房門，沒走幾步就聽見微不可聞的一聲：「青兒？」

我迅速回頭，對上了一雙深沈黝黑的眸子，熠熠發光。

「真的是妳？兆佳兒都告訴我了。」

「常保？」我叫他。

他應道：「是我，當初聽說妳啞疾恢復了，我心裡真高興，當時都是我的錯，害妳不小心從樹上摔下來，驚嚇過度才啞了一年。如今親耳聽到妳能說話了，我也少內疚一些。」

「你不用自責，都是小孩子不懂事，我都忘了。」我這話一點都不假，我是真不記得，這才明白青寧是怎麼啞的，原來罪魁禍首在這兒。

他仔細盯了我一會兒，然後說：「妳真的長大了。」

兩個人正說著，就聽見一聲咳嗽，原來是十四阿哥，我跟常保對他行禮，他盯了我們半天，就對常保說：「你下去吧。」常保應了，就離開了。

十四阿哥上上下下打量了我一番，笑道：「十三哥還擔心妳不適應，這不挺熟絡的？」

我一聽，就忙問他：「十三阿哥在哪兒？」

「剛才跟我一起過來呢，四哥把他叫走了。」

四哥？雍正皇帝？怎麼說我老公也是有皇帝撐腰的人，以後四阿哥登基之後可混得開了。

我一邊想一邊傻樂，十四研究了半天。「十三哥不過來妳挺高興？」

「當然不高興，」我問他：「十三阿哥讓你過來跟我說啥？」

他白了我一眼。「還是這樣任性說話，他說讓妳別太擔心，皇宮沒那麼可怕。」

我知道十三跟十四的政見不合，十三阿哥沒有把話說清楚，他一向是個謹言慎行的人，知道他心裡擔心我就行了。

我心情大好，衝著十四笑了又笑，可能是因為知道我不會成為康熙的妃子，所以剛與家人離別的情緒消散了些。十四阿哥被我笑得毛骨悚然，揮了揮袖子說：「跟妳說太多話不方便，我先回了，自己多加小心。」

我謝了他便回房去了。

複選結束，我被分到了十三格格的處所，可巧，是十三阿哥一母同胞的妹妹。我穿了宮女的衣服，梳了宮女的頭就進了十三格格的住處，十三格格閨字容惠，今年十七歲，只比十三阿哥小一歲。

進了絳雪軒，我跪下行禮。「奴婢給格格請安，格格吉祥。」

只聽見噗哧一笑。「快起來吧。」

這聲音很熟悉，我猛地抬頭，竟是上元節在酒樓裡的姑娘，我有些糊塗了，當初還以為人家出身風塵呢，幸好沒說不得體的話，要不我可就是侮辱了當今的萬歲爺啊，有幾個腦袋讓人砍？

我起身，穿著旗裝的她比那天又高貴了不少，她笑著過來攙我的手，我忙道：「奴婢不敢僭越。」

她道：「十三哥說妳是個爽利人，十四弟也說妳從不扭捏作態，起初我還不信，那日出宮咱們一處戲耍，才知道他們所言非虛，怎麼如今見了我竟是這樣拘謹？那日咱們相處多好，進了宮怎麼妳也變了？」

我忙低頭答道：「讓格格見笑了。」

她看我這樣，便說：「宮裡不是個安生地方，說話確實不能失了本分，在人前也就罷了，在我這兒咱們不拘這樣的禮，可好？」

她說得誠懇，我也忙不迭應了，心裡卻還記得阿瑪囑咐的話：「萬事思忖再三才可，萬不能輕率行動。」於是仍恭敬地問她：「是格格向皇上討我的嗎？」

她笑，然後說：「皇阿瑪一眼相中了妳，說是以後要指給皇子的。若他真想納妳入後宮，豈是我能討得來的？」我笑而不語，她接著說：「既然這樣，我何不賣十三哥一個人情，他說以後咱們在一處，也可有個說話的伴兒，與其讓妳去各宮娘娘那兒，還不如來我這兒，妳說呢？」

我連忙道謝，她制止了我，揶揄地笑道：「要謝還是謝十三哥去吧。」

我不再與她笑鬧，十三阿哥對我的這份知遇之恩我心裡自然是十分感激的，我將害怕寂寞的實話告訴他，他為我尋得這片安樂之地，如此坦誠相待，也不枉費我被扣上暗戀他的帽子了。

跟容惠格格一起待了一個月後，彼此的心性、脾氣都瞭解得差不多，竟然發現有很多可以聊得來的地方，感情也增進了很多，名義上雖是主僕，但自從上元大喝了一場，她明白我的真性情，所以我也就不再掩飾，在她面前雖也有拘謹，但比以前倒是好太多了。

每天都在絳雪軒內與容惠格格閒話家常，身在這紫禁城裡的女人，沒有特別多的自由，她有一手好女紅，畫花樣子更是一絕，我羨慕了老長時間，可是真要學就難了，我三天打魚兩天曬網的沒有定性，容惠對我也寬容，不太拘束。我在這時代待得久了，只有兩個部分突飛猛進，一是毛筆字，二是看的書。

哥哥託常保送來兩大箱書，我打開一看，都是以前在家的時候看得津津有味極喜歡的，阿瑪又精挑細選了許多新書，也一併帶了進來。我回了封信託常保送回家，無非是要父母保重身體、哥嫂和睦相處，我在宮中一切都好的話。有時候捧著書，想著以前在家時的恣意舒暢，想著父母的慈愛，便不免落下淚來。

這天晌午過後，容惠格格坐在炕上描花樣子，時值五月，微風徐徐吹進屋裡，拂在身上愜意極了，我在榻上翻著一本書，昏昏欲睡。

容惠打趣我。「天天看書，妳倒說說看出些什麼門道來了？」

我閉著眼搖頭晃腦。「讀書只為怡情養性也，要是為了讀書而讀書，可有什麼意思？」

容惠戳我腦門道：「小丫頭強詞奪理真的不可愛，倒像個老學究了，要是真給了我十三哥，兩個人天天之乎者也，可好玩兒了。」

這可怎麼辦，要是以後天天這麼開我跟十三阿哥的玩笑，再厚臉皮也受不了啊！我沒大沒小地白了她一眼。「格格可是有意中人了，怎麼天天盼著妳十三哥娶親呢？是不是十三阿哥娶了福晉，妳才好趕緊出嫁啊？」

容惠格格羞紅了臉，從床上下來一邊喊著：「妳這死丫頭，看我怎麼收拾妳？」一邊作勢要撲上來，嚇得我趕緊往外跑。

這時小宮女們正好打了簾子，一人走了進來，我一下子撞上了他，正七葷八素地冒金星呢，只聽見容惠格格叫道：「四哥。」

我趕忙下跪。「四阿哥吉祥，奴婢剛才無意冒犯了您，請四阿哥恕罪。」這可是雍正啊，慘了慘了。

他只淡淡道了一句：「起吧。」

容惠格格整了整衣衫，把四阿哥請到炕上坐了，喚我奉茶。我剛要走到門口，又有兩個人進來，我低頭正要行禮，卻看到熟悉的青藍色長袍一角，抬起頭來就看見一雙含笑的眸子，正笑意盈盈地看著我，我心裡一暖，衝他大大地笑了一下。十三阿哥臉上的笑滯了滯，瞬間更大的笑容爬滿了臉。

十四阿哥拿胳膊大力拐了我一下。「小丫頭居然只看見十三哥，看不見我？」

我這才看見十四阿哥待在旁邊正看著我倆呢，便福了福身子道：「給十三阿哥請安，給十四阿哥請安。」

十三阿哥道：「起來奉茶吧。」

我趕忙往外走了，問身邊的小宮女寶珠：「平日裡是誰侍候給三位爺奉茶的？」

她忙答：「是玉纖姊姊。」

「還不快叫她去奉茶？」

「姑娘您剛來不知道，玉纖姊姊一個月前已經調到德主子跟前去侍奉娘娘了。」

「啊？那妳知道他們素來喜歡喝什麼茶嗎？」

「先前一直跟著玉纖姊姊，倒是知道些的。」

「那敢情好，快隨我去泡茶吧。」我扯著她的袖子就急急忙忙地跑著去了。

等泡好茶端著茶盤進來的時候，兄姊弟四個正有說有笑的，我忙上前遞茶，一一放好了之後便低頭侍立在容惠格格身邊，這才看清楚四阿哥的樣貌，臉色蒼白，形容漠然，四阿哥比十三阿哥大八歲，今年應該二十六歲了。他淡淡地掃了我一眼，眼睛如深不見底的寒潭。

十四阿哥先開了口。「再過兩天就是額娘生日了，咱們好好商量該怎麼給她老人家過。」

「額娘向來不喜太過張揚，咱們心意到了也就行了。」四阿哥緩緩開口。

「四哥說得是，額娘素來對我們親厚，節儉固然重要，但咱們的心意也得讓她感受得到才好。」十三阿哥說話真是滴水不漏，既迎合了十四阿哥又維護了四阿哥。

容惠格格也說了幾句，當下就要散了，十四阿哥突然咦了一聲，把大家的注意力都轉移了過去，只見他拿著我剛才看的書，裡邊夾的一張紙條掉了出來。我額上已經滲出了汗珠兒，他輕輕唸了出來。「真的勇士，敢於直面慘澹的人生，敢於正視淋漓的鮮血。沈默啊，沈默，不在沈默中爆發，就在沈默中滅亡。」

我苦了臉，暗叫，魯迅先生救我！

四阿哥遞到嘴邊的茶杯突然停住了，十三阿哥也瞪大了眼看我，容惠格格拿手絹捂了嘴，眼睛已經是彎的了。十四阿哥一挑眉。「丫頭，說說，妳這是唱的哪齣啊？」

我低著頭看著自己的腳，說：「這是書箋，書看完了隨手一擲，下次再看不方便，所以放在書裡做個記號。」

「爺是問妳，這幾句話是哪兒得來的？」十四阿哥壓著笑。「聽著是要跟誰拚命去啊？」

你這剋星，怎麼什麼都能發現？我想狠狠瞪他，可情勢逼人，還是得繼續裝柔順樣。「奴婢哪敢啊，一時想起阿瑪額娘，情不自禁而已，請十四爺恕罪，別跟奴婢一般見識了吧。」

十三阿哥眼裡帶了笑，四阿哥嘴角扯了扯，繼續喝他的茶，而後起身問我：「妳唸過書？」

我趕忙回答：「回四爺的話，奴婢認得幾個字。」

他深深地看了我一眼，不再停留，就帶著十三阿哥和十四阿哥走了。

十四阿哥走在最後，幸災樂禍地瞥了我一眼，一甩辮子跟上去了。

容惠格格終於放聲大笑。「看妳這個丫頭鬼靈精的，這幾句話怎麼想來的？」

我抽動嘴角陪笑，魯迅先生抨擊社會的黑暗，哀國人之不幸怒國人之不爭的原文，我怎麼可能記不住？

過了三日便是德妃娘娘的生辰，容惠格格命我捧著禮物，帶我去了永和宮，進去之後跟容惠格格向她請了安，德妃第一眼看上去並不是嚴格意義上的美女，但是再細看時便覺得氣質雍容華貴，面貌也秀美了許多，今年四十五歲，清代的貴婦們保養得都很好，德妃心態平和，從來沒有奢望，因此在無望的後宮生涯中安穩且自得其樂地過了三十多年。

在她的座位左下方坐著一位婦人，梳著旗頭，髮上簪了一朵上好的絹花，髮根上還有一支綠雪寒芳簪，旗頭上綴著紫色的流蘇，沈靜如水，端莊大方，怎麼看都是美人。右手下方也坐著一位婦人，與左手邊的美人裝飾差不多，只不過她的年紀小了很多，全身的顏色是桃紅色。左手第二位略顯單薄，氣質柔弱可人，單論容貌更勝前兩位，但是榮華富貴的氣質就差得遠了。容惠格格對她們行了禮，便在右手第二位坐下了。我也行了禮，站在容惠身後，這才知道這幾位貴婦是四阿哥、十四阿哥的福晉，和十三阿哥的側福晉。

十三阿哥自十四歲母妃章佳氏死後一直由德妃撫養，而容惠格格與十三阿哥是一母同胞的兄妹，所以德妃過生日，兄妹倆自然都要來的。

我仔細看了看十三的側福晉，堪堪一個美人誰不心疼？心裡酸得慌。再鄙視萬惡的舊社會一千遍，老公還得和別人分享。

各自閒聊了一會兒，就聽到太監報，各宮的娘娘們都差人送來了禮品，不一會兒，四阿哥、十三阿哥連袂而來，給德妃請了安，各自的福晉便依著他們坐了。我無意中抬頭，看見十三阿哥與他的側福晉說著體己話，剛才的嬌怯已經變成了嬌羞，十三阿哥的眼睛裡滿是寵溺，正好容惠的話幫我躲開了這種春意盎然的畫面，避免了我的尷尬。

「那東西行不行啊？」她小聲問。

「要是賞呢，格格領著，要是罰呢，奴婢受著，您還擔心什麼啊？」

容惠笑著點我腦門。「死丫頭越來越貧嘴。」

「額娘，看兒子給您帶什麼來了？」十四阿哥人未到聲先到。

四阿哥皺了皺眉，估計嫌他譁眾取寵吧。德妃倒是臉上堆滿了笑，一看就是對這小兒子寵得不得了，這事要擱誰身上誰估計也喜歡小十四，四阿哥從小跟著孝懿仁皇后長大，難免跟德妃不親，偏偏四阿哥又不愛言語，更比不上十四阿哥會說話，哄得德妃笑得嘴都合不攏。

十四阿哥身著皇子服飾神采飛揚地進了殿，手裡拿著一件東西用布遮著，煞有介事地給德妃和他的哥哥嫂嫂們互相行禮，德妃問他：「你有什麼寶貝物什讓我新鮮啊？」

十四阿哥瞥了我一眼，詭異地笑了笑，衝我擺了擺手。「丫頭，來給爺拿著。」

我只能低眉順眼地走出去，跪在地上等候德妃發話，只聽見她問：「妳是馬爾漢家的閨女？」

我忙答了，她吩咐道：「抬起頭來給我瞧瞧。」

我害羞地抬頭看著她的下巴，不敢直視。她笑道：「是個清秀可人兒，去妳十四爺那兒，看看他要搞些什麼花樣。」

我再應是，走到十四阿哥身邊，雙手捧住那東西，十四阿哥一掀，竟是一個鳥籠，裡面有一隻紅綠相間的鸚鵡，乍一見光，大夥兒全都愣了，包括那鸚鵡也愣了一下。

正當我跟鸚鵡大眼瞪小眼的時候，十四阿哥開口了。「妳且說兩句吉祥話，牠都會說。」

我思前想後找祝壽詞，好不容易想起來，就道：「福如東海、壽比南山、萬壽無疆。」那鸚鵡果然尖著嗓子一句句說了，我再說：「娘娘萬福金安、年年有今日、歲歲有今朝。」鸚鵡也說了，我大樂，再教牠唸詩。「接天蓮葉無窮碧，映日荷花別樣紅。」鸚鵡只記得第一句，就說：「接天蓮葉無窮碧。」德妃跟眾皇子、福晉、格格們都笑嘻嘻地看著，興致很高的樣子。

我再說對聯：「深信念佛句句是金剛般若，切願往生念念顯妙明本心。」鸚鵡在籠子裡轉了個圈喊「念佛，念念」，這一下夠簡省的，估計記不住，反過來倒過去就是這麼幾個字，跟碎碎唸似的。

十四阿哥先笑了出來，大喊：「妳就折騰牠吧，這牲畜哪能都記得？」

十三阿哥也看著我一邊笑一邊搖頭，德妃拿著帕子在那兒抖得厲害。

我看鸚鵡正著急地轉來轉去，便又起了逗牠的念頭，說：「上上下下男男女女老老少少都添一歲，家家戶戶說說笑笑歡歡喜喜均過佳節。」說完就看鸚鵡在籠子裡撲騰著翅膀跳著腳大喊：「娘娘吉祥、娘娘吉祥。」

十四阿哥一屁股坐在十四福晉身邊，哈哈地笑個不停，十四福晉給他拍著背。四阿哥嘴角也帶了笑，十三阿哥笑看著我，一臉不可置信的樣子。

德妃抖著帕子指著我笑罵道：「這丫頭真真是個鬼靈精。」

我連忙下跪。「能讓娘娘如此開懷是奴婢的榮幸。」

德妃好不容易止住了笑，對身邊的太監說：「看賞。」

我忙領賞謝了恩，還是退到容惠的身後站著。

容惠笑著跟我說：「妳好好的大家閨秀，倒是跟鸚鵡置上氣了。」說完大家又笑了一回。

四阿哥和十三阿哥分別給德妃獻上壽禮，十四阿哥也送了一份，畢竟鸚鵡是純粹逗她高興的，算不得重禮。德妃一一看了，滿意地看著自己的兒子們，格格們也開始獻禮，容惠獻上去的時候，心裡忐忑極了。

德妃看了容惠的禮，很是驚喜，連忙問道：「妳怎麼做的？」

大家連忙看去，竟是支青綠顏色的羽毛點綴的簪子，遠遠望去，青綠的羽毛與金色的底托形成了強烈的對比，鮮妍靚麗，與其他首飾相比更顯得富貴。

容惠答：「先用金銀片按花形製成底托，再用金絲隨花形四周焊起微凸的槽，再挑幾隻上好顏色的翠鳥，將牠們的毛黏在凸出的圈槽處即可。」她答得輕鬆，可明眼人都知道翠鳥極小，而羽毛又軟，必定是極其耗費功夫的。

德妃動容道：「難為妳有這等孝心。」

容惠看著我笑，趕忙又說：「其實這主意是青寧想出來的。」

德妃道：「哦？兆佳‧青寧嗎？」

所有人的目光集中到我身上，我頭大，真出不了這風頭。跪來跪去的沒完沒了，難怪小燕子要做「跪得容易」。

我跪在地上恭敬地說：「回娘娘的話，主意雖然是奴婢出的，可是其間種種工序都是格格親力親為，奴婢粗手笨腳的，可做不了這種細緻活兒。」

德妃笑言：「也是個心思靈巧的孩子。」

自從德妃生辰宴過後，宮中掀起一股羽毛風，康熙對德妃的這個頭飾很是喜歡，各宮的娘娘們都向德妃討做活兒的方子，德妃在人前大大得意了一把。

轉眼夏天就到了，北京的夏天很難熬，但相較於現代可也算好得多了。夏日午後，大家都在歇晌午覺，常保來絳雪軒中找我，進宮幾個月，直到現在才好好地跟他說了會兒話，我問他現在在哪兒任職？

他答：「在皇上御前。」

我笑著說：「倒是好差事，能得到皇上的信任也是好的。」

他仔細看了我半天道：「我自與妳相識，也有十幾年了，小時候一直是玩在一起的，只因父親調了職，我又害妳受了驚嚇不能說話，心中有愧，所以才逐漸疏遠，這些妳還記得嗎？」

我說：「隱約記得的，這些年都過去了，也沒什麼恩啊怨的了。」

他有些悵然。「我後來見妳好了，一直想去看妳，可是又怕妳心裡怪罪我。日後再見妳進了宮，心裡很難過，後來又得知妳跟了十三格格，心裡才安穩些。妳可想過日後的出路？」

我苦笑。「宮女哪有自由，無非是被皇上指婚或者等歲數大了出宮去，別的還有什麼可想的？」

他再道：「現在我也不想拐彎抹角了，青兒，咱們自小長在一處，我對妳的心思妳可知道？」

我大驚，還有這等事？我八歲過來，以前的事哪知道啊，你跟我說了以前的這些，我才明白個一、二分，這可怎麼回答？正想著呢，就聽見有人喊道：「喲？十三哥你看，這小丫頭不在屋裡當差，這會子倒清閒地說起話來了？」

第三章 禮數

我跟常保趕緊站起來，不是十三阿哥和十四阿哥還有誰？

「十三爺、十四爺。」

「免了吧，」十四笑嘻嘻地看著我和常保。「上次背著十三哥也是跟這個侍衛在說話吧？」

我跟常保都稍稍變了色，我正色道：「十四爺可是說笑了，我跟常保從小一塊兒長大的，說幾句話有什麼打緊？」然後又看了看十三阿哥。「您也不說幾句話，虧他是主子，天天揀些沒正經的說。」

十三阿哥爽朗地笑了笑。「妳什麼時候在乎這些禮數了？若是在乎，也不會明目張膽地跟他站在這兒說話了。」

我狠狠白了他一眼。「我是說，我跟你之間，我那個罪名什麼時候能解除了啊？」

他繼續裝傻。「什麼罪名？」

「你……」

十四阿哥大喊：「大膽奴才，什麼時候跟主子說話能你啊我的了？」

我又嚇出了一身冷汗，剛要道歉，卻看見十四阿哥挑釁又調皮的目光和十三阿哥玩味的笑，管他死活，我氣呼呼地說：「好好的晌午覺不讓人歇著，奴婢回屋了，兩位主子借過。」然後側身使勁撞了一下十三阿哥就回屋去了。

臨走前看見常保吃驚地看著我，十三阿哥沒反應過來，等明白什麼事之後我已經走好幾步了，只聽見十四阿哥大笑。「十三哥，你得好好教教她，這丫頭是越來越不成樣子了，連禮都不行就走了。」

小宮女給我打簾子讓我進屋，容惠格格坐在裡間的床上正搖著扇子。「青兒可回來了，要熱死我了，快去取冰過來。」

還沒跟她說上話呢，十三阿哥和十四阿哥就進了屋，少不得一番規矩，行禮過後，容惠格格吩咐。「青兒，去小廚房取些冰鎮酸梅湯來解暑。」我應了出去。

回來的時候，正聽見十四在那兒繪聲繪影地講我是如何跟十三阿哥沒大沒小的，我捧著酸梅湯進去給他們呈上，給十三阿哥放在手邊，抬眼看他正笑呵呵地望著我，我的臉一下子就紅透了。他也不避嫌，把杯子遞給我說：「我先前跟四哥一起吃過了，這杯妳喝了吧。」

我愣在當場，不知道該怎麼辦，容惠格格打趣我倆。「十三哥真是的，青兒在我這兒還能虧待得了她嗎？吃穿用度也跟我差不到哪兒去，一杯冰鎮酸梅湯豈能沒有她的？」說完她跟十四阿哥都笑了。

十三阿哥的手還端在那兒，臉上並沒有尷尬之意，我心想他坦蕩蕩的，我又何必這麼扭捏作態？就笑著接了過來，低聲道：「謝十三阿哥。」就一仰脖全喝了，頗有些梁山好漢之感，喝完之後把杯子放在桌上，福了福身子道：「奴婢先告退了。」說完就趕緊跑出去了。打簾的小宮女看到我愣了一下，著急地問道：「姑娘臉怎麼這麼紅，莫不是中暑了？」屋裡又是一片大笑聲。

「不礙事。」我簡單答了一句，就留下小宮女在原地納悶了。

剛才的酸梅湯喝得急了，有些難受，我剛出了院子，沒走幾步就在湖邊坐下，石頭經過太陽曝曬後有些微熱，坐了沒一會兒，看見湖水清澈見底煞是可愛，我就挽了袖子開始有一下沒一下地撥弄，突然聽見後面有人說：「妳是兆佳・青寧？」

抬頭對上四阿哥審視的眸子，看著我露在外面的小手臂，他皺了下眉頭，淡淡地問：「十三弟可在妳主子那兒？」

我請安完答：「回四爺的話，十三阿哥在同格格說家常呢。」

他點了點頭就走了。

我心裡怨恨，這大中午的一個個不待在家裡睡覺，瞎跑什麼呀？

季節不停地變遷，度日還是很快的，不知不覺中一年又將過去，康熙四十三年的秋天走了，冬天就來了。這是我在宮中度過的第一個冬天，春節也要在宮中過了吧，想起以前在家的時候，臨近過年那會兒心裡就特別高興，遇上父母管得不是很嚴，還有可能出去走走，想起老邁的阿瑪額娘，心裡又難受了一回。

德妃將容惠格格叫去了永和宮，說是在一處熱鬧，我也跟著去了。在永和宮待了將近兩個月，每天與德妃娘娘朝夕相見，說笑話逗她開心，竟也積攢了些人氣。在所有的宮女裡，玉纖是個性格開朗的姑娘，說話口齒伶俐，態度落落大方，最是討人喜歡。又因為她以前也是跟著容惠格格的，所以也能說上幾句話。

四阿哥、十三阿哥和十四阿哥都已經開衙建府了，在德妃的住處有時候能偶爾見幾面，說不了幾句就趕忙散了，畢竟康熙文武全才，對自己的兒子們也管束得嚴格，估計每天忙著的時候多，閒著的時候少。

這日，德妃把容惠叫到跟前，一手吹著茶葉沫子，一邊叫我。「青寧丫頭，去我房裡把手爐給格格拿過來，這天怪冷的，別凍著。」

我忙應了，一掀簾子，一股寒氣撲面而來，天如鉛色，黑壓壓的像是要下雪的樣子，我搓了搓手快步走去。

回來的路上抱著手爐倒也溫暖，穿過迴廊，剛要進廂房，突然打了個噴嚏，我連忙縮了縮脖子就進屋了。

把手爐交到容惠格格手上，看見容惠眼睛紅紅的，心裡正納悶出了什麼事，就聽見外面太監報：「給四阿哥請安，給十三阿哥請安。」

兩個人均披著黑色大氅，上面竟沾了幾片雪花，進屋早有宮女服侍著脫了，裡面還穿著朝服，一身寒氣，看來是剛從朝堂上過來。

德妃問道：「外面下雪了嗎？」

四阿哥忙答：「回額娘的話，剛開始飄雪珠子。」

德妃偏頭叫道：「青寧、玉纖，妳們兩個是穩妥人，給爺兒們把衣服換了，自家人在一處好好說說話。」

玉纖和我趕忙答應，退至裡間。只見玉纖嫋嫋娜娜地走到了十三阿哥的跟前，兩人相視一笑，我心裡咯噔一下，兩個人莫非有情？只能硬著頭皮走到四阿哥面前，他還是一如既往地不愛說話，我看著他左右肩上及前胸後背上的五爪金龍紋，做工精緻，煞是好看。

「妳看什麼？」

「奴婢沒見識過這朝服，看著新鮮。」是真新鮮，這可是活生生的正品。

他掃了我一眼沒再說話，我側頭噘著嘴看了看玉纖駕輕就熟地幫十三阿哥換衣服，心裡十分不爽。

「看來傳言不假。」四阿哥的嘴角牽了牽，有些笑意。

我連忙衝他不好意思地笑了笑，要多難看有多難看，他的眼睛還真是銳利，這樣看來也不是那麼難相處。「敢問四爺，怎麼不見十四爺呢？」

他稍稍皺了眉。「他跟八弟去了。」是了，十四阿哥跟自己的親哥哥走得遠，卻跟八阿哥走得很近。

十三阿哥奇怪地看了我一眼，估計納悶我怎麼這麼沒大沒小，居然敢跟主子聊起家常?!

換好衣服，我依舊站在容惠格格的身邊，只聽見德妃問了些四阿哥最近的情況，對於這個兒子的穩妥很是滿意，然後轉向十三阿哥。「胤祥也是越發出息了，你皇阿瑪一向疼你，前幾日來我這兒一直誇你呢。」

「額娘謬讚了，兒子當不起。」

我發現十三阿哥說話的時候，四阿哥一直很慈愛地看著他，他對這個弟弟倒是比對自己的親弟弟上心多了。

「胤祥，你今年有十八了吧？」德妃接著問。

「回額娘的話，已經十九了。」

德妃道：「是我糊塗了，前幾個月剛過了生日，你也老大不小了，該娶個嫡福晉了。你四哥和十四弟他們都有，今年六月，你皇阿瑪剛給你四哥指了凌柱的閨女，十四府中也很熱鬧，唯獨你府裡只有個側福晉，太清靜了。」

「額娘關心兒子，兒子感激不盡，只是嫡福晉是必須由皇阿瑪指婚的，兒子不敢多想。」

「嗯，我跟你皇阿瑪提過，皇上說就讓我作主先把玉纖給你。」

十三阿哥謝了恩。玉纖先是驚詫，而後滿臉掩不住的高興，跪下說了很多應景話。

我一直面色如常地聽著他們說這些話，突然心裡冷笑，十三阿哥看似溫雅多情，其實是個心裡最冷漠的，任憑誰也不容易進得了他的心，正因為他一直保護著自己的心不讓人侵佔，所以對哪個女人都是溫和無所謂的態度。他一向對下人寬仁體貼，本性就不是個心狠手辣的人，可最矛盾的就是他生在皇家，若是天生愚笨也就罷了，偏偏從小文才出眾，得到康熙的賞識，未來一定會在權力中心經受滌蕩。

容惠格格扯了我的衣袖一下，我才回過神來，她輕斥道：「青兒又神遊太虛去了，昨夜讓妳早睡，妳偏不聽，今兒可是犯睏了吧，娘娘問妳話呢。」

我知道容惠格格有心替我解圍，就趕忙跪在地上。「娘娘別怪罪，奴婢昨夜睡得遲，所以走了神。」

德妃也沒有太跟我計較，只是笑著對我說：「最近老讓妳給我講笑話，可累著妳了，宜妃娘娘近日沒什麼精神，妳最是體貼人的乖巧孩子，去陪陪她吧，年前再回妳格格那兒就行了。」

我跪著道：「謹遵娘娘吩咐。」說完又站在容惠身後。

十三阿哥若有所思地盯了我一會兒，我心裡鬧情緒也沒抬頭看他。好不容易散了，容惠格格十分捨不得我，就說：「妳要是走了，誰陪我解悶啊？」

「格格這樣可讓奴婢怎麼放心走啊？又不是不回來，倒是格格剛才怎麼眼圈兒紅了？」我一直疑問這事。

「妳倒看得仔細，也沒什麼事，就是說起我去了的額娘，所以心裡難過。」她刻意不說這些就轉移了話題。「妳走神可是為了玉纖？」

我微笑。「格格怎麼還是這樣取笑我？都說了我心裡不敢高攀十三爺。」

她看我神色誠懇，自己倒悵然若失起來。「難不成是我們都會錯了意？」

我沒有再接話了，心裡也難受，我究竟喜不喜歡十三阿哥，其實自己也不明白，當初是因為知曉結局，所以才對他的事情倍加關注。在偌大的皇宮裡，除了倚靠他，我還能怎麼辦？

收拾了一些衣物，我就隨宜妃派過來的宮女去了翊坤宮，我是個念舊的人，不喜歡隨便更換生活環境，心裡難免恐慌。

雖然宜妃也跟德妃一樣很得康熙的寵愛，但她不同於德妃的淡然，宜妃給人的第一印象很強烈，從外到內透著精明強幹。她仔仔細細地把我瞧了個遍，才笑道：「馬爾漢這麼個刻板嚴肅之人，竟能生出妳這般靈秀的丫頭，快起來吧。」

我連忙恭敬地問她：「德妃娘娘擔心娘娘身子，讓奴婢問您可好了？」

「難得德妃姊姊掛念，把妳遣來逗我開心，妳都有什麼本事啊？」她清脆地笑了問。

我正不知道怎麼答呢，就聽見外面太監喊：「五阿哥到，九阿哥到。」

這些皇子們的事我是一點也不清楚，只能小心謹慎地不讓自己出錯，我還想好好活著呢。

五阿哥是個溫和敦厚的人，氣質優雅，有一種置身事外的道家風範；而九阿哥俊美異常，只能用妖冶來形容他的氣質。兩個人給宜妃行了禮，我趕忙給他們請安完畢，就站在宮女堆裡。

五阿哥先開了口。「額娘今日可好些了？」

宜妃笑著點頭。「沒什麼大礙了。」然後又瞅著九阿哥道：「你今兒怎麼也有空過來了？」

九阿哥桀驁不馴地撇了撇嘴。「額娘說這話太讓人傷心，我怎麼就不能過來，嫌棄我了不是？」

宜妃笑著說他。「怎麼跟額娘說話的，沒大沒小。」

母子三人言笑晏晏，九阿哥突然看著我，問：「這是新調來的奴才？」

宜妃笑著說：「是德妃娘娘遣來的，跟著十三格格侍候的。你別打人家的主意，我屋裡的人可不能再給你了。」

我戰戰兢兢地聽著他們說話，頭也不敢抬，宮裡奴婢的命向來賤如草芥，阿哥們喜歡哪個宮女竟然說給就給了，像丟一件東西似的輕鬆。九阿哥又輕笑了一聲。「額娘可是在罵兒了了。」逗得宜妃和五阿哥都笑了起來。

吃過晚飯，在宮裡下鑰之前他們又說了會兒話就要回去了，宜妃沒有什麼大礙，只是身體稍微有些著涼受風了。五阿哥和九阿哥走到門口，九阿哥的步子停了一下，然後踱到我面前，突然伸手要抬我下巴，我沒有讓他碰到，自己猛地抬頭睜圓了眼睛看他，他被我這個動作嚇了一下，轉而又眯起了眼睛，長得真是很帥的，五阿哥也停下腳步看著這邊，我低頭。「奴婢恭送五阿哥、九阿哥，兩位主子慢走。」

九阿哥笑了笑道：「有意思。」

五阿哥卻執了扇柄催道：「九弟快走吧。」

陪在宜妃身邊四、五日，我很想念容惠格格，以前在她身邊沒大沒小慣了，現在真是拘束得難受，我就盼著宜妃快些好，我好回去啊。由於我盡心盡力的陪伴加上解悶，宜妃本來就是健談之人，倒也看著我順眼。

這天我正在給她講以前看的笑話，把她樂得花枝亂顫的。時值隆冬，昨夜下了很大的雪，早上起來的時候天地一片銀白，宜妃問我：「妳陪本宮待了好些時日了，想要什麼賞賜，儘管說吧。」

我看她心情很好的樣子，就跪下說：「奴婢斗膽求娘娘，讓奴婢去一趟十三格格那兒，一會兒就回來，行嗎？」

「小丫頭可是想格格了？」她拿著帕子斜倚在炕上，道：「也罷，妳們都是年輕孩子，去玩耍一陣子也無妨，只是別回來太晚誤了飯。」

「奴婢謝娘娘。」我喜笑顏開。

從翊坤宮出來，寒氣鋪天蓋地的，真是冷，但是入眼之處全是晶瑩雪白，我看著這清澈的天空和澄淨的大地，心情要飛上天了。使勁吸了一口氣又吐出來，就四下裡亂跑了起來，突然聽見有人說：「別跑，給爺站著。」

我心裡高興了起來，是十四阿哥正站在旁邊含笑看著我。

「十四爺吉祥。」我咧開嘴衝他笑。

他也笑嘻嘻地看著我。「聽說去了宜妃娘娘那兒。」

十四阿哥的年紀是最小的，所以也好說話。「奴婢有些日子沒見著您了，您都忙什麼呢？」我這話是真心的。

他搖頭晃腦地說：「燕雀安知鴻鵠之志哉？」

我朝他吐舌頭，在身邊抓了一團雪向他扔過去，因為是皇子，所以只敢扔在腿上。

十四阿哥倒是不在乎這些，把身上的大氅一扔，從地上撿了雪就向我開炮，我笑著躲他。

「看看你成什麼樣子，一個阿哥竟然跟丫頭鬧起來了?!」突兀的第三聲插進來攪擾了我們的歡樂，我側頭，竟然是九阿哥，身邊還站著一個面貌憨直，身材微豐，正樂呵呵的躍躍欲試的人，看他的穿著打扮想必也是個阿哥。

「十哥快來，這丫頭還挺厲害。」

十阿哥也把斗篷扔了，地上兩撮黑糊糊的大氅躺著。十阿哥毫不客氣，一時間雪球滿天飛舞，也不知道砸了誰。我看見十四拿了個雪球陰沈沈地衝我笑，就知道大事不妙，趕緊躲來躲去，誰知道雪球不偏不倚地砸中了十阿哥，氣得十阿哥大罵：「老十四，你這個不中用的。」

當下兩人一頓惡戰，我正笑得上氣不接下氣，突然後背吃痛，眉毛倒蹙著轉頭看過去，九阿哥拍了拍手，正仰頭抬著下巴居高臨下地看著我。我氣急，隨手抓起一堆雪向他扔去，沒揑實所以威力也不大，他假裝生氣一步步地走了過來，我連忙後退，卻踩到了被雪埋住的樹根，一屁股坐在雪地上，哎哎呀呀地哼了半天，卻聽見熟悉的笑聲，十三阿哥正衣冠整潔地站在我面前，笑得溫暖，露出了潔白的牙齒和一團團白氣。

我連忙爬起來，可是站得不穩，十三阿哥忙牽住我的手，才避免了再次坐倒。我的手冰涼得沒有了知覺，凍得紅彤彤的，他笑著說：「又淘氣了是不？」

「十三弟倒是會憐香惜玉。」九阿哥斜著眼睛看了我一眼，臉上換上玩世不恭的笑。

十阿哥和十四阿哥也穿了衣服從那邊過來了，幾個人開始行禮。十四看著十三阿哥和我拚命眨眼睛，我沒好氣地瞪了他一眼，十三阿哥也不計較，笑著問我：「妳這是要去哪兒？」

「奴婢要去容惠格格那兒。」然後看了看九阿哥道：「宜主子允許了的。」

「正好我也要過去，一起吧。」十三阿哥說。

他提步要走，我也緊隨其後，九阿哥突然逼近我一步，嚇得我愣怔了半天。他看著我的反應滿意極了，就對十阿哥和十四阿哥說：「八哥還等著呢，走吧。」轉身揚長而去。

我皺著眉頭衝他的背影吐了吐舌頭，十三阿哥看了看我就先走了。我緊跟著他，他問：「在宜妃娘娘那兒還習慣嗎？」

「多謝十三爺關心，娘娘待我很好。」

這麼一前一後地走了一會兒，他忽然問我：「妳最近可還看書？」

我想了想就笑著問他：「奴婢為了看書的事兒總是惹笑話，十三爺都看些什麼書呢？」

他也不怪我，看了我一眼道：「隨便看看罷了。」

我也笑。「奴婢也隨便看的。」

他伸手在我頭髮上拂了幾下，雪掉了一些，我呆呆地看著他，他忽然笑了，低頭靠近我的臉，揶揄地問：「妳到底幾歲？一點也不像十三歲的小丫頭。」

我有些驚恐，圓睜了眼睛等待他的下文，他忽然伸手刮了一下我的鼻子，然後轉頭繼續向前走，哈哈大笑。

我愣在原地半天沒反應，下意識摸了摸我的鼻子，上面似乎還沾染著十三阿哥手上的溫度，看著他的背影有些遠了，我連忙跟上，若有所思地在他的背後踩他留下的腳印。

「背首詩聽聽吧。」他好聽的聲音響起來。

我下意識開口。「離你最近的地方，路途最遠。最簡單的音調，需要最艱苦的練習。我的眼睛向空闊處四望，最後才合上眼說：『你原來在這裡。』」

十三阿哥驚訝地回頭。「這是什麼詩？」

這是泰戈爾的話。我低頭瞎編道：「以前在家中的時候，曾經認識一位元傳教士，這是他們的詩，奴婢記下了。」

他點頭，喃喃道：「你原來在這裡……」

來到了絳雪軒，容惠格格看見十三阿哥連忙行禮。「十三哥。」

我笑嘻嘻地從他身後出來，喊：「給格格請安。」

容惠先是吃驚，然後欣喜地問我：「怎麼跟十三哥一塊兒來了？」

「敢情格格是不願意奴婢來了，那奴婢這就走了。」

我轉身做出準備離開的樣子，急得容惠格格急忙抓住我的袖子。「我什麼時候說了？」

我笑得開心，做了個鬼臉。「還是格格疼奴婢啊。」

她氣得跺腳。「這死丫頭越來越不成樣子了，看我不好好教訓妳？」

十三阿哥一直笑咪咪地看著我倆鬧來鬧去。

鬧完之後，我涎著臉說：「格格，什麼時候叫奴婢回來啊？」

她故意將便宜討回來。「妳就在那兒待著吧，反正我也嫌妳鬧。」

我垮了臉說道：「您不知道，奴婢是真的想格格啊，在格格這兒說話也舒坦，九阿哥跟凶神惡煞似的，瞪著眼睛等著揪奴婢的小辮子呢。」

容惠格格看我說得可憐，就說：「我何嘗不想讓妳回來，妳在身邊倒不覺得什麼，走了就覺得太清靜了，妳再忍忍，再過個幾天，宜妃娘娘自會放妳回來的。」

十三阿哥一眨不眨地看我，問：「九哥老欺負妳？」

我癟著嘴點頭。「九爺經常嚇奴婢。」

他一個撐不住笑了起來。「我看是該嚇嚇，總是這麼冒失，可怎麼好？」

外面一個小宮女進來請了安，叫我：「宜妃娘娘微恙，姑娘快隨我去吧。」

我趕忙站了起來，行了禮就風風火火地跑了。

跑到翊坤宮，太監宮女們站了一大堆，太醫在裡面診著脈，我低聲問身邊的小丫頭翠縷。

「娘娘早上不是還好好的，怎麼一會兒工夫就病了呢？」

翠縷答：「姑娘不知，姑娘剛走一會兒，娘娘就在院裡賞了會兒雪，可能是染了風寒，再加上舊疾還未好全，所以才……」

我點頭示意明白了，兩個人就噤了聲。

太醫囑咐了宜妃身邊可靠的姑姑說要細心調養著，又說了一些養生之道才離去了。

我被姑姑叫到跟前，細細叮囑了許多注意事項，讓我陪著宜妃娘娘，就親自去煎藥了。宜妃喚我，我忙過去，她道：「青寧回來了。」

我忙不迭地說：「主子，奴婢回來了，只是風寒，主子盡心將養著，沒幾日就會好的。」

宜妃的病一連三、四天都不見好，甚至驚動了康熙，康熙命令太醫們好生診斷，五阿哥、九阿哥天天過來候著，晨昏定省，從不間斷。我也一直在她身邊待著，晝夜不敢合眼，帕子一塊塊地換，燒還是不退。我急了，跟太監說去外面取雪來，他說娘娘身子金貴，雪都化了，剩下的全是殘雪不乾淨，這萬萬不可。

我大怒，喊道：「燒了兩天還是不退，後果可是你擔得起的？」他被我嚇得一句話也不敢說，抖抖索索地拿不定主意。

九阿哥掀簾子進來，滿臉怒氣。「狗奴才瞎嚷嚷什麼，還嫌主子的病不夠嚴重嗎？」說完掃了我一眼，踢了那小太監一腳。

那小太監趕忙跪了，聲音如秋風帶落葉抖得不行。「九阿哥饒了奴才吧。青寧姑娘說要用雪水給主子退燒，主子身子金貴，所以奴才才……」

九阿哥眼光凌厲地瞪著我。「大膽奴才，妳知錯嗎？」

我也上來了倔脾氣，跪下低頭答：「奴婢沒錯，以奴婢之愚見，只能想到這些。」

他見我公然頂撞，更氣。「妳……」

我執拗地接著說：「九爺還有更好的法子嗎？」

他沈思了半天，然後一甩袍子下襬，向小太監道：「去取雪來，依她的話，找乾淨的，快去，出什麼事我頂著。」小太監忙屁滾尿流地去了。

我也不理他，拿著盆繼續到宜妃跟前給她一遍遍地換帕子，反正我這回還死不了，管他什麼規矩，這會兒宜妃人都快死了，規矩有什麼用？

用雪水浸了帕子給宜妃一遍遍地敷在頭上，不停喊：「娘娘，您睜開眼睛看看奴婢……」

一宿過去，第二天五阿哥、九阿哥下了朝就過來了。我忙給他們請了安，道：「宜妃娘娘的燒退了，再隨太醫的話，好生調養些日子就好了。」

五阿哥溫和地看了看我說：「好丫頭。」

九阿哥也深深地看了我一眼，不再說話。

……

宜妃悠悠轉醒已經是快近下午了，我紅著眼喊她：「主子可嚇死奴婢了。」

她微微笑了笑，身子還是很虛。

我問她：「主子想吃什麼？奴婢吩咐小廚房做去。」

她說了幾樣，我又詢問了太醫，確定沒什麼相沖的就去了。

服侍她吃了中飯，宜妃遣我去休息，估計知道我這幾日很辛苦。

我從中午回去一直睡到晚飯結束，醒來的時候，已經上燈好一會兒了，翠縷看我醒過來，連忙端著留下的飯菜扶著我起來，我笑她。「我又沒病，妳這是幹什麼？」

她笑得曖昧。「先前十三爺來看過娘娘，問我姊姊的事情來著。」

我點頭道：「嗯。」

她接著說：「我跟十三爺都說了，他只是笑，還說姊姊果真是真的勇士。這是什麼意思啊？」我笑了，虧他還記得。

我看著飯菜不是平日裡吃的，再蹙眉。「是妳留下的？」

她忙道：「是九阿哥讓小廚房特意為姑娘做的。」

我一愣，再說：「趕明兒要好好謝謝他。」

第四章　過年

宜妃的身子一日日地好起來，我一直盡心侍候著。這一病竟然拖到快過小年了，宮裡也開始忙碌起來。

一日，五阿哥和九阿哥都過來問安，母子說了一會兒話。

宜妃把我叫到跟前，笑著說：「妳肯定在我身邊待得膩了，我這病中間又反覆一次，少不得耽誤許多時日。妳家格格肯定想妳了，妳收拾收拾回去吧。」

我趕忙說：「奴婢不敢。」

她恢復了以往的精神，笑道：「不敢？那我再留妳幾日？」

我有點尷尬。「娘娘真是，又拿奴婢開玩笑。」

她呵呵一笑，道：「不為難妳了。」再吩咐身邊的小太監給了我很多賞賜，就讓我回去了。

我抱著包袱往絳雪軒跑，越跑越高興，終於能回去見容惠了。快到的時候斜裡猛地衝出一個人來，嚇了我一跳，細細一看竟然是九阿哥。

「妳挺高興啊？」還是冷嘲熱諷。

「回九阿哥的話，能見容惠格格，奴婢確實很高興。」

「怕不只是這樣吧，見著老十三豈不是更高興？」

「九爺說笑了，奴婢沒那個心思。」

「沒那個心思？妳八歲就對老十三存著那份心了，還好意思這樣說？當別人都是瞎子嗎？」

我這是跟誰犯沖？真是鬱悶。「別人胡說的，九爺也信這個？」

「真沒有？」

「不信就算了。」我再說。

他看了我一眼，不再說了，只是問：「那飯菜好吃嗎？」

我突然想起來，就笑著跟他說：「多謝九阿哥賜飯，您不知道多好吃。」

他好笑地看著我罵。「德行，好歹妳阿瑪也是從一品大員，在家餓著妳了？」

我也被他說得笑了起來，他抬起下巴道：「我還有些事，先走了，妳好好的吧。」說完很瀟灑地轉身走了。

皇子果然跟平常人不一樣啊！就算沒架子如十三阿哥，也還是有那份氣度，豈是常人能比得了的？

我大步進入絳雪軒，阻止了小宮女的聲音，往容惠的屋裡衝去，無比大聲地叫道：「格格，妳親愛的青寧回來了。」

進去之後就傻了眼，四阿哥正皺著眉頭，剛要觸到茶杯的手尷尬地停住了。十三阿哥忍俊不禁地咳嗽。「幸好喝得及時，要不就讓這丫頭給害了。」

容惠格格笑了半天才忍住，轉而開心地對我說：「妳可回來了。」

宮裡的年過得甚是隆重，臘月二十三開始祭灶完畢，內務府便會通知各宮總管準備過年事宜，臘月二十五，各府的福晉、格格、命婦們就會進宮過年。

大年三十這天，容惠穿著大紅的氅衣，頭上戴著福壽二字的紅絨縷，垂下的大紅繐了直至肩頭，我拍著手笑。「格格真是美極了，不知道將來誰有這福氣。」

她羞紅了臉，帶著我去慈寧宮請安了。在那裡見全了歷史上的人，康熙也率眾皇親貴胄們前來了，向太后行辭歲禮。

我第一次見皇帝，雖然不敢正眼看，可也很驚訝於他的氣勢，這是個多麼強勢的男人啊！我莫名地打了個寒顫。康熙是孝子，所以搞得很體面，滿洲旗籍的未婚女子在家中地位很高，容惠只需向帝太后叩頭，其他妃嬪都可以免了。

我在大臣裡面看見了阿瑪，他還是那樣嚴肅拘束，歲數已經不小了，可還是得三跪九叩的，實在辛苦，我看著眼裡帶了淚，十三阿哥的目光瞟了來，看見我這樣，皺了皺眉頭。這種場合可不能這樣，我連忙扯嘴苦笑，又覺得一道目光射了過來，是九阿哥，就再對他笑，心裡卻極度不爽。

三十晚上，太后率眾女親自包素餡餑餑，再來是守歲。初一去給太后拜年，這幾天暈頭轉向，真是服了容惠格格，還那麼興奮，想想也是，深宮裡的女孩還有什麼可樂的？我唯一興奮的是我在三十晚上得了百八十兩銀子，這可是白花花的銀子，擱現代也夠小康往上了。

康熙四十四年。

正月十五，更是熱鬧，先是跟著容惠去給太后請安，後來跟一大群福晉、格格們去中南海欣賞燈節盛會，我打趣容惠格格。「格格，您還記得咱們的相識嗎？」

她笑著答：「怎麼忘得了？沒見過那樣的女孩兒，跟爺兒們一樣大碗喝酒，一點都不害臊。」她懷念地笑。「我能出去真是好不容易，死磨硬泡著央十三哥帶我出去，不過能見著妳也值了。」

我眼睛也閃著光。「能認識格格，奴婢不虛此生。」正說著呢，煙花就放了起來，花樣繁多，照得海上亮如白晝。皇家的奢侈果然不同凡響，真是「稻花香裡說豐年，聽取蛙聲一片」。所有的這些都造成了虛幻的假象，偌大個國家，以後的興衰榮辱哪是這些貴婦們所能想像到的？她們的仰仗者是康熙，煩惱憂愁都是他的，這就是當皇上的代價啊！

散了晚宴後，在絳雪軒內，十三阿哥突然出現，與容惠格格和我說了會兒話就準備回去了。容惠格格叫我送送他，我送他出去，兩個人一前一後地說話，他好脾氣地笑著說：「妳也別拘禮了，我不在乎這些的。」

我本來一直低著的頭就抬起來了。「十三阿哥說話可當真？日後可不能怪罪奴婢啊。」

他笑。「就妳滑頭，我什麼時候說話不算過？」

我衝著他咧嘴笑。「那就好，這幾天可累死我了，過年像受罪。」

他搖頭，無奈地笑。「福晉、格格們都盼著過年，怎麼就單妳說出這樣的話來？」

我笑。「我與她們不一樣。」

他煞有介事地思考，認真地看著我點頭。「確實不一樣。」

走了一小段路，他突然停下，看著我說：「再過幾日我會陪同皇阿瑪南巡，妳想要什麼，我給妳帶回來。」

我偏著腦袋想了半天說：「你就揀好玩的好看的帶回來給我，什麼都成。」

他爽朗地大笑。「妳倒不客氣。」

我被他笑得心情也舒暢，就說：「跟您還有什麼可客氣的，就光我暗戀您這一項，我這輩子的名聲也算完了，您也得給點補償不是？」

十三不再笑，而是若有所思，剛想問我話，卻聽見有人說：「十三弟真巧，咱們又碰上了。」九阿哥大搖大擺地走到我倆面前，痞子一樣但又神情倨傲地看著我，我向十三阿哥那邊靠了靠，他更怒，大喊：「還不行禮？」

剛才跟十三阿哥在一起太放鬆了，這會兒倒忘了，就趕忙說：「奴婢給九爺請安，嗯，新春大吉。」

他嘴角還是笑得詭異。「大吉？這都什麼時候了，爺還大吉個鬼？」

分明來挑釁的，什麼爛人啊？但嘴上還是得恭敬，他可不是十三。「奴婢錯了，九阿哥恕罪。」

十三阿哥打圓場。「九哥，別跟個小丫頭一般見識了，她年紀小不懂事。」

我朝十三阿哥看過去，還是我老公護著我啊。

九阿哥看了十三一眼，對我說：「行，看在十三爺的面上，今天不罰妳。」

我感激地看了十三阿哥一眼，只聽見他問：「九哥來這兒有什麼事嗎？」

他把手裡的花燈往我手上一塞，道：「額娘賞妳的。」

我驚訝地看著他，他被我看得不自在。「爺正好要來這邊辦事，順便給妳帶過來，見不著妳就會讓小太監送去的。爺還有事，先走了。」說完一甩袍角哼了聲就走了。

我還心有餘悸，朝著十三阿哥就哭了起來。「他怎麼這樣？再嚇我，我就要變成鬼了。」

十三阿哥笑著親手給我抹眼淚兒。「那妳變成鬼也不要饒了他。」

我又噗哧一下笑了，十三阿哥這會兒倒變得哭笑不得了。「妳、妳……到底是要哭還是要笑啊？」

我拿起他的袖子在臉上抹了兩把。「奴婢祝十三爺一路順風，平安回宮。」

他眼睛裡閃著流光溢彩，輕柔地跟我說：「嗯。」

我沈溺在這眼光裡有些無法自拔，半天才問：「十三爺還有事？奴婢再不回去，格格該著急了。」

他揚起嘴角逗我。「回吧，可惜了我一件衣服，罷了，下次再讓妳賠吧。」笑著轉身就走了，我盯著他的後背小聲嘀咕「小氣鬼」後，也轉身回了絳雪軒。

出了正月，額娘進宮來看了我一次，宮中規定，秀女只能由親生父母探望，其他人等一概不可。

母女兩個見著的時候，在我的房裡大哭了一場，母親一直拿手絹擦眼淚，說一回哭一回。我顧及著她的歲數大了，而且天氣寒冷，於是就努力說開心的事。「額娘放心吧，容惠格格對我很好，德妃娘娘、宜妃娘娘也對我好，額娘別不相信，我可是人見人愛的。」

幾句話說完，她果然就笑了，叮囑我道：「妳別太得意忘形，宮裡不是別處，千萬不要亂說話，各宮的主子哪個不是精明的人？」

我點頭。「額娘說得是，女兒都記得的。」又問她：「阿瑪怎麼樣？身體好嗎？」

她回我說：「還是好的，就是一直擔心妳的事情，他也想為妳尋一門好親事。」

我再問她：「哥哥嫂嫂呢？」

額娘嘆了口氣說：「還是老樣子，這一年妳哥哥越發老成了，性子也沈默了許多。」我知道，哥哥執拗剛直的性子免不了要受委屈的。額娘忽然臉上帶了喜色道：「雲琳那丫頭給咱們家添了個大胖小子。」

「真的？那可太好了。」我把首飾盒裡的東西全倒出來，用帕子包了遞給她。「額娘拿著吧，這些都是主子們賞的，您帶回去，自己揀幾樣喜歡的留下，剩下的給姨娘、嫂嫂和雲琳吧。」

額娘忙道：「萬萬使不得，妳在宮裡也少不了要打點的，都留著吧，府裡不缺這些。」

我忙再度遞到她手裡。「我還有俸銀，當時阿瑪和哥哥給的銀票也用不了，一直在我這兒存著呢。額娘快收了吧，除了這些，我是什麼都沒有了。」

母親顫巍巍地拿了東西，眼淚撲簌簌地往下掉，她又能說什麼呢？說這制度不合理，可這是祖宗定下來的規矩，誰敢開這個口？

送走了母親，我又去當值了，容惠格格看我眼睛紅紅的，也說了幾句寬慰人的話，一時無語，到了掌燈時分，我問她：「格格可想過未來的事兒？」

她在燈下臨著字帖，說：「皇家女兒的未來不是自己想的，是由皇阿瑪定的。」

我再問：「格格這樣尊貴的身分也不行嗎？」

她放下筆，幽幽嘆氣。「青兒又說胡話了，再尊貴的身分也是皇阿瑪給的，我能幹些什麼？」

我也嘆氣，總逃不過被指婚的命運，十三格格若是嫁個性情好的人也就罷了，若是嫁個性情暴戾的，這一輩子可就完了。再轉念想想，自己又該何去何從呢？總不過是嫁給十三阿哥，我的命運還能改變得了嗎？

康熙自二十三年第一次南巡，至今已經是第五次，自從十三阿哥十三歲第一次隨他南巡開始，以後不管是南巡還是出巡塞外，康熙必定會帶著他，十三阿哥胤祥成為繼太子之後他最寵愛的皇子，十三阿哥十四歲喪母，康熙憐其幼年喪母給予了頗多恩寵，再加上十三阿哥精通漢文學，康熙更是寵愛。

他們走了已經有些時日了，一連兩個月看不見十三阿哥和十四阿哥，心裡怪悶的。四月份的時候，御花園的景色美極了，像是到了人間仙境一般。放眼望去，百花爭奇鬥豔，芬芳美麗。

容惠格格帶我去玩了一次，正好就碰上了宜妃，大家就聊了一會兒。

宜妃問我：「青寧丫頭這才離開我幾天，怎麼就生疏了呢？見了我也不說話了？」

我連忙陪笑。「主子可折煞奴婢了，主子是金貴之人，自是事情繁忙，奴婢可是粗鄙的閒人一個，怕擾了娘娘的興致。」

宜妃一邊笑一邊跟容惠說：「看把她精乖的，妳呀，好好管管她。」

容惠笑著應了。「娘娘不知，她現在可比以前好多了。」

宜妃跟容惠像串通好了似的把我批了個過癮，終於笑著不說了。我想起上元節的事，連忙謝恩。「奴婢謝娘娘上元賞賜的宮燈，娘娘萬千事中還記得奴婢，奴婢真是受不起。」

這話一說，她也一愣，轉而笑著說：「老九送妳的宮燈嗎？」我丈二金剛摸不著頭腦，靜聽下文，只聽見她說：「我那日跟老九說起我病時妳日夜照顧的事，又感動了一回，老九說正好趁上元節再賞一次，我就讓他看著辦了，原來竟是送了宮燈，那可是皇上賞的，妳可喜歡？」

我忙不迭地說：「奴婢不知情，若知道是死也不肯要的。」

她笑得歡喜。「行了，得了便宜還賣乖，好生收著吧，當我和妳九爺的一片心意吧。」說完大夥兒都笑了。

我暗罵，老九你可害死我了，不提前跟我說一聲，沒良心的。

回到絳雪軒，容惠忙道：「快拿出來給我瞧瞧，是什麼金貴東西？」

我忙取了遞至她手裡，外表普通不是很引人注意，可是裡面玄機就大了，且不說裡面的畫美輪美奐、做工精緻，就連燈也是極其費心思的，從孔眼裡看去，轉動的畫形成了連貫的場景，竟是街市熱鬧阜盛之象。京城的街市本就繁多，店鋪林立，這一張張的畫繪製起來得多費功夫，剎那間想找老九算帳的心又沒有了。

容惠格格笑容曖昧，道：「九哥與我素來不親厚，只知道他為人放蕩不羈，竟如此待妳，妳也是個有福的。」

我愣了半天才說：「格格不知，九爺是孝子。」

容惠格格搖頭微笑。

……

又過了幾日，宮裡傳開了消息，說康熙暫定陰曆四月二十回宮，我自己暗想，換成西曆那時候差不多是五月中旬了。

隨著天氣漸漸轉暖，宮裡的佳麗們脫掉了厚重的衣服，一時之間看著美麗的女孩子飄來飄去，鶯歌燕語。

容惠格格差我去針線局把她描的花樣子給繡了，我領了命就踢踢踏踏地磨蹭了過去，一路上聞著宜人花香，看著嬉戲的彩蝶，倒也歡快。一隻幽藍色的蝴蝶停在我身旁的花叢上，我玩心大起，扯了掛在襟上的手帕就開始悄悄地靠近它，它美麗的翅膀一顫一顫的，我一下撲上去，張開手卻發現它已經飛到遠處的花上了，我再往前走近了些，繼續嘗試，終以失敗告終。

正要去辦正事呢，卻突然發現九阿哥正在假山後面調戲一個小宮女，那女孩兒臉上已經跟熟透的蘋果一般，九阿哥還不放過人家，臉上噙著笑，邪氣的眼睛像是在勾引人，一邊說著一邊往人家身上靠。

我往地上一坐，使勁大叫一聲。「哎呀……」成功將兩個人的注意力吸引過來。

那小宮女害羞得連忙跑了，九阿哥寒著臉朝我走過來，我一看這氣勢，連忙站起來要逃，卻被他一下抓住了胳膊拉到假山後面。

他雙手抓著我的肩膀，讓我直視著他的眼睛，臉上全是邪氣的笑。「壞了爺的好事，妳怎麼補償？」

我要哭了，這下做好事可把自己賠進去了。

我急中生智。「奴婢幫爺做一件事，只要不以身相許什麼都成，行不行？」

他玩味地盯著我。「爺什麼都有，除了以身相許，妳還能為我做什麼？」

我心裡嘀咕：現在是什麼都有，等雍正繼了位，你可什麼都沒了，而我家十三那時風光著呢，到時候用著我的地方多了。嘴上卻答：「九阿哥以後肯定用得著我的。」

他詫異於我語氣的堅定，不以為然地笑了笑。「好，那我給妳記著。」

我掙了掙身子。「九阿哥還有事嗎？奴婢還有差事要辦呢。」

九阿哥鬆了手，先從假山後面出去了，我緊隨其後，給他行禮。「奴婢謝九阿哥上元的賞賜。」

他側頭看我，想了會兒就記起來了，嘲笑道：「知道那東西的好了？」

我低頭正色道：「下次有更好的也賞給奴婢吧，多多益善。」

好一會兒才聽見他低沈的笑。「如此妳就欠我更多了。」

剛要說話呢，他突然叫了聲「八哥」，我連忙抬起頭來，只見一位翩翩佳公子打頭陣，後面跟著十阿哥。到了現在才見著八阿哥，史書上記載，八阿哥禮賢下士，是出了名的「賢王」，在江南文人中享有很高的聲譽，對人和藹可親，可是因為母親出身低微，所以在奪嫡中被康熙罵了個狗血淋頭。

可是站在面前的八阿哥，與這片御花園中的景致相得益彰，如同四月裡和煦的春風吹過，他是個溫和的人，但是身上的精明銳氣掩也掩不住，卻又能很好地將和氣與戾氣協調在一起。我突然想起另一個溫雅的人，他是真的心胸寬廣、不拘小節，既豪放爽朗又溫和細緻，真是龍生九子，各有千秋啊！此刻我有些想念那個遠在江南的人了。

「奴婢給八阿哥請安，給十阿哥請安。」

八阿哥抬手。「起來吧。」

十阿哥看了我一會兒，猛然道：「記起來了，這不是那天一起玩兒的小丫頭嗎？」

「正是奴婢，虧主子還記得。」

十阿哥又問九阿哥：「九哥好興致，在這兒和人聊天，倒害我們找了半天。」

八阿哥微微一笑，道：「隨我去吧。」抬步便走，聲音也是如金竹之聲般悅耳。

康熙回來了，整座皇宮也隨之熱鬧起來，再見到十三阿哥和十四阿哥，一時之間竟不知道該怎樣開口跟他們說話。

在德妃娘娘處，大家又聚在一起，四阿哥還是沈穩地坐著，十四阿哥嘴巴停不住地說康熙命江南、浙江的貢生們進京修書，說江南織造曹寅校刊的《全唐書》成了，給德妃帶回來一套，又說起路上的見聞，德妃聽得津津有味，我只對曹寅感興趣，因為他可是曹雪芹的祖父。看著微微含笑的十三阿哥，比走時又多了些難以言說的氣質，估計去了趟江南人生閱歷多了，性格也變得沈穩。

十三阿哥和十四阿哥把帶回來的土產、禮物都一一分了，德妃倦了，就先去休息了。

十四阿哥看著我，笑道：「才幾個月不見，妳怎麼就改了性子，變得沈靜起來了？」

我答：「十四爺一直在說，沒有奴婢插嘴的地方啊。」說完大家都笑了起來，連四阿哥也笑了。

十四阿哥不在乎這一套，忙扯著我的袖子說：「我給妳帶了些好東西，跟妳的人一樣稀奇古怪的。」

我假裝不愛聽。「您這是誇奴婢還是變著法兒地罵奴婢呢？」說完就讓他拉著去看禮物了。新奇的東西確實不少，十四把東西全裝在一口箱子裡，我隨手翻了翻，竟意外地發現了一本西方的算術書，就拿了起來隨手翻著。我數學不好，從國中到高中一直讓自己很崩潰。

十四阿哥奇道：「妳會算學？」

四阿哥和十三阿哥也停止了話題，探究地看著我，我搖頭。

十四阿哥再問：「那妳怎麼看它？」

我更委屈。「不是您給奴婢帶回來的嗎，看著新鮮不行？」

容惠格格道：「這丫頭近日一直犯魔怔。」

說完這話，大家都看著她等待下文，唯獨十三阿哥含笑看著我，只聽見容惠格格說：「前幾日，她突然問我：『格格，若是給妳個機會能出宮過日子，妳最想做什麼？』我就問她：『那青兒呢？』你們猜她說什麼？」容惠格格一頓，環視了一下四周，然後說道：「去草原放羊。」

十四阿哥期待的臉變成了扭曲狀，繼而爆笑。四阿哥雖然一個勁兒地搖頭，但臉上已經帶了笑。十三阿哥看了看我，若有所思，臉上竟是一副嚮往之狀。

我低了頭，小聲道：「奴婢真是這麼想的。塞外空廣，牛羊成群，水草豐美，可以策馬奔騰，這樣快意嚮往的過日子該有多好。」

十四阿哥大踏步走到我面前，說：「草原生活艱苦，時時逐水草而居，哪是妳這樣嬌貴的格格過得了的？」

我知道這種時候必須要點頭稱是，才是青寧正常的反應，可是我是接受平等教育長大的，十分不服氣，就說：「有什麼不可，女子可以策馬馳騁疆場，花木蘭知不知道？」

四阿哥緩緩開口。「花木蘭最後也是以等待提親，嫁作人婦為結局的。」

我被噎得不輕，就說：「奴婢先前在家的時候，有位河南的師傅教了奴婢一段梆子，奴婢唱給主子們聽怎麼樣？」

十四阿哥忙道：「小丫頭還會唱戲？好好好，唱來聽聽。」

我讓小宮女給我拿來一雙筷子，沒鼓沒鑼沒梆子沒板胡，就只能湊合了。真是丟臉丟到家了，我只能硬著頭皮上了——

「十四爺講這話理太偏，誰說女子享清閒，男子打仗到邊關，女子紡織在家園，白天去種地，夜晚來紡棉，不分晝夜辛勤把活幹，將士們才能有這吃和穿。你要不相信哪，請往這身上看，咱們的鞋和襪，還有衣和衫，這千針萬線都是她們連哪，許多女英雄，也把功勞建，為國殺敵是代代出英賢！這女子們，哪一點兒不如兒男？」

（【花木蘭】選段「誰說女子不如男」）

這曲子鏗鏘有力，大氣磅礴，只恨自己不是專業演員，唱不出那豪邁萬千、陽剛的氣魄。

唱完之後看著他們，都是一臉愕然，十三阿哥首先喊道：「好。」

然後十四阿哥和容惠格格才緩過神來，四阿哥若有所思，半天道：「這種話在我們面前說說也就罷了，在外面可不許唱了。」

我知道他這話說得中肯，就說：「謝四阿哥。」

他又盯著我看了半天才作罷。

晚上，小宮女來找我，手上捧著一個雕工精緻的盒子。「姑娘，十三爺讓我給您送來，說是帶回來的禮物。」

我連忙收了，問：「十三阿哥人呢？」

「已經出宮了。」

我打開盒子，竟是幾本珍藏版的線書，張張瑩白如玉，字字猶帶墨香，書的旁邊有一個檀木製的盒子，我先看了書，都是我極其喜歡的詩經、漢魏晉朝詩選和唐宋詩詞選讀，壓在最下邊的居然是本小說，我心裡大樂，十三阿哥真是瞭解我。又拿起那個檀木盒子仔細觀察了半天，正要打開，忽然小宮女敲門說道：「姑娘，外面有人找。」

第五章　調戲

我推門問她：「是誰啊？」

「是皇上身邊的一等侍衛常大人，說是來替姑娘的哥哥帶話的。」

我聽了趕忙往院子外邊走，心裡擔心，難道哥哥出事了？常保站在院外，看見我出來微微笑了笑。「青兒。」

我連忙問他：「我哥哥怎麼了？出什麼事了？」

他連忙回答：「兆佳兄沒事，是我搪塞小宮女的話，宮裡人多嘴雜，我怕對妳不利。」

我吐了口氣。「你可嚇死我了。」然後又想起那天一起時說的話，心裡相當不自在，就沒話找話說。「你也隨皇上下江南了？」

他點頭。

我再問：「江南景色好不好？」

他笑。「日出江花紅勝火，春來江水綠如藍，人間仙境一樣，確實好景色。」

我也隨他笑了，然後問他：「你來找我何事？」

他這才從袖子裡取出了一件精美的刺繡荷包，放到我手裡。「是蘇繡。」

我略略看了一下，盤金纏線以及納紗繡法相互搭配，手感軟滑，一定是花了不少銀子買的。

我有些不好意思地說：「難為你還想著我，你幫了我那麼多忙，我卻不能為你做什麼。」

他緊緊盯著我。「這些都是我心甘情願的。我那日跟妳說的話，妳可還記得？」

終於來了，我也回視他道：「常保，我也不瞞你，你知道，我的婚事必須由皇上指定，我沒有自己選擇的權力。我們一起長大，你在我心裡也和哥哥一樣的。」

既然知道沒希望，就趕緊絕了他的念頭吧，何況我的心也不屬於他。

他有些痛苦地看向天空。「我到現在仍未娶親，妳可知道？」

「我不想耽誤你，你就找個知心知意的人好生過日子吧。」說完，我低頭不敢再看他。

只聽見他說：「我只問妳一句，妳可曾喜歡過我？」

「都已經這樣了，再問這些還有什麼意思？」

他大慟。「好……好，好一個有什麼意思？」他沒有再跟我說話，轉身大踏步地就走了。

我看著他離去的身影，摸著自己的心，默默問：「喂，我說青寧，八歲以前妳喜歡過這個人吧？要不心怎麼會這麼痛呢？」然後使勁攥緊了荷包。「幸好是我，要不這樣的命運可讓你們如何接受？」

心情鬱悶地回了屋，越想越陷入迷霧中。我跟兆佳氏到底有什麼關係呢？她的一切我都感同身受，我做的一切都那樣自然，恍似她一直在引導我，讓我完全變成這個朝代中的人一樣。到了這個時候，我已不能想我要怎麼回到現代，只能想我該怎樣更好地過我的現在。

回屋看見十三阿哥送的檀木錦盒還端正地放著，趕緊打開，我一下子笑了開來，裡頭全是書箋，各種各樣的都有，造型精美的、奇特的、素雅的、豔麗的，一時間眼花撩亂。只有一枚是很方正普通的，上面寫著「真的勇士」，是我以前夾在書裡被十四阿哥翻出來的那幾句話，這幾個字寫得龍飛鳳舞、瀟灑俊逸，怎麼看怎麼是藝術品。字如其人，一點都沒錯。

我趕緊揀了出來，放在自己貼身的珍貴物品裡頭，躺在床上看了一會兒，又高興了一回。轉頭卻看見桌上的荷包，倏地又沒了笑。

成年阿哥們都有自己的差事，平日裡上朝，到宮裡請安，然後就回府處理公務了。跟十三阿哥、十四阿哥好長時間沒見著，九阿哥也銷聲匿跡了。只有容惠格格，我們每天膩在一起，倒也自得其樂。我每天致力於新食物的研究，經常搞得小廚房怨聲載道，容惠格格也不苛責我，反而會對食物的味道做出品評，經常指著鼻子罵我。「味兒不好，味兒不對，不行，重做……」

六月中旬，天氣炎熱，穿的衣服也多，稍微動動就得洗澡，很長時間宮裡都悄無聲息的，滿人來自北方苦寒之地，受不了暑氣，他們的避暑工作表現得熱烈，我的新嘗試也在如火如荼地進行中。

這天下午，避過了正午最熱的時候，我便跑去御花園最熱的地方去察看戰果，基本滿意。打道回府，經過宜妃娘娘後院的時候，突然一粒櫻桃核砸到我腦門上，我當它純屬意外，再往前走，又一粒飛了過來正中頭部，我大氣。再往前抬腳，又趕緊退了回來，看了看左右確實沒有危險，樂呵呵地抬腳，又有好多粒櫻桃撲面而來，我連忙伸手，竟抓著了好幾顆。正氣得不知道怎麼辦才好，卻聽見九阿哥悶著聲笑得正起勁，我萬分不願意地給他行禮。「九阿哥吉祥。」

「嗯，這是要去哪兒啊？」他問我。

「奴婢回絳雪軒。」

他只穿了一件單衣，斜靠著院門一臉的閒散表情，手上還抓著凶器——幾粒櫻桃。我噘著嘴，滿臉不高興。

他一把拉著我進了院子。「妳不高興啊？」

「奴婢哪敢啊。」說這句話已經帶了情緒。

「妳去接盆水，爺要洗臉。」他一下躺在樹蔭下的椅子上，有一下沒一下地晃著扇子。你倒舒服，我又不是你的丫頭，我們家格格都不捨得使喚我，你倒是能充大爺。想是這麼想的，可是人在屋簷下啊，於是便低著頭去了。

端著水回來，找了個凳子把盆放好。「九阿哥，水來了。」半天沒動靜，他還是微閉著眼，手放在椅把上。

大約十分鐘過後，他睜開了眼皺著眉頭。「給爺擦擦啊。」

我徹底暈倒，是我失職，原來不能光管打水，還得侍候擦了。我捲了袖子、打濕了帕子，小心翼翼地走到他身邊，看著他閉著眼的臉，竟不似平時那樣可怕，睫毛密且長，鼻子和嘴巴也很好看，下巴上稍稍冒了青髭，我一點點地擦下去，突然他睜了眼，我正在給他擦下巴的手慌得不知道往哪兒放，連忙低下頭，心突然跳得厲害。

他的手攥住了我裸露在外面的小手臂，食指在上面打著圈，我大驚，道：「九阿哥吩咐的事奴婢做完了，奴婢告退。」

他絲毫沒有放手的意思，而是緊了緊力道，把我拉向他懷裡。我掙扎了半天，正在角力的時候，門被推開，八阿哥、十阿哥、十四阿哥連袂而來。八阿哥和十阿哥都是一怔，十四阿哥的笑容凝在臉上。

我委屈地看了他一眼，十四阿哥皺了下眉頭，問：「九哥這是做什麼？」

九阿哥終於放了手，我趕緊奪門而逃。

……

回到容惠格格那兒，沒精打采了三、四天，越想越害怕，要是十四阿哥他們不過來，後果會怎樣？九阿哥是主子，我區區一個奴才能反抗得了嗎？從來不曾這麼害怕，原來這皇宮本來就是殘酷的，我的寂寞感和無力感一波一波地湧上來。

十三阿哥帶回來的書已經看得差不多，我有多久沒見著他了，兩個月了吧？也不知道他在忙些什麼。渾渾噩噩地過日子，心裡一直給自己打氣，不怕，兆佳氏是十三阿哥的老婆，還是大的，不是給九阿哥做小老婆的。又轉念一想，九阿哥的小妾裡面好像也有個姓兆佳的，怎麼辦啊？放心放心，馬爾漢的閨女沒嫁的就只有我了，我應該還是嫁給十三阿哥的。

……

風蕭蕭兮，秋天來了。

容惠格格問我：「御花園醬缸裡的到底是什麼？都三個多月了還不取出來？」

「到時候就知道了，格格急什麼？」

容惠格格笑著戳我。「就會吊人胃口。」

現在我再去御花園的時候都很小心地走，能避開的就避開了。真是服了，你是貓我當老鼠還不行？惹不起你我還躲不起你？

小心翼翼地打開了醬缸，滿意地看著自己的傑作，不錯不錯，味道好極了，再過幾天就可以吃了。

「妳自言自語些什麼？」

我連忙高興地回頭。「奴婢給十三阿哥請安。」

他也笑。「老遠就看見妳了，鬼鬼祟祟的幹什麼呢？」

我看著他，還是以往丰神如玉的樣子，謙謙君子可又不是文弱書生，依稀記得某年某八卦的好心人跟我提過「十三阿哥的騎射功夫了得」，一直沒機會見識，可惜了。

他看著我手裡的醬罈子蓋，正要上前一探究竟，我擋來擋去，死活不讓他看，終於蓋上了蓋兒。他無可奈何地笑。「做什麼這麼神神秘秘的，倒勾得我更想一探究竟。」

我眨眼跟他耍賴。「您再等三天，到時候在格格那兒就知道了。」

他想了想說：「好，到時候我一定去看看是什麼東西。」

「妳回去吧，我還要去看看四哥。」他吩咐道。

我不放心地說：「您不准偷看，知道嗎？」

他伸手敲了一下我的腦門。「我一個大老爺，還不至於跟一個小丫頭耍心眼。」

我這才放心地走了，沒走幾步，想起忘了謝他送的禮物，看著他已經走遠的身影，只好摸了摸自己的額頭，心裡很是得意。

過了三天，我就把醬罈子搬回了絳雪軒，偷偷跟它商量。「我侍候了你三個月，對你這麼上心，你可別讓我失望啊。」

商量得差不多，就等著十三阿哥過來了。

離晚膳還有一會兒他就來了，在屋裡跟容惠格格敘了敘家常，側頭笑著問：「妳三口前答應的事，還記得嗎？」

我點頭。「當然記得。」

容惠格格納悶地問：「十三哥跟青兒還有什麼秘密不成？」

他就把那天的事大體說了一下，容惠格格忍俊不禁。「十三哥，這丫頭成天做些奇怪的事，這一陣子研究做菜呢，你可得忍著，先讓太醫準備些治積食的藥吧。」

我大窘，喊：「格格……」

她笑道：「好好好，快去準備吧，我也很納悶。」

這時候，十三阿哥的隨身小太監問：「爺，側福晉問您晚膳回不回府吃？」

十三阿哥道：「不回了，說我在容惠格格這兒，一會兒就回去，讓她別又不好生吃飯。」小太監忙應了退出去。

容惠格格打趣道：「十三哥真疼嫂子。」

我往外走，低頭使勁掐自己大腿，自己跟自己說今兒晚上咱不吃醋。四阿哥往裡邊走，差點又撞上，十三阿哥和容惠格格趕忙道：「四哥。」

我也給他行禮，他淡淡地說：「免了吧，這麼著急要幹什麼去？」

我看他心情不壞，竟然問起我的事，就眨了眨眼睛小聲道：「秀一下奴婢的天才廚藝。」

他難得笑出了聲，容惠格格嚇了一跳。「四哥……」

十三阿哥看了我一眼，我朝他甜甜地笑了。他假裝板了臉。「還不快去？」

我在廚房裡抱著我的寶貝醬罈子，我想吃你可不是一天、兩天了。

我打開罐子先讓廚子他們看，他們都嚇了一跳，再讓他們照著法兒做，個個都愁眉苦臉。

「我說姑娘您這是幹什麼？」

晚上開飯的時候，四阿哥也沒走，氣定神閒地說：「我等著看看妳的新花樣。」

可是隨著我的走近，都皺了眉頭。我看他們的眼神就知道他們在想什麼，連忙說：「奴婢沒掉進去，主子們都放心。」

再把黃澄澄的得意之作放在中間最顯眼的地方，大家都閉了眼，我笑道：「油炸臭豆腐，主子們請嚐嚐。」

沒有人願意動筷子，都是金貴身子，誰吃過這種鄙陋的食物，況且還散發著惡臭？我看著四阿哥嫌惡的臉色和容惠格格拿帕子捂著的臉，只能從最好說話的人身上下手。

「十三爺，您等了三天，不想嚐嚐？」然後可憐兮兮地看著他。拜託，給點面子行不行？

十三阿哥與其說被我打動，不如說受好奇心驅使，我給了他這個臺階下，他便賣給我面子。「好。」然後拿起筷子挾了一塊，吃了之後驚奇地看著我。「其貌不揚，食之有味。」他殷勤地對四阿哥說：「四哥，您試試，容惠也嚐嚐看。」

四阿哥面帶疑惑地挾了，容惠格格也勉為其難地吃了。兩個人的臉色也帶著驚喜，四阿哥聲音依舊四平八穩，問：「這是什麼名堂？臭豆腐？」

我笑著說：「主子別小看小小一盤幾塊兒，可耗費功夫了，上好的黃豆用水泡發，石磨碾成稀糊，裝入布袋，擠出漿汁，入鍋用大火燒開，倒入缸中，再加石膏汁，攪拌均勻後裝入盒中，用青石塊壓實，即成豆腐。」我看著他們接著再說：「將這些豆腐稍加晾曬，然後放入醬罈子裡悶著，一連幾個月，等待它發黴，生長黴菌之後，再取出來。」

容惠格格道：「妳前一陣天天往外跑，就是弄這個去了？」

我說：「可不是？」然後再笑著跟十三阿哥說：「奴婢上次不讓十三爺看，是害怕您看見就再也沒胃口吃了，上面可全是綠毛啊。」

十三哈哈大笑。「聽妳一說，上次幸好沒看。」

四阿哥莞爾，繼而問：「之後又是怎麼做的？」

我說：「從缸裡取出後，在水裡泡一個時辰，泡好後用冷水洗、然後瀝乾，再放入鍋裡油炸，焦黃後便放入小盤裡，用筷子在中間打洞，放入辣椒油、醬油、麻油就好了。」

容惠格格點頭。「是很麻煩。」

四阿哥再問：「妳怎麼曉得這做法的？」

我笑答：「主子們可是金貴身子，自然不知道，我以前在家中時哥哥給買過的。有一個人叫王致和，康熙八年來京中趕考，考試落榜之後生計無著，因以前家中是做豆腐生意的，無意中才發現原來豆腐也可以這樣吃。」故事是真的，記得剛開始看到這玩意兒我也嚇得不輕，但後來就因為愛吃，被哥哥嘲笑好好的大姑娘怎麼愛這味？

十三阿哥也開口問：「怎麼沒有傳入宮來？」

我心想，再過幾百年到慈禧太后時就傳進來了，於是便笑。「十三爺不記得剛端上來時大家的反應了？味兒不好唄，皇上、娘娘、阿哥、格格們誰受得了啊？」說完大家又笑了一回。

這時傳來大喊聲。「這怎麼回事兒？你們誰掉茅坑裡去了？」十四阿哥進屋了。

容惠格格笑得上氣不接下氣。「是青寧丫頭掉進去了。」

十四阿哥湊到我身邊聞了聞。「沒事嗎？這身上的味兒夠衝的。」

我連忙擺手。「不是奴婢。」

把油炸臭豆腐又向十四阿哥宣傳了一下，他倒是豪爽不拘小節，一連吃了好幾塊，問：「還有嗎？」

外面的小宮女連忙又端了一盤，滿臉悽苦。「回主子，別讓他們做了，廚房的人都讓青寧姑娘折騰慘了，而且咱這院子都成什麼味兒了呀？」

這才知道原來大家都意見不少。

吃完，十四阿哥把我叫到外邊，問：「上次九哥沒對妳怎麼著吧？」

我都忘了的事又重新提起，心裡不知道是什麼滋味，只能說：「沒有，上次多虧您了。」

他看著我的臉色，再問：「十三哥知道嗎？」

我還沒回答，十三阿哥已經走出了門，問道：「什麼事兒？」

我不知道該怎麼回答，就低了頭，十四阿哥看了看我說：「妳自己跟十三哥說吧，十三哥我先走了。」

說完十四阿哥就先回了，四阿哥囑咐十三阿哥早些回去後，也走了。

十三阿哥帶我在附近走了走，微風吹來，有些涼爽地拂在臉上，秋天的天氣已經涼了，我低頭默默跟在他身後，不知道該怎麼開口。他不知何時停了下來，我卻毫無知覺地撞上了他的胸膛，我揉著臉說：「啊，我的鼻子掉了。」

十三阿哥一直看著我，我知道我的臉紅了，他的眼睛如同大海，寬廣而平靜，這樣的眼光彷佛要將人溺斃一樣。

十三阿哥笑了笑，把我的手從臉上拉下來，握在他的手掌之中，輕輕跟我說：「我十三歲那年，法海師傅告訴我妳的事情，我很納悶，是什麼樣的女孩兒會說出要『大庇天下寒士俱歡顏』的話？」然後把我拉近了些，不再看我的臉，步子未停地繼續牽著我走。「我十七歲的時候第一次看見妳，才十二歲的妳居然說出『毀了我的名聲』這樣的話，我一時間有些哭笑不得，女兒家的名聲比男子要珍貴百倍，妳竟那樣輕易就說出了這麼重如千斤的話。」

我暈暈乎乎地任他牽著，手裡溫溫的，他再說：「我很喜歡歸有光，可是皇阿瑪並不滿意，說如此細膩不像男子，好男兒應該志在四方，要拿得起捨得下。所以在木蘭秋獮上，我是最勇敢的巴圖魯。我見妳背《項脊軒志》時一直籠著淡淡的憂傷，當時就想，曾幾何時我也曾經這樣過。上元節送妳回府，妳央請我買糖葫蘆，那麼理所當然，讓我覺得彷彿我就應該照顧妳一輩子，什麼時候都該寵著妳，想吃什麼就給妳買什麼。日後妳進了宮，稀奇古怪的事情一件接著一件，看著妳對我笑得純淨，一點都不避諱，我才知道，原來我這樣羨慕妳如此真實的樣子。」

十三阿哥說得很平靜，我也聽得很平靜，他彷彿在跟我訴說一個故事，而我也才發現隨著時間的流逝，我與他已經擁有那麼多的共同回憶。他看著毫無反應的我，笑著說：「我跟妳說得有些多了，我也該回去了。」說完就放開了我的手，準備離開。

手心的溫度一點點地失去，我兩手並用，攥住了他剛才放開的手，說：「您把我帶出來，也得送我回去才行。」十三阿哥直接愣在當場，我接著道：「皇宮裡很寂寞，我跟著格格心裡才少了些害怕，多虧了您明白，要不是因為有您，我笑得比哭還難看。」

十三阿哥挑起了一邊的嘴角。「走吧，我送妳回去。」

送到院子裡，我跟他說：「奴婢一直想謝您的，可是沒機會，您送的東西奴婢都很喜歡。」

他笑。「早知道回來妳就渾身不自在，倒不如在外面多待會兒聽聽妳說心裡話。既然妳喜歡這些，下月初一我生日，妳也送些我喜歡的吧。」

這個問題困擾我很久，送什麼才好？

古時互有情意的人之間會送什麼，同心結？香囊？扇墜？荷包？一直到快九月下旬，我還沒想出來究竟要送什麼。十三阿哥農曆十月初一的生日，到了那天已過立冬好幾日，康熙賜了很多東西，各宮娘娘、阿哥、格格們有交情的都送了，全是些貴重物品。

臨近午膳那會兒，容惠格格打發身邊的小宮女去請十三阿哥，小宮女回來報導。「格格，十三爺忙著呢，先前在皇上那兒，現在跟四爺在一起，聽說還要去見德妃娘娘，一時半會兒來不了。」

容惠格格打發她下去了，看著一臉悠閒的我，說：「妳倒沈得住氣，給十三哥準備的什麼拿出來給我瞧瞧。」

「奴婢自然是準備好了所以才無患，格格信不信，奴婢的禮物絕對是獨一無二的，而且十三阿哥肯定喜歡。」我笑著告訴她。

「小丫頭就會說大話，如果他不喜歡，妳可怎麼辦？」

我沒有想過這問題。

……

康熙賜了宴，十三阿哥一直沒有過來，傍晚那會兒，十三阿哥的小太監來了，說：「格格，十三爺怕是來不了了，府裡做壽，請了幾位阿哥們過去，實在抽不開身。爺讓奴才過來說一聲。」

容惠格格點頭。「我知道了，你就把東西捎過去吧。」容惠格格讓我把她的禮物給了小太監，我也捧著個小盒子交給了他。他臨出去的時候拉了下我的袖子，我稟明了容惠格格，揀了空在院角找著了他。

「什麼事兒？」

「姑娘，爺說姑娘送的東西肯定有門道，讓奴才一定問問您有沒有說法。」

我哈哈大笑，細細打量他，也不過是個十三、四歲的小孩子，就問他：「你叫什麼名字？」

「奴才張嚴。」

「你就跟爺說，我的東西必須要晚膳之前啟，要不就失了大半效用。」

他忙應著，回去交差了。我看著他的身影搖頭苦笑，真是個機靈的孩子，可憐年紀這麼小就入宮被人作踐。

第二天，我正在幫容惠格格捏著肩膀，她突然問我：「青兒可知道我多大了？」她放下手裡的活計，那是一幅未繡完的梅花，然後不等我回答就微抬頭，睇了眼道：「我今年十九歲了。」

我納悶地問：「格格怎麼突然說這個？」

她笑得苦澀。「三十年我三姊嫁與蒙古巴林部烏爾袞，三十一年五姊嫁給噶喇沁部蒙古杜凌王次子噶爾臧，三十六年這個時候我看著六姊離宮，嫁給喀爾喀郡王敦布多爾濟。都說皇家女兒高貴，可最後還不是落得背井離鄉、遠嫁他方的下場？我應該也逃不過這樣的命運。」

我叫了一聲。「格格……」看著她猶笑著的臉，心裡酸得不行，就說：「您別亂想，好好求皇上，能嫁給朝中的重臣能將們也說不準呢。」說完也覺得這樣的勸詞太蒼白了。

容惠格格看了我一眼，側頭問：「青兒今年多大了呢？」

「奴婢虛歲十五了。」我答。

她若有所思地說：「也到了出嫁的年紀了，不知道皇阿瑪想把妳給誰？」

「奴婢自從進了宮一直受格格的照顧，說句不知深淺的話，格格待我像自家妹妹一樣，能一直陪著格格也是好的。」這句話倒不是矯情，容惠格格貞雅嫻靜，跟著她一直過得寧靜平和，嫁了人能過上這樣的生活嗎？

「我不會耽誤妳的。」她笑著說：「讓十三哥要了妳，做我的嫂子可好？」我沒有回答，她接著說：「妳與十三哥也有很深的緣分，我看他對妳也有情。妳……」

正說著呢，外面太監們喊：「十三阿哥到。」

「說曹操曹操就到了，我親口問問他。」

「格格別，怪難為情的。」

「呵呵……小丫頭竟會臉紅！」

十三阿哥拎著袍子下襬就進了屋。「妳們說什麼呢？」

「格格跟奴婢正在討論送給十三阿哥的禮物，不知道您喜不喜歡？」我趕忙回答。

容惠格格好笑地看了看我，又看著十三阿哥。

「妹妹送的禮我自然喜歡。」十三阿哥坐了，眼睛瞟到我身上。「倒是有人送的解酒藥可是寒磣了點。」

容惠格格指了我半天，哭笑不得地說：「妳竟然送解酒藥給十三哥當禮物？」

十三阿哥對我笑得開心，我不好意思。「過生日哪能不喝酒，從早喝到晚又哪能受得了？」

容惠格格看了看十三阿哥說：「先前青兒誇下大話說她送十三哥的禮是獨一無二的，你一定喜歡。現在我倒要問問，十三哥是不是喜歡？」她再笑看著我說：「妳倒是個貼心的，禮輕情義重啊，看來我的提議是早晚的事了。」

十三阿哥聽了之後先笑了，捧著杯子飲了一口茶，溫柔地看著我說：「我很喜歡，確實獨一無二。」想了想又問容惠格格：「妳剛才說什麼提議？」

「奴婢先告退了，主子們慢慢說。」我慌忙奪門而逃。

我一路跑出正廳，在後院裡氣喘吁吁地看著滿地的落葉，撫了幾下胸口給自己順了順氣，走向幾棵參天的大樹，輕輕地倚在樹上，抬頭看向天空。

在這片土地上，我竟然對這些人愛得如此深沈，這未來會是什麼樣子？

後面腳步聲越來越近，我回頭看著十三阿哥大踏步地走到我身邊，未語先笑，仔細看了我半天，直到我的眼睛跟著他看了左邊再右邊，最後實在忍不住蹙眉大喊：「看夠了沒有？」

他大笑。「等了半天終於爆發了。」

這次換我愣，這人怎麼這樣呀？

他不再玩笑，正色道：「那解酒藥怎麼回事？跟平時太醫給的似乎不同。」

我心想，要不是你常喝酒，怎麼能知道味道不一樣。

「太醫們大多用葛根、肉豆蔻、苦參、冰糖幾味入藥。長此以來，保險是保險，可是缺了些趣味。我有一次看醫書，上面載高良薑可以暖胃散寒、消食醒酒、治胃脘冷痛，又載醋茶有解酒和療酒醉的功用。閒來無事就互相摻和了一下，味道倒好些。」

「也就妳會在這些事情上下工夫。」他溫和地說：「我再問妳，這是妳寫的？」他拿了張裁剪四方的宣紙，上面寫了兩行字。「從來君子之交淡如水，古來禮輕但比情義重。」

我笑了。「奴婢不會作詩，上次見十三爺寫的書箋好，就大著膽子自己也試了一把，誰知道畫虎不成反類犬了。對了，奴婢給您的東西沒扔了吧？」

他解開掛在腰間隨身佩戴的荷包，從裡面取了片風乾的紅葉出來，微微笑道：「在這兒呢。」

我喜笑顏開。「這是以前夾在書裡的，跟了我好幾年了，這樣很好，您隨身帶著吧。」

他亮晶晶的眼睛閃著灼人的光芒。

他會怎麼想呢？是一重山，兩重山，山遠天高煙水寒，相思楓葉丹？還是冉冉秋光留不住，滿街紅葉暮？我從他手上拿了荷包，把紅葉再塞進去放好，低了頭輕聲說：「奴婢給您繫好。」

我向他靠近了些，弓著身子把荷包給他繫在腰間，他溫熱的呼吸在我耳朵邊有節奏地響動，我只聽見自己的心跳如擂鼓。半天也沒弄好，我抬頭抱歉地跟他笑。「您再等等，一會兒就好。」

他突然抓著我的胳膊把我帶進懷裡，輕輕環著我。我的臉貼著他的衣服，聞著他身上清幽的檀香味道，問他：「十三阿哥喜歡我嗎？」

他身子一僵。「我很喜歡妳。」

我再說：「那您跟皇上要了我吧，我想去草原放羊。」

他也很嚴肅。「好。」

第六章　指婚

十三阿哥去跟德妃說了自己的意思，德妃很痛快地跟康熙說了。康熙思量再三，我父親性情耿直不阿，沒有結黨的前科，又念著十三阿哥的母親去得早，十三阿哥直到現在還沒有嫡福晉，就一口允了。

康熙身邊的小太監來到絳雪軒宣我面聖，容惠格格高興了好一陣子，幫我弄了好幾身衣服，穿來試去才終於滿意。

在小太監的帶領下，我去了乾清宮，等候傳喚的時候，我仔細打量這座宏偉的建築，這是康熙讀書學習、處理日常事務、居住並且接見外國使臣的地方，有多少重大的決定都在這裡作出？這間宮殿承載了多少人的夢想？又見證了多少人的辛酸？

從側門裡進去候在外面，聽太監說，皇上在西暖閣，讓我稍候一會兒再進去。

在外面站了不一會兒，康熙宣我進去，進去略掃了一眼，似乎幾個成年的阿哥們都在，而站在正中間身著明黃顏色器宇軒昂的人吸引了全部的氣場，那是一種強烈的存在，我想這便是康熙了，自從上元節時遠遠看見，便有這種壓迫的感覺，這些兒子們與他站在一起全都給比下去了。

我端端正正不卑不亢地給康熙請安，心裡雖然忐忑不安，但更多是敬重的情緒，打江山不易，守江山更不易。只聽見他問：「馬爾漢的閨女是吧？」

我恭敬地答道：「回萬歲爺的話，確是奴婢。」

他嗯了一聲，道：「起來回話吧。」

我靜靜低著頭等候，只聽見他叫「老十三」，十三阿哥趕忙站了出來。「皇父吩咐，兒臣聽著。」

康熙點了我幾下，偏頭笑著跟他說：「眼光不錯，當初朕就想著把她指給皇子，這下可好，就你沒嫡福晉了，你倒討得巧。」

十三阿哥笑了笑。十四阿哥站了出來，笑嘻嘻地跟康熙說話。「皇阿瑪不知道，兆佳・青寧跟十三哥自三十八年時就結下梁子了。」他說得有趣，康熙笑了，眾阿哥也跟著笑了，我突然覺得好像被人看著，像利箭一樣穿透了心臟，可又不敢抬頭。

康熙踱到我面前稍停了一會兒，再問十四：「你倒說說，是個什麼緣由？」

十四阿哥就把法海與我們的事情揀著該說的說了一遍，十四阿哥的性子是最像康熙的，所以父子倆也投緣，看得出來康熙很喜歡這個兒子。

「嗯，有意思。妳且說說，喜歡朕的十三皇子什麼？」康熙興之所至地問了我這麼句話。

我知道不能抬頭看他，那是大不敬，揣測他的心意該怎麼回答，這麼直白的問題，真是要了老命了。想不出好的答案，只能憑直覺說：「回萬歲爺的話，奴婢全都喜歡。」

這話一說，全場爆笑，我委屈地看了看十三阿哥，他正搖頭苦笑，眼裡卻是滿滿的寵溺。

「好一個全都喜歡。」康熙抿著嘴挑眉，我這才明白這些阿哥們的表情都是遺傳自誰。

他再叫十三阿哥「回去跟德妃說，讓她好好準備著，明年挑個好日子把這事兒辦了，你也該娶個媳婦了。」

十三阿哥連忙稱是，康熙也對我說：「回去準備吧，明年等做了朕的媳婦再慢慢說。」

我道：「奴婢謹遵萬歲爺吩咐。」

康熙也累了，就讓眾人都跪了安。

出來之後，緊張情緒一消散，高興就排山倒海地隨之而來。我與十三阿哥跟在眾人後面，只有十四阿哥隨著我們，看著我笑容滿面的樣子，不懷好意地學康熙與我的對話，先沈了聲問：「妳喜歡十三阿哥哪兒啊？」然後尖細了嗓子學我的腔調說：「回萬歲爺的話，奴婢全都喜歡。」又撇了撇嘴說：「怎麼歲數長了，這不害臊的毛病還是改不了啊？哪個大家閨秀有妳這樣的？」

這話一說，前面的幾個阿哥都笑了，四阿哥、八阿哥都笑得淺淡，十阿哥放聲大笑，九阿哥陰沈著臉冷笑，十三阿哥笑得寵愛，我人窘，這麼多人面前又不敢放肆，就低了頭。

四阿哥正好叫住十三阿哥，他便微笑著問我：「自己回去行嗎？」

我笑著點了點頭，他才走了。

十四阿哥臨走之前難得的正經。「丫頭，多年的黑鍋總算沒白讓妳背著，我該叫妳十三嫂了。」

我看著他烏黑的瞳仁，心裡感動地說：「謝謝您，十四阿哥。」

他點頭，頓了頓說：「雖然我不喜歡四哥，但是十三哥從小與我一起長大，若是以後……」

我知道他支持八阿哥，而十三阿哥卻與四阿哥走得近，四阿哥與八阿哥是爭奪皇位的對手，以後自然少不了針鋒相對的時候，就說：「廟堂上的事我不管，也管不了，我只知道您是十四阿哥。」我這次是用未進宮之前的身分跟他說話的。

他深深地看了我一眼，頗為動容。那邊八阿哥叫他，他便走了。我目送他的背影離開，卻意外地看見九阿哥的眼定在我身上，裡面盛滿了隱忍的怒氣。

回到絳雪軒，容惠格格看我的眼神也與平時不一樣。「妳跟十三哥真是有緣分，皇阿瑪竟然這麼輕易就答應了，害我還擔心了半天。」她笑咪咪地拉著我的手轉了個圈。「我是不是該喊妳聲嫂子了？」

「格格別打趣奴婢了，以後可讓奴婢怎麼自處啊？」我害羞地紅了臉，就把康熙說的話跟她大體陳述了一下。

她點頭沈思道：「皇阿瑪想得也是周全，眼下就要臘月了，又得為年節的事忙了，估計明年開春就會為你們舉行大婚了。」

「奴婢才不急著嫁，跟著格格再多待幾年才好呢。」我誠心地說。

她搖頭。「紫禁城耽誤了多少寂寞的芳魂，能出去儘早出去吧。」說完黯然了好一會兒，再跟我說話時又換上高興的神色。「走，我得帶妳去額娘那兒謝恩。」

……

跟在容惠格格後面逶逶迤迤地去了永和宮，德妃娘娘還是恬淡沈靜的老樣子，容惠格格先道：「額娘，兆佳・青寧是特意來給您謝恩的。」說完給我使了個眼色。

我連忙給她行了大禮，跪著說：「奴婢多謝娘娘成全。」

她抬了抬手笑道：「免了，十三阿哥跟我自家孩子沒什麼兩樣，妳也是個懂事的，往後好好照顧十三阿哥就算謝我了。」

我忙應了。

過了三、四天，聖旨傳下，父親忙穿了蟒服至乾清門北面跪下，司儀大臣西面傳旨。「今以兆佳氏女配予十三皇子胤祥為福晉，擇吉時行文定禮。」

父親三跪九拜領了旨謝恩，回去舉府皆大喜，人仰馬翻地開始準備，賀喜之人絡繹不絕，我得到康熙特許可以出宮一段時日，臘月二十五後再回宮中過年。

我去跟容惠格格請示，少不得一番留戀，要我早些回來，我應了，就回房收拾東西。彼時幾個小宮女正在打掃院子，我平時跟她們笑鬧慣了，見我出了房門，此刻都沒大沒小地說：「姑娘大喜，日後做了十三福晉，可別忘了咱們。」

我笑。「那是自然，以後咱們有福同享，有難同當。」

她們接著笑。「姑娘又說笑了，可怎麼同享？難不成我們都要嫁了十三阿哥？」

我大力點頭。「那敢情好，把絳雪軒搬到十三阿哥府，十三阿哥一下子多這麼多大小福晉，說不定多樂呢。」

有幾個小丫頭已經笑得止不住。「沒見過姑娘這樣的人，這樣的大事也能拿來說嘴？」

又有人說：「姑娘真是有福氣，誰不知道在這些皇子裡面，獨十三阿哥對人最好，且不說對上面的娘娘、格格們，就是對下人也再挑不出他那麼好的。」

我點了點她的腦袋，開玩笑道：「聽妳這樣說，看來這十三皇子府妳是非跟我去不可了。」

小丫頭大窘。「姑娘真是的。」說完掩著臉跑了。

當值的大小太監們也開始加入我們的行列，你一言我一語地先說恭喜，然後再拿我開說，一時間熱鬧非凡。

「姑娘，您這一嫁十三爺，說不定多少女子恨著您來，喜歡咱們十三爺的人可多了。」一機靈小太監說。

「那不打緊，到時儘管去府上找我，先帶著自家畫像，讓小太監們繳了給我，我一個一個地仔細看，瞧上的就給了十三爺，瞧不上的就讓她們回去再努力改善容貌，若是第二次來時合了我的眼，再進府也不遲，反正十三阿哥也不嫌多。」

幾個年紀小的忍不住都笑了，我指著所有的女孩大喊：「大家都有機會啊！」

又是一陣笑鬧，只聽見有人問道：「那妳問過我的意見了嗎？」當事人正走進來，雖然寒著臉，可是眼睛卻是飽含笑意。

丫頭、太監們跪了一地，我忙福身道：「奴婢給十三阿哥請安。」

「都起來，各忙各的吧。」待十三吩咐完，他們都忙不迭散了。

我笑得高興，一直盯著他，他也面貌和善，語調上揚。「妳倒是會安排？」

我正色道：「您別看奴婢現在說得高興，若以後真有那麼多人喜歡您，奴婢哭都找不著調。」

他爽朗地笑了。「走吧，我送妳回府。」

我驚訝，他微微笑道：「我現下不忙，正好得了空。走吧。」說完就先抬步走了，我忙跟在他後面。

上了馬車，出了紫禁城，心裡得意得緊，我輕輕拽他袖子。「您跟我回去嗎？」

他笑了下。「自然要去看看的。」

馬車裡就只有我們兩個，一時之間手腳不知道該放在哪兒，他看出了我的不自在，便伸了手拉我坐在他身邊，然後握著我的手微皺了眉頭。「手怎麼這麼涼？」又看了看我身上的衣服。「天寒還穿得這樣少？」

我心裡暖暖的，就任由他握著手，笑道：「這不是有您嗎？」

他笑笑，也不再責備我，兩個人靜靜坐了一陣子，我開始說話。「十三阿哥，跟我說說您小時候的事兒行嗎？」

他有些迷糊，再問：「什麼？」

「我想多知道些關於您的事兒，您跟我說說吧。」

「就妳跟別人不一樣，怎麼想起來問這個？」他眼神有些迷濛，彷彿在想著很久遠的事情，接著說：「我生下來就一直跟著乳母，很少見著額娘的面，印象中她很溫柔，也很美，容惠的性子很像她。她雖然很得皇阿瑪的寵愛，但從來不驕縱，等我歲數再大些，便開始進書房唸書，一年見著她的面很少，容惠一直跟著她的嬤嬤，能見著額娘的次數比我還少，所以額娘這一生很孤獨。

「我十三歲開始學騎射，每每手受了傷，她總是細心包紮，但卻從來不說寬慰的話。我十四歲時，她就去了。」

我看著他略有些憂傷的面容，心想，十三阿哥的生母章佳氏確實不簡單，她去世之後，十三阿哥經常受到康熙的種種照顧，子以母貴。十三雖然看起來溫和，可是他心中自有丘壑，能得到康熙那麼多眷顧，除了他額娘得寵，自然也有他優秀的地方；而且他絕不是優柔寡斷的人，他的心計並不遜色，只是不熱愛這些而已。

容惠格格更是深藏不露，我跟了她近兩年，她確實是溫柔嫻靜的，但她更是腹有千秋的，行為低調但絕不蠢鈍，要不然對於這樣一個幼年喪母的小姑娘，在皇宮那樣的地方獨自生活，這些年來從來不見有人敢小覷她，這跟她母親的教育也是離不開的。

十三阿哥看我深思，就呵呵一笑。「這些不說也罷，別讓妳心情也不好了。」就挑起馬車的簾子，看向外面。

知道了這些也算心滿意足了，以後結了婚再問也不遲。我隨著他的手向外看去，人煙阜盛，街市熱鬧，店鋪林立，活生生一幅清明上河圖。馬車所過之處，都覺得新鮮可愛。

十三阿哥好笑地把我的頭撥了過來。「再看下去，妳人都要出去了。」

我也笑。「我給您說個笑話可好？」

他興致盎然。「好。」

「我有一次在府中看趕車師傅套馬，套好之後就要出去，一個小廝大老遠地跑過來，一邊跑一邊說：『師傅，等等我，師傅等等我，師傅……』套馬師傅大樂，道：『八戒，莫慌張，師傅在此。』」

說完十三阿哥大笑，用手捏了捏我的臉。「這麼調皮，這是像了誰？」

突然，馬車停了，小太監在外頭喊：「主子，到了。」

我嘟囔。「怎麼這麼快就到了？」看了看十三阿哥的笑臉，實在捨不得，就在臨下車之前快速地親了下他的臉頰。

他明顯呆住了，我呵呵笑著就離開了他身邊，還沒碰到簾子，又被他大力拉到懷裡，他的頭低了下來，剛剛觸到唇，外面的太監又喊了一聲。「主子，到了。」

十三阿哥和我都是一愣，他道：「他倒叫得巧。」

說完兩人相視而笑，我起身掀了簾子，小太監跪在地上，正要取凳子，我說不用，一拎裙襬，腳也應聲著了地，小太監張大了嘴半天合不上，十三阿哥噙著笑踩了腳凳下來。

我看了看正門，我家的幾輛馬車正停在門前，心裡想了想就去了偏門，十三阿哥吩咐小太監去把馬車安置了，然後緊跟在我後面。我看著幾個小孩子正在側門當值，是家裡的小廝們，其中一個大略認識我，驚得站了起來喊。「格、格格。」說完就要通報，我忙示意他住了嘴，就進去了。

先在院子裡走了會兒，園中的景致漸漸熟悉，兩年來沒有任何變化，當時的我正是垂髫小孩兒，現在卻即將嫁為人婦了。

我突然踹翻了花盆底，張開手臂跑起來，再也不用守亂七八糟的規矩，再也不用作踐自己喊奴婢，這個地方是我的家啊！

「阿瑪、額娘我回來了，哥哥、嫂嫂，我回來了……」我一邊跑一邊笑，全然不顧後面的十三阿哥。

不一會兒府裡就開始熱鬧起來，烏嚷嚷、鬧哄哄，然後陸續看見了我日夜思念的親人們。

阿瑪看著我的狼狽樣，緊鎖眉頭。「看這是成什麼樣子？」

我只是看著他笑。「阿瑪，我回來了。」然後再叫「哥哥」，旁邊的人還是記憶中的模樣，只是在外人面前更形穩重，他笑並豪爽地答了「嗯」。

阿瑪和哥哥趕緊往前走了幾步，阿瑪就要拜倒。「老臣拜見十三阿哥。」

十三阿哥趕緊扶住了他。「尚書大人多禮了。」

哥哥也行了禮。額娘被人扶著走路有些顫巍巍的，眼裡含了淚，哽咽地喊：「青兒……」依稀還是當年我剛見她時的模樣，執手相看淚眼，竟無語凝噎。

十三阿哥被父親請到前廳坐了，我在後院裡與母親聊些這幾年的情景，時間過去大半，十三阿哥要回府的時候，阿瑪、哥哥去送他，他只說：「尚書大人回去吧，等皇父選了吉日，我便來下文定禮。」

父親忙應了，恭送他離去。

見著雲琳的時候，她已是少婦模樣，旁邊的孩子粉嫩可愛，我忍不住掐了掐他的臉，他卻格格笑了，我大喜，看著他說：「我是姑母。」

雲琳對我頗有感情，眼睛都哭腫了，我說：「嫂嫂哭什麼？我回來不高興嗎？」

她還是叫「格格」，我忙制止了她。「讓別人聽見可亂了規矩。」

兩個人互相說了這些年的情況，她還是替我高興。「剛知道姑娘指婚給十三阿哥時，夫人和姊姊都哭了，老爺和妳哥哥也是極高興的。」我聽她這些稱呼叫得彆扭，就不再勉強她。

……

一日小跑去給額娘請安，外面陰寒得很，進屋一股熱氣襲來，我趕緊搓著手捏了捏耳朵，小丫頭把斗篷接了，我上了炕與母親在冬日晴暖的陽光裡坐了大半天，她或者做活計，或者哄我們家的小娃娃，父親給他取小名庭生，望他在家中快樂安生。

我常常捧著一本書閒翻幾頁，或者望著母親祥和的臉想像她年輕的時候，或者逗庭生玩，這孩子不認生，與我倒是親厚。

母親看著我的樣子，和氣地笑著說：「以後嫁了十三阿哥，總會有孩子的。」

我便也笑，畢竟以後孩子跟著我會受苦的。

一日，我穿了男裝，叫了幾個小廝就要出門，父親不在家，求了母親好幾次也不同意，最後軟磨硬泡才勉強答應。在百年老店裡選了塊長命鎖準備送給庭生，又在一家玉器行裡選了些自己喜歡的素淨物什，再回頭看時身邊已沒了人，小廝們不知何時都不見了，倒是九阿哥坐在凳子上悠閒地喝著茶，一副玩世不恭的表情。

我進退兩難，只能一直站在原地，一盞茶的工夫後他走了過來，看了看我手上的東西，輕描淡寫道：「喜歡就拿著吧，是我的鋪子。」

我差點沒咬舌自盡，十三阿哥，咱們家有沒有玉器鋪子？

「九爺吉祥。」我嘴角抽搐。

「嗯。」他一直站在我身邊，也不說話，我覺得難受極了。

剛要告辭時，他終於緩緩開了口。「跟我去吃東西。」說完拉著我的手往前走。

我心裡彆扭極了，道：「現在不是在宮裡，而且我……」

「現在還不算他的媳婦，」他沒有情緒地說道：「滿人也不講究漢人那一套。」

我驚恐地看著他，他不再多說廢話扯著我就走，我掙扎了半天還是掙不開，眼淚就掉了下來。九阿哥陰沈地看了我半天，終於放開了手，聲音無力地說：「妳走吧，我不想看見妳。」

我奪門而逃，一個人漫無目的地走著，心裡不是滋味，這是怎麼回事？我習慣了他盛氣凌人的樣子，突然這樣，心裡竟有些難受。

心神恍惚間被人撞了一下，那人破口大罵。「沒長眼嗎？怎麼走路的？」

我嚇了一跳，道了歉繼續往前走，突然覺得身後有股壓迫感，胳膊突然被人拽了一把。「跟我走。」

九阿哥拉著我坐上馬車，向城外空曠的地方去了。我生著氣根本不想理他，在馬車裡跟他離了老遠坐著，他開口問：「妳恨我嗎？」

「不是恨，是怕您。」我誠實地回答：「九爺要帶奴婢去哪兒？奴婢回去晚了，家裡人會擔心的。」

「不是怕家裡人擔心，是怕老十三擔心吧？」

我跟他說不通，繼續沈默。他窮追不捨地問：「老十三平日怎樣對妳？」

我驚訝地看了他一眼，這是隱私好不好？低頭悶聲說：「十三阿哥不嚇奴婢。」

他聽了，有些好笑地問：「就因為這喜歡上他了？」

「當然不是，」我忙道：「十三阿哥尊重奴婢，他不會隨便踐踏人的心。」

是了，我就是這樣喜歡上他的，從他給我買糖葫蘆開始。在這個男權至高無上的社會中，當別人在苛責一個小丫頭不守規矩時，只有他會寬容地笑，這是一種對生命的尊重，以他高貴皇子的身分。

九阿哥深思了會兒，終是沈默了。我規規矩矩地踩著板凳在他身後下了馬車，他讓小廝走遠了些，在附近選了塊空地坐下，拍了拍身邊示意我也坐。冬天天黑得早，我飢寒交迫，加上心情忐忑不安，就隔著他老遠一屁股坐下，一邊還擔心家裡，不知道亂成什麼樣了呢？

九阿哥站起身來走到我旁邊，難得臉上的笑不那麼諷刺，柔和了許多，他把手輕輕放在我頭上。「過了今夜，我就會忘了妳。現在我不會不尊重妳，妳也不能再怕我，如何？」我心裡疑惑，剛要開口，他接著說：「我不會讓妳以身相許的，就待一會兒。」

我聽著他的語氣，心裡軟了軟，沒有表示異議。

他在我身邊坐了下來，高聲叫那小廝的名字，道：「去給爺買孔明燈，要城裡最好的，快去。」

我疑惑地看著他，他只是笑了笑，然後就聽見馬車離去的聲音。

他又抓了我的手，緊緊握在他的手裡，我掙了幾下看他沒有鬆手的意思，索性就任他握著。一時間又沒了話，他一直看著夜色迷濛的遠處，有些滄桑孤絕的愴然，身為皇子也有不為人知的太多煩惱，我也仰頭看天上的星星，高遠遼闊。十二月的風寂寥得讓人想哭，像極了身邊的人。

「給我唱歌兒聽聽吧？」他縹緲的聲音無根無著落。

我沒有唱歌，只是輕輕開口。「北溟有魚，其名為鯤，鯤之大，不知其幾千里也，化而為鳥……」青春是隻鳥，本應該隨季節遷徙，在天空飛翔無拘無束，是什麼讓他們受盡束縛？縱使逃不了這無情的命運，就讓思想自由自在地遨遊吧。

「爺，孔明燈奴才買回來了。」小太監的話打斷了我與九阿哥之間的寧靜，也打斷了我們徜徉於逍遙遊的快意。

九阿哥惱得要破口大罵起來，我連忙接了孔明燈，說了一句：「辛苦你了。」

九阿哥疲憊地說道：「過去候著吧。」

小太監忙把火摺子給了我，就退下了。

我看了看孔明燈下方墜著的白條上還是空著的，九阿哥大概也發現了，身邊沒筆墨，便說心裡想著願望就放了吧！我聽他的話微微閉上眼睛，許了願望然後點著了它，看著它白色的身影隨風飄起，這時九阿哥的燈也飛起來了，虔誠地看著它飄上更高遠的天空，兩盞燈一前一後，呼應而去。

「好歹有個伴吧。」九阿哥看著燈喑啞地說。「妳許的什麼願？」

「您呢？」

兩個人誰都沒有說，九阿哥帶著我上了馬車。送到府門口的時候，外面好幾輛馬車停著，小廝們打著燈籠著急地走來走去，伸長了脖子看著我下車，趕緊跑到我跟前，都是一臉驚喜。「格格，府裡亂了套了，您快進去，老爺發了很大的火。」

我匆忙向九阿哥行了個禮，跑進府裡，他終是不放心，隨我一同走了進去。

阿瑪站在正廳，怒氣沖沖地看著我，威嚴地喊了一聲：「跪下！」

我連忙跪了。

「一個女孩家，這副打扮成什麼樣子？這都什麼時辰了，妳還知道回來？」

九阿哥大踏步走了進來，父親一愣，趕緊行了禮。九阿哥素來與父親沒什麼往來，只是點了點頭道：「尚書大人別怪罪，是我叫了她出去，只是朋友間互相敘敘舊，就別責罰了吧。」說完又客套了一番才走。

父親回來之後，依舊緊皺眉頭看著我。「好歹妳也是快嫁的人了，這麼公然拋頭露面，妳讓我怎麼跟十三阿哥交代？妳讓為父的臉面往哪兒擱？」說完又讓我跪著，生氣地甩門而去。一幫人跟父親求了半天情也不管用，我倒沒有多大委屈，只是害怕十三阿哥知道後不曉得會怎麼想。

過了一個時辰，哥哥過來，趕忙扶了我說：「快起來吧。」我執拗地不起身，他微微一笑，說：「阿瑪說的，讓妳起來。」

我這才慢慢起了，揉著痠麻的膝蓋問他：「阿瑪氣可消了？」

哥哥苦笑。「阿瑪去給十三阿哥賠不是了。」

我大驚，一下又跪在地上。「阿瑪他怎麼……」

「十三阿哥擔心妳，一直讓小太監在府門口候著呢，誰知道……唉……」

哥哥的話像千斤重石般壓在我胸口，久久喘不上氣來，心疼阿瑪、擔心十三阿哥的反應，我艱難地開口問：「後來呢？」

「十三阿哥擔心這小太監胡言亂語，讓人歸鄉了，勸了阿瑪幾句，就讓他老人家回來了。」

我一聽連忙又問：「家裡的那幾個小廝呢？」

「全遣散了。」

這樣又豈能掩得了悠悠眾口？我這一次罪過大了。

第七章 鬧矛盾

很長一段時間，十三阿哥對我不聞不問，彷彿我成了透明人。我心裡雖然委屈，可是又知道自己理虧，阿瑪也不大跟我說話，額娘私自放我出去也被阿瑪訓斥了好幾句，心裡不痛快。哥哥嫂嫂只能看著，卻無能為力。家裡的氣氛很是慘澹。

我一直悶在屋裡，根本不願出門，急壞了杏兒。自從雲琳嫁了人，她就跟著母親了，我回來之後又到了我屋裡侍候。她天天好言好語勸我。「格格，您出去走走吧，別悶壞了。」

我始終沒有要出去的意思，小丫頭急得落下淚來。

「給我換衣服，去十三阿哥府。」我實在忍不住，也氣不過。就算他有氣，也要問問我是怎麼回事吧？

「格格，您出不了府，老爺不讓。」杏兒急忙說。

我厲聲道：「給我換身男裝我要出去！快點！」

杏兒被我嚇著了，和顏悅色的我從來沒有生過這麼大的氣，連忙找來了衣服給我換上，她執意也要跟去，我知道這已經是她最大的讓步，就允了。

在偏門威逼利誘了小廝幾句，就來到了街前。到底相不相信我，我只要十三阿哥一句話，就算回去得跪上五天我也認了。

這是我第一次看見十三阿哥的府邸，兩座威武的石獅子立在門的兩側，朱紅大門緊閉著，我從來沒有深切感受到的皇子身分現在卻排山倒海般地向我襲來，我在側門前站了一會兒，聽見小廝閒聊說十三阿哥正在跟側福晉一起逗弄自己的女兒。

我出了半天的神，帶著杏兒轉身就走，忽然有道日夜想念的熟悉聲音在背後喊：「站住。」我沒有搭理他的話，頭也不回地走了。不管誰錯，那句話不稀罕問了，枉我還在家裡吃不下睡不著地擔心，他卻逍遙自在的根本不在乎。

……

小廝們看見我喜道：「格格，您可回來了，好在沒被發現。」

我逕自回了自己屋裡，倒頭就睡，囑咐了杏兒。「別讓人來煩我，誰都不行。」

也不知道過了多長時間，杏兒敲門。「格格，您一天沒吃飯了，奴婢求您了，您開門吃點東西吧。」

我自然不理，如此翻來覆去好幾次。這麼一鬧，驚動了父母兄嫂，都問杏兒怎麼回事，杏兒只是哭，阿瑪更生氣了。「別管她，讓她餓著吧。」哼了一聲又走遠了。

我的淚撲簌簌地掉下來。幾個人輪番轟炸，母親嫂嫂雲琳，我都沒有開門，好一陣子後又聽見叩門聲，一聲急似一聲，哥哥叫道：「青兒，青兒快出來……」

神經已經繃到了極致，腦子嗡嗡地響，沒等他說完，我一下掀開了被子，顧不得天冷，穿著中衣散著頭髮就下了床，拿了個茶杯使勁往門上摔去，落地後發出清脆的聲音。我終於控制不住，聲嘶力竭地吼：「別管我，讓我死了吧。我為什麼要活在這個世界上受人輕賤？我一點都不想活了。」

原來只是為了他。

我抓著桌沿，掀翻了桌上的茶具，又是一陣碎裂的聲音，哥哥急了，使勁撞門。「妳幹什麼？快給我開門。」

我一下開了門，寒氣撲了一身，淚流滿面道：「哥哥殺了我吧，我真的不想活了……」卻看見十三阿哥一臉的愕然。

十三阿哥輕輕走了過來，把身上的大氅脫了，露出青藍色的袍子，走到我身邊，把黑色的大氅蓋在我身上，輕輕嘆了口氣道：「妳何苦這麼跟自己身子過不去？」

他一說話我更委屈，怒目相視，淚還是滑了下來。

哥哥看看情況，退了下去，只囑咐杏兒在遠處候著。

「該生氣的人應該是我，妳怎麼比我還氣？」他抬手給我擦了臉。我直接扯過大氅在臉上胡擼了一把，他搖頭心疼地笑。「已經毀了我兩件衣服了。」

「你是心疼我還是心疼衣服？」我執意問他。

他看著我，目光無奈又堅定。「我倒希望我心疼衣服，這樣自己還好受些。」

我一下撲進他懷裡，眼睛又酸了，十三阿哥把我抱了起來，進了屋放在床上，拉過被子蓋在我身上。「到底是誰輕賤了妳，至於讓妳不想活了？」

我想起早上去找他時聽見的話，就沒好氣地說：「我好好地去找人道歉，誰知道人家竟一點也沒把這事放在心上，還怡然自得地哄孩子，擱誰身上誰不生氣？」

他愣了一下轉而笑了。我看他笑更來氣，一下子蒙了頭轉身不看他，也顧不得背對著皇子是大不敬了。他扯了半天被子，我還是緊抓著不放，他幽幽道：「妳也知道生氣？我即將過門的福晉跟自己的哥哥單獨待了整個晚上，我就不會胡思亂想，就不能生氣了嗎？」

我一聽這話，手上一鬆就任他把被子扯了下來，他把我身子扳了過來，問：「妳氣可消了？」

「可是我心裡就只有你一個人啊。」我委屈地說完，淚又掉了下來，十三阿哥突然把我拉近，俯頭吻住了我，起先輕柔輾轉，後來就加大了力道。他比我高了不少，我只能仰著頭，手裡緊緊抓住他胸前的衣服。唇齒交纏了一會兒，他突然離開了我。

眼睛迷濛，我一時還反應不過來就問：「怎麼了？」

他亮亮的眼睛有些渾濁，輕捏了我下巴，臉靠近了些，啞聲笑道：「再這樣，恐怕今晚我是走不成了。」

我大窘，輕輕推開了他，不好意思地低頭，蚊子似的哼哼。「那快走吧。」

他哈哈大笑，臉上帶了爽朗的線條，提高聲音問了一句：「誰在外頭？」

杏兒趕忙跑了進來，跪下說：「奴婢在。」

他正襟危坐開始吩咐。「先去給你們格格煮碗薑湯，讓她喝了祛寒。再去差小廝通知張嚴，讓他備好馬車準備回府。我且先去跟妳阿瑪告辭。」最後這句話是轉頭跟我說的。

杏兒忙下去照他吩咐做了，他擔心地看著我。「妳好生養著吧，天氣這樣冷，別得了風寒才是，去給妳阿瑪賠個不是。」

我點頭稱是。可憐巴巴地拉著他的袖子不想讓他回去陪小老婆，他微微一笑，哄道：「等妳休息兩、三日，我跟妳阿瑪說情，帶妳出去玩，如此可好？」

我勉為其難地點了點頭，然後鬆了手，他刮了一下我鼻子便出去了。

進了臘月，家裡又開始忙碌，管家依舊去四處要帳，僕婦、嬤嬤們依舊置辦過年的行當，這情景如此熟悉，彷彿這兩年我沒有進宮而依舊待在府裡過我無憂愁的荳蔻年華。十三阿哥的貼身小太監張嚴過來給我請安。「姑娘，爺差奴才來請您，已經稟明老爺夫人了。」

我對他還有印象，是個小機靈鬼，便笑。「你倒會辦事。」

他撓頭嘿嘿笑了。

與十三阿哥在馬車裡見著，他穿了平常的衣服，料子軟滑，顏色還是青藍色，更顯得高貴儒雅。我癡癡地看了一會兒，便嘲笑自己花癡，開始磨著他說話。

在街市上買了些磨牙的東西，因為穿著男裝便解了禁，我大搖大擺地嗑瓜子，到處亂顯擺。十三阿哥跟在我身後讓我充大爺，看上的東西我大喊「爺買了」，然後他就忍俊不禁地給老闆付錢。張嚴一臉驚恐，估計沒見過這麼不懂禮數的。我十足十演好了暴發戶的樣子。

去逛玉器行，死也不敢再去九爺的鋪子，只是安分地跟在十三阿哥身後扮小廝。他剛進去，玉器行的老闆趕忙迎了上去。「這位爺，您要什麼，小店應有盡有。」

我不耐煩地說：「我們自己看就行了，有需要您再來。」然後點頭哈腰地問十三阿哥：「是吧，爺？」

他忍著笑點了點頭，我挑了半天才看見一對晶瑩剔透的耳墜兒，翠綠的顏色又帶些淺白，雕刻精緻，花紋也好看，老闆又湊了上來。「這位小爺您好眼光，這墜子可是極品，送心上人再好不過。」

十三阿哥撐不住地大笑起來，我白了他一眼，再向老闆微微笑道：「給爺包了，要上好的盒子，爺的心上人馬虎不得。」

他忙應：「您放心吧。」

十三阿哥付了帳，就領了我去吃晌午飯。

「您說格格會喜歡嗎？」我問他。

「容惠喜歡素雅的東西，妳眼光很好。」他答。

我大喜。「跟了格格這麼長時間，我竟沒有送她件像樣的東西。」

「她不在乎的，心裡有她就好。」

他的話一向溫暖熨貼。我把銀子還了他，他也明白我的意思，不再推辭便收下了。

還是上元節去的那家酒館，還是以前坐的位子，只是少了十四阿哥和容惠格格，十四阿哥這些年跟八阿哥走得近，也跟十三阿哥疏遠了，容惠格格哪能隨便出宮？張嚴吩咐老闆上菜，點了幾樣，吃得倒也舒服。

看著十三阿哥若有所思的模樣，我想他也在感嘆物是人非吧。突然想起來梁朝偉和王菲在「天下無雙」裡面的一段唱詞，玩心大起，今天又正好穿著男裝，就招呼張嚴在他耳邊囑咐了幾句話。

「我唱歌給您聽好不好？」我突然說。

十三阿哥有些不明所以，看著我的好興致，不忍破壞，微笑地說：「好。」

我從椅上下來，作嬌羞樣，拿著雙筷子輕悄悄地移動步子走到他身邊，開始唱：「好哥哥，你來瞧，小小竹筷是一雙，同根生來並肩長，好像你我一模樣。」

然後對張嚴使了個眼色，他看了看十三阿哥，又看了看我陰狠的眼神，只能硬著頭皮道：「我看這筷子要遭殃。」

十三阿哥雖然想笑，但還是頗有涵養地繼續看我要搞什麼名堂。我換了個方向，側身稍稍背向了他，抱了下拳變作男生唱：「好賢弟，莫說笑，誰都比那牙籤強，筷子不過是酒桌友，哪能比做咱哥倆？」

再轉了身子面向他，換女聲再唱：「咱哥倆有比方，像杯倚酒壺配成雙，共斟共飲共今宵。」

張嚴看十三阿哥看得挺高興，就只能配合我再道：「分明是對傻鴛鴦。」說完趕緊看了眼十三阿哥，幸好沒生氣，忙擦了把汗。

我再換男聲唱道：「酒壺胖，酒杯小，不般不配怎成雙……

「一邊飲一邊唱，天色將明話悠長，酒兒越喝心越慌。他為何不懂，我心中想呀，心中想，說者有意聽者癡……」

如此反覆，終於唱到了最後。「不想明日是與非，今夜與你醉一場，醉一場。」

唱完自己先喝了，然後拿著酒杯對他亮了底。他欣賞地看了我一會兒，抿嘴笑了下，拿起酒杯仰頭乾了，就聽見有人拿扇子擊手的聲音，九阿哥和十阿哥一同出現。我心裡叫苦，趕忙低頭請安。

十阿哥不無嘲諷地說了一句：「好曲兒，美人兒，早聽說十三弟紅顏知己多，今日可是見識了。」

十三阿哥皺了眉頭，剛要說話，我連忙抬頭。「十阿哥，是奴婢。」

九阿哥突然看過來，眼神不可置信。我怯怯地低了頭，不知道怎麼面對他，就往十三阿哥身後躲靠，扯著他袖子找著他的手就使勁握住，再也不想放。因為他的手是背在身後的，所以我的小動作別人也看不見。十三阿哥波瀾不興的眼睛有些無措，低頭不敢置信地看了看我，忽然笑了，卻緊了緊手。

「原來是未過門的十三福晉，沒想到還有這本事。」這話怎麼聽怎麼像嘲笑的語氣，九阿哥看見我跟十三阿哥細微的表情變化，情緒不明地說了這麼一句。

十阿哥也湊熱鬧。「妳不是跟老十四好嗎？上次還玩得歡，怎麼又跟了十三阿哥了？」

這句話問得好，我正想著要說話沒人給機會呢，就不卑不亢地福了下身子。「十阿哥，您不記得十四阿哥當初在皇上面前說的話了？奴婢從八歲起就一直對十三阿哥有情，奴婢的心思，十四阿哥是知道的，還經常說這麼些年總算是如了奴婢的願了。」

九阿哥臉色越來越青，十阿哥也笑了。「妳倒是誠懇，說這樣的話，不怕別人亂說壞了名聲嗎？」

我的手心依然傳來十三阿哥身上的溫度，在這寒冷的冬天裡，我依著我的良人，心中再無恐懼，一字一句說得堅定。「跟有情人做快樂事，被人說又如何？」

九阿哥、十阿哥都是沈默，可曾有女子這樣不羈地說過這樣的話？連十三阿哥聽了都是一震，抬頭對上他深情的眸子，直至此刻才感覺到我們只是普通的情人，有著兩情相悅的美好情感，逾越了身分、門第以及種種束縛的規矩，心無所懼。

我又回了宮，容惠格格很是喜歡那耳墜兒，一連戴了好幾天。鞭炮聲聲，煙火絢爛，宮燈熒熒，觥籌交錯，這一年好光景又走到了末尾。

年末，人多應酬多，我寸步不離容惠格格，過了今年，再想見她可就難了，她似乎也有預感般地儘量與我多相處。

我思忖了半天，得空找了個九阿哥上朝的時候還是去了宜妃娘娘那兒，還沒進屋就聽到宜妃乾脆俐落的笑語聲，心裡想這位主子還是老樣子。

「奴婢給娘娘請安。」我跪下行了禮。

「喲，我說嘛，這兩天老是夢見喜鵲，有什麼好事？原來是咱們的十三福晉來了。」她笑著打趣我。

我不好意思地說：「娘娘，您又開玩笑，奴婢還不是呢。」

「也就過了年的事了，十三阿哥哪能等得了？」她一說，周圍又是一片笑聲。

我也跟著她笑，然後等笑聲止了才說：「奴婢是特意來看看娘娘的，以後出了宮想見著也不容易。」

她也正色說：「我跟妳也是有些緣分的，難得妳有這份心思，也照顧了我一些時日，要是能做我媳婦兒多好。」

我身子一震，難道她知道了什麼？只能勉強穩住身子說：「娘娘又說笑了，奴婢不敢想。」

她呵呵一笑，拿著帕子朝向了姑姑說：「妳倒看看，什麼時候這機靈丫頭也回不上嘴了？」周圍又笑了，我也鬆了一口氣，這是開玩笑呢。

……

她賞了些東西，我就出來了，再回容惠格格那兒時，卻看見八阿哥他們朝我走了過來，我連忙請安。十四阿哥說了一句。「妳不好好地等著嫁人，亂跑什麼？」

我看著他不再稚嫩的臉龐，聽著他不再嬉笑著喊我丫頭，一時之間眼有些紅了。莫不是真的長大了就疏遠了？只能躬身答道：「回十四阿哥的話，奴婢剛才去看了看宜主子，現下要回格格那兒。」

九阿哥疑惑地看向我，十阿哥則是掃了我一眼，八阿哥溫和地點了點頭。「起來忙妳的吧。」

我忙側身讓他們先過了，九阿哥在我身邊停了一會兒，快速說道：「我有幾句話問妳，晚上來我額娘這兒。」說完便走了。

我的心沈到了最深處。看著他們走遠了，我卻一直站在原處沒有動。

「妳不當值站在這兒做什麼？」四阿哥淡淡地問了一句話。

我思緒猛然被拉回，卻看見他與十三阿哥馬上就要走到我身邊，十三阿哥含情脈脈地看著我，我心裡大暖。「奴婢在等十三阿哥過來。」

四阿哥一愣，有些驚訝地看了看十三阿哥，嘴角扯了下。「妳這媳婦倒是賢慧。」十三阿哥搖頭笑了。「她一向真誠。」然後走到我身邊說：「多穿些衣服，站得久了要受涼的，快回去吧。」

我點頭給四阿哥與他行了禮，就趕忙跑了，跑了一段回頭看他們，四阿哥與十三阿哥面上皆帶了笑，不知十三阿哥說了什麼，四阿哥一直搖頭。

我沒有去找九阿哥，因為我怕人多口雜，傳到十三阿哥那兒。

康熙四十五年。

二月初，我告別了德妃娘娘和容惠格格，還有我生活了兩年的絳雪軒及裡面的丫頭、太監們，在家中耐心等待成為十三阿哥的福晉。

二月十八，康熙定下的吉日，內大臣、侍衛隨十三皇子胤祥來我家行文定禮。父親身著莊重喜慶的衣服在門外迎候，俱至府中正廳內，十三阿哥向父親拜了，父親三拜還禮，依此十三阿哥和母親也互行拜禮。父親將十三阿哥送至門外，行納采禮，雙方交接了禮物，散了銀錢給宮中的禮官。

十三阿哥走後，父親帶著哥哥宴請賓客，母親和嫂嫂她們則在內室招待前來道賀的女眷們。宴畢，禮官們就回宮中向皇上覆命去了。

大婚前一日，父親將我的東西都送去十三阿哥的府裡。大婚當日，十三阿哥進宮拜謁了康熙和德妃，吉時一到，我便著吉服靜靜等候。直到轎輿在府中落下，丫頭們扶了我進去，大紅的帕子遮住眼前的一切，也遮住了父母、親人的眼淚。從此一去，喜憂參半的皇子福晉生活就開始了。

女官喊道：「升輿。」

我的眼淚撲簌簌地掉了下來，從今以後，我便不得隨便再回來，在另一個有他的地方，那才是我的家。

轎輿上被十三阿哥射了箭，意即驅邪之外且要不忘本。在丫頭的指引下跨了馬鞍、火盆，踩了祟、進了屋，十三阿哥在西，我在東，行兩拜禮。然後各自就了座，行和合禮，再兩拜，禮成。當聽到女官喊了這兩字時，我渾身的力氣全被抽盡了，隨後便被扶入了內室。

獨自坐在內室裡，看著火紅的蓋頭，我知道此刻在前廳裡面，我的父親母親、哥哥嫂嫂，以及我的丈夫都在招待賓客，杏兒做了我的陪嫁丫頭，一直站在旁邊說著皇子府中的燈有多麼亮，人有多麼多，禮有多麼隆重，還有十三阿哥有多麼俊朗。

蓋頭被掀起來的時候，我終於看到了那張俊朗的臉，喜娘將酒遞至我們手中，我與十三阿哥相視一笑，喝了合巹酒，將兩個人的衣服捧了起來，棗、花生、桂圓、蓮子全都落了下來。大紅的蠟燭時不時地有燈花噼啪作響的聲音，所有的人都退下了，室內只剩我倆。十三阿哥盯著我的眼裡全是情意，他笑著說：「以後再弄污了我的衣服，可要幫我洗了。」

我點頭。

「以後做了我的福晉，心裡就不能再有別的男人了。」

我點頭。

他接著說：「以後有什麼事不要自己悶著，要告訴我。」

我點頭。

他再說：「以後受了委屈別自己關在房裡，作踐自己不是本事。」

我點頭，說到最後，我一邊點頭一邊笑著掉下了眼淚。

他笑著給我擦了眼淚，輕輕吻我額頭，我道：「死生契闊，與子成說。」他繼續親吻我眼睛，我微顫著睫毛說：「執子之手，與子偕老。」吻落在臉頰。「只願君心似我心，定不負相思意。」

十三阿哥抬頭看我，我亦看著他，他突然吻住了我，粗暴而且專橫，如此深沈又如此迫切，他的身體如火一般灼傷了我，我驚異於他在我身上所掀起的狂風暴雨，彷彿沈潛多年的情慾只是為了等待他的喚醒……復又歸於平靜，恢復了他慣有的溫文儒雅，我的疼痛在他的溫言軟語、細緻體貼下終是慢慢平復了。

從今之後，我就是他的妻子了。

他的生活、他的喜怒哀樂、他的側庶福晉、他的兒女，他的所有一切我都必須一併承受了。

翌日，天將灰濛濛亮的時候，杏兒過來，輕輕在門外喊：「爺、格……福晉，起吧，今兒還要面聖給皇上和各宮娘娘請安呢。」

杏兒一時之間還是改不了口，這細微的差別我卻生生感受到了，我不再是格格，而是福晉了。

披衣起身，看了看睡在身邊的十三阿哥，心裡暖暖的。我下了炕，走到門口開了門。「去打洗臉水吧，爺一會兒就起了。」

她笑嘻嘻地看著我。「格格，您越發美了。」

我突然紅了臉，嗔道：「多嘴，還不快去？」

她探了探頭看裡面，依舊笑得曖昧，我大敞了門佯裝薄怒，她趕緊跑了。

搖頭笑著關了門，轉身卻看見十三阿哥已經站在身邊，滿眼帶笑，倒嚇了我一跳。我退了兩步，腳軟著，後背卻靠著了門。「您嚇著我了，什麼時候醒的？」

他不說話，作勢貼向我，俯頭就吻。

「我沒刷牙。」我口齒不清地說道，靠著門根本動彈不得，被他吻得無處可躲。

他突然攬了我的腰順勢抱了起來放在床上，嘴上吩咐道：「進來吧。」

我大驚，杏兒紅透了臉端著臉盆走了進來。「爺、格格。」把盆放下趕忙跑了，臨出門還被門碰了一下胳膊。「哎喲。」她喊了一聲，又忙不迭地跑了。

我哈哈大笑。「這是我洞房花燭夜還是她的？她倒是抹不開。」

十三阿哥也好笑地看著我，我被他看得臉紅，就在他嘴上輕吻了一下，推他道：「快去洗臉更衣吧，誤了進宮的時辰不好。」

他還是一愣，也照我的樣子輕吻了我一下說：「真是個小促狹鬼。」

我穿著福晉的朝服，忍受著不堪的重量，戴著過多的首飾，緊隨著十三阿哥進宮，女官引十三阿哥居左靠前站了，對康熙行了三跪九拜，而我則居右稍後，行六肅三跪三拜。

禮成，康熙道：「都起吧。」然後跟十三阿哥聊了一會兒，眼光就停在我身上，說：「兆佳氏，成了朕的媳婦兒，就得好好照顧朕的十三皇子才行。」

我忙應了。「謹遵皇上吩咐。」

他又說了幾句話就讓我們出來了。

十三阿哥的母妃已經去世，所以也就免了給她行禮。十三阿哥想了會兒，就吩咐人到德妃處稟報，說稍後就去，小太監忙去了。我知道他的心思，他自十四歲以來一直受德妃照顧，又素來與四阿哥親厚，所以免不了要去的。

來到了永和宮，先由太監稟報了，然後我倆進去，十三阿哥行了給親生母親的二跪六拜禮，我也忙跟著他行了四肅二跪二拜禮。德妃雖然臉上連稱受不起，可是心裡還是很受用的，看來十三皇子也是個小心謹慎會辦事的。

德妃看著我笑道：「青寧丫頭成了福晉後穩重許多，再不是當年的小姑娘了。」

我微微含笑，拿捏得很有分寸。「謝娘娘誇獎。」如今身分不同，就不能再像以前般冒失，我的一言一行一舉一動都可能影響到十三，思及至此，更是沈重。

滿人極其重視規矩，家中的長輩也包括自己的哥哥們，我只能怪自己命不好，幹麼非要嫁給一個排行十三的阿哥呢？一圈下來，端茶行禮說話就沒個盡頭。

大阿哥資質平平，在他眾多兄弟中並不出眾，可他卻是個不甘於寂寞的人。

這是我第一次見到太子，他面色有些蒼白，身材並不健壯，越發顯得孱弱無力，他看見我時只是輕弱地說了句：「十三弟妹辛苦了。」

我想他做羸弱的書生，也許比坐在這個位置上更適合。

三阿哥是康熙所有兒子中文采最出眾的一個，康熙經常去他府中與他討論文化上的事情。四阿哥心思掩映得深沈，因為十三阿哥的關係，對我倒像是見了自家人，微微一笑接了茶。五阿哥依舊敦厚優雅，八阿哥雖然彬彬有禮，還是一貫的眼神精銳，諱莫如深。

九阿哥的眼神就沒在我身上定住過，一直游移渙散不肯正眼看我，像是為了什麼事而生氣，我讓他生氣的事情又何止一件？我捧了茶端正地跪下，聲音清晰。「九哥喝茶。」

他不肯接，我倔強且執拗地舉著茶杯，一時之間屋裡的氣氛有些詭異，十三阿哥心疼我，不悅地喊了一聲九哥，九阿哥依舊不理，直到八阿哥淡淡說了一句。「九弟，可在為了應該打賞弟妹什麼而拿不定主意？就算如此，也該先接過茶來。」

八阿哥的話果然管用，只是這笑話說得太冷了，周圍的人笑得勉強，手上的重量輕了，復又重了，我接了半天他都沒有鬆手的意思，我再也控制不住，好歹我已經是十三阿哥的福晉，你也太不把我丈夫放在眼裡了。我抬頭怒氣沖沖地看著他，他萬萬想不到我會這樣待他，一氣之下哼了一聲就鬆了手。

十阿哥粗獷，性子也鈍，別人不好意思說的他都好意思問。「十三弟妹跟剛見到時可變了不少，看來老十三的作用不小。」這麼一句不莊重的話，任誰都會想歪了，曖昧的眼神開始互相傳遞。

我笑著接話。「可不，愛情的力量偉大著呢。」

十阿哥被茶嗆著了，咳了半天才止住。

十三阿哥虛握了拳放在嘴邊，假咳了一聲算是止住了笑。

從今以後，誰都不能再損害我丈夫的尊嚴。

第八章 新婚

對我而言，婚姻絕不是童話故事。

十三阿哥胤祥，我的丈夫，除了我之外還有三個福晉，兩個我都見過，側福晉瓜爾佳氏，閨名勻芷，郎中阿哈占之女。在德妃壽筵上匆匆見了一面，是十三阿哥最寵愛的福晉，有一個女兒。

庶福晉石佳氏，閨名玉纖，領催莊格之女。曾經侍候過容惠格格，後來被德妃給了十三阿哥，我有幸目睹全過程，至今還沒有孩子。

還有位側福晉，富察氏，閨名沅沅，左領僧格之女。

這麼複雜的關係，讓我頭疼了半天。以前替額娘抱不平，那麼多姨娘來分享父親，如今卻是明白了一個道理，奢求這個時代男人完整的愛情真是難上加難。我懷疑自己到底能忍受多久，而最要命的是，我清醒地意識到，十三阿哥與我之間並沒有到生死相許的地步，我們的感情基礎尚且淺薄。

其他福晉們來拜見我，瓜爾佳・勻芷還是柔弱可人、我見猶憐的樣子，聲音大點都害怕嚇著她。石佳・玉纖嫁作人婦後並沒有太大變化，還是乾淨俐落的打扮，眸子裡的精明遮也遮不住。

我細細看了眼富察・沅沅，她談不上美，可貴在淡，對我也是淡淡地行禮，並無巴結奉承的意思。

我笑道：「姊姊們進府都比妹妹早，跟著爺的時間也長，妹妹以後有什麼不周到的地方，還請各位姊姊們莫怪罪。」

她們都不明所以地看著我，忙道：「不敢，福晉說笑了。」

心裡不知道打什麼算盤呢。女人在過去待得久了都成精了，心眼都比比干多一竅，看她們轉著眼珠子想心思，說話都得思前想後的我就覺得累。

張嚴回來稟報。「爺說了，讓福晉們先吃，他得過會兒才回來。」

我點了點頭，示意杏兒傳飯，她們都驚訝地看著我，有些不可思議。

瓜爾佳氏首先說：「福晉，爺說一會兒就回來了，咱們等等他吧。」其他人的表情都深以為然，我不耐，自己家還這麼多講究，還讓不讓人過了？

「不礙事的，爺既然說了，就傳膳吧。」我放下了話，誰都不敢再多說什麼了。

看著那麼多菜色，真正吃飯的，只有我跟富察氏而已，其他人都是幾乎筷子拿起來就放下了，我狼吞虎嚥、她吃得矜持好看，我衝她笑了笑，她低頭還禮。

這個女人很特別，有意思。

十三阿哥進來的時候，我幾乎要吃飽了，瓜爾佳氏首先驚喜地喊了出來。「爺，您回來了。」然後就下意識地迎了出去，想了想好像不對，轉頭怯怯地看了我一眼，連忙道：「福晉請恕罪。」其他女人的眼睛都盯著我，看我要怎麼辦。

我拿著湯匙輕舀了湯，抬頭看了看十三阿哥，就笑了笑。「沒事兒，給爺把衣服換了就一起吃飯吧。」

她紅著臉應了聲「是」，就照著我的話做了。我看見玉纖的臉色十分不好，斜睨了一眼氣著轉了頭，富察氏面上雖還是淡的，可還是苦笑著洩漏了情緒。這才真是窩裡鬥呢，看來都很喜歡十三阿哥啊。

十三阿哥換了家常的衣服出來，坐在我身邊，對著我溫和地笑了笑。「飯菜還吃得慣嗎？」

我笑道：「您不知道有多好吃。」說完自己先愣了，我曾幾何時似乎也對另一個人說過這樣的話？

只見他搖頭，挾了幾樣菜放在我碗裡，笑得很是歡喜。「好吃就多吃些。」

「好。」我也不客氣地答了。

他環視了一周，道：「都趕緊吃吧。」

眾人這才開始吃飯。我挑了幾筷子實在吃不下去了，就索性開始觀察，女人們的眼睛有時看我，有時看十三阿哥，看我的時候都有些嫉妒，大概是因為剛才的體貼挾菜，還有些了然是因為都在等著看我能被寵多久，新人來了照樣就成了下堂婦；至於看向十三阿哥的眼神，都是清一色奉若神明的愛慕了。

退了晚膳，我讓杏兒薰了軟被，便散了頭髮在燈燭下看書，杏兒輕聲道：「格格，這麼些年過來，奴婢雖然跟您分開了些時日，可是心裡一直想著您，跟著夫人倒也好，可是奴婢還是覺得跟著您更自在。」

她一直喊我格格，多年的習慣總是改不過來，我也不管她，笑道：「妳這丫頭倒會說話，可是要我以後別用禮數拘著妳？」

她連忙擺手。「奴婢從來沒這樣想過。」

說完要跪下去，我忙攔住了她。「我逗妳玩的，傻丫頭，咱們有從小一起長大的情分，妳只比我小一歲，我一直把妳當作妹妹看的。」她濕了眼睛，我接著說：「在這個地方，有那麼多是非，左右都是有心思的人，只有妳是娘家人，所以我只信妳一個人。」

杏兒抹了把淚，緩了會兒再說：「格格，您還有爺呢，他對您多好啊。」

我正要說話，突然門外有腳步聲，不一會兒十三阿哥就推門進來了，正是春寒料峭的時候，身上還攜了一絲寒氣，我忙扔了書迎上去。「這麼晚了怎麼還過來？」

他被我問得一愣，納悶地看著我說：「我剛在書房處理完事了，不過來去哪兒歇著？」

杏兒噗哧一笑。「主子不知道這些，以為您在其他福晉屋裡歇了呢。」

我回頭瞪了她一眼。「多嘴。」她忙低了頭。

十三阿哥笑了，坐在凳上牽著我的手說：「我哪能把新婚妻子丟在一邊讓她獨守空房？」

我紅了臉，掙開他的手轉身去了書桌邊，杏兒在多不好意思。

十三阿哥呵呵一笑，走了過來輕輕擁著我，杏兒很知趣地關門出去了。十三阿哥扳過我的身子，笑著看我的眼。「妳還過得慣嗎？」

他此話一說，我的心使勁抽搐了一下，根本過不慣，我只覺得委屈，跟那麼多女人耍心思、爭丈夫，還要面上做好人，如此才不會讓他背上個「懼內」的頭銜遭人嘲笑。

我開始解他的衣釦，十三阿哥眼神曖昧地看著我的手，直到上身完全裸露，我貼著他的胸膛依了一會兒，就抓著他的膀子使勁在他肩上咬了一口，整齊的一排牙印落下。

十三阿哥的臉由喜轉驚，哭笑不得地看了我一眼，我嘟著嘴說：「這樣我就心裡好受些。」

他卻一把將我橫身抱起，往床邊走去，哈哈大笑說：「看我怎麼討回來。」

我把臉埋在他的胸膛上，他有力的心跳一聲聲地傳到我耳朵裡，心裡被滿滿的幸福充斥。

……

十三阿哥躺在床上，我趴在他胸口，兩個人都有些累。我看著他肩膀上的牙印，已經泛了紫色，想來剛才咬得重了。十三阿哥真是個好脾氣的人，也沒有說什麼。

兩個人靜靜依偎了一會兒，他說：「妳既然是嫡福晉，家裡的使役、僕婦、丫頭、田莊帳目這些都要管起來才是。」

我問：「以前都是誰管的？」

「是玉纖與沅沅一起管的，匀芷太柔弱，這些事情也不上心。」

我酸溜溜地說了一句。「可不，匀芷姊姊對你上心就行了，管這些勞什子有什麼意思？」

他哈哈笑了起來。「小丫頭不高興了？」

我仰頭故意衝他甜甜一笑，說得斬釘截鐵。「我沒有。」心裡嘔著口氣，管他幾個女人，我有自己的自尊，有自己的獨立性，不像她們必須要為了個男人爭風喝醋，也不承認在他更在乎我之前我會更在乎他，這帶了一種角力的情緒在裡頭。

他撫著我的臉嘆了口氣，逕自又說了下去：「是啊，在青兒的心裡，還有許多事情要想，我並不是妳的全部。」

我微笑，他真是個敏銳的人。「胤祥呢？」

他驚訝，復又問了句：「什麼？」

「我在你心裡是什麼樣的地位？」

他歪著頭看我，說：「皇阿瑪和額娘叫我名字沒覺得怎麼樣，怎麼就單妳叫，感覺跟別人不一樣呢？」

我忙問：「怎麼不一樣？」

他搖頭說：「我也說不上，就是覺得不一樣。」

我竊笑了半天止不住。「廢話，你父母那樣叫你，只是看待自己的孩子，你媳婦裡邊誰敢這麼不知輕重地叫你？」

他等我笑完了，捏著我的臉說：「妳看我怎麼收拾妳。」說著就欺身上來了。

我躲了半天仍沒躲過，笑得上氣不接下氣地問他：「您還沒說呢？我在您心裡是什麼樣的地位？」

下一秒他吻住了我的唇，手也開始在我身上游移，我再沒心思繼續追問下去。

九天後，胤祥帶著我回娘家行歸寧禮，我央他早些動身，剛過了卯時就去了。之前就通知了府裡，到了之後發現父親、哥哥早在門口候著了。我規規矩矩地隨胤祥踩著腳凳下了車，父親、哥哥向他和我行了禮，我連忙攙著父親一起進去。

剛走了幾步，一個小人兒步子不穩地跑了過來，奶娘在後邊也跑得急。「小少爺，了不得，快隨我回去。」

父親沈了臉，哥哥連忙跑向庭生那邊，我快步攔了他，只見庭生搖著小手稚嫩地喊：「姑、姑。」

我大樂，一把抱起了他，把帕子給他拿著玩。「看來姑母的長命鎖沒白送。」一轉頭，十三阿哥正頗有興味地看著我笑。

「阿瑪先進去吧，我去看看額娘。」

我抱著庭生去了額娘屋裡，盛裝打扮等在裡面的母親、姨娘和嫂嫂看見我抱庭生進來都愣了，雲琳趕忙跑過來要接。「福晉，這萬萬使不得。」

我阻止她，笑著說：「沒事，這孩子跟我親我高興。」

她也不好說什麼，母親她們按照規矩給我行了禮，我也給她行了，再逗弄了一會兒庭生，奶娘就把他抱下去了。

跟母親閒聊了一會兒，總是說些報喜不報憂的話，十三阿哥待我很好，其他福晉們也和善，我是嫡福晉，受不了委屈的。

正說著呢，外頭報十三阿哥到，女眷們手忙腳亂地退至屏風後面了。他跟母親客套了幾句話，臨走前囑咐我別太傷心，常走動著就是了，復又去了正廳。

姨娘們都嘖嘖嘆道：「早就聽說十三阿哥器宇不凡、性子又好，如今看來，青兒真是好福氣。」

我答謝了她們，又說了一會兒話，她們想必也知道我肯定要跟母親單獨說話，紛紛就退下了。

我依偎在母親身邊，趴在她腿上問她：「額娘喜歡十三阿哥嗎？」

母親輕輕拍著我的背，緩緩說道：「他身分尊貴，是個皇子，以後妳受了委屈，娘家人無法替妳出什麼頭的。」

我從沒想過這些，聽她說完，出了一會兒神，忙勸她。「他不是會亂發脾氣的人，對我也很好的。」

她也笑了，說：「是啊，是額娘糊塗了，他對妳阿瑪和我都是極其尊重的，並沒有絲毫不莊重的地方。剛才看來，他對妳也是真心的好，這樣好，妳阿瑪跟我也能稍稍安心些。」

巳時結束了家宴，按照規矩，午時之前就得回胤祥府中，臨走前又哭了一場，從今往後那府中的快樂時光都離我遠去了。我生活了五年的地方，父母的諸多寵愛、哥哥嫂嫂的深厚情誼，甚至連姨娘們都漸漸淡出了。

中午，回到府中倒頭就睡，醒來時卻發現胤祥正靠在床頭看我這幾天看的書，我微微睜眼，他笑著低頭問：「醒了？」

「嗯。」我大力揉著眼睛。

「小心戳著眼。」他說完，一邊看著書一邊抬手握住我還在揉眼的手。「妳倒是睡得自在。」他嘲笑我。

「難道爺沒聽說過春困秋乏嗎？」

我坐起身子，理了理頭髮，側頭笑著斜斜地看他。他似乎心情並不好，只勉強笑了下，閉了眼睛，抬手揉了揉額頭，我心裡驚訝，他似乎有什麼心事？我靠近他，拿下他的手幫他揉著太陽穴。「胤祥怎麼了？有什麼不痛快的跟青兒說說吧。」

他不說話，只任我給他揉著額頭，許久才聲音嘶啞地說：「皇阿瑪下旨，讓容惠嫁給蒙古翁牛特部杜凌郡王倉津。」

我的手停住了，胤祥抬眼看著我，滿是悲愴。我下了炕，大叫：「杏兒，杏兒。」

我開了衣櫥，拿了件衣服自己穿上，又快步走到鏡子前面，杏兒連忙進來，看我一臉驚惶就小聲問：「格格，怎麼了？」

「快給我梳頭，咱們進宮。」

胤祥抓住我的胳膊道：「已經這個時辰了，哪有這時候進去的？」

「就是深更半夜我也得進去。」我執拗地盯著他喊。「杏兒，還愣著做什麼？快點！」

我聲音尖銳得讓自己聽著也害怕，杏兒手忙腳亂地來到我身邊侍候。

絳雪軒中一片沈寂，我自從回家待嫁就一直沒有回來過，遇見這樣的事，我家格格身邊連個說話的人都沒有，她該有多傷心？我腳步踉蹌地進了屋，大喊：「格格，格格……」

幾個小宮女見了我都有些驚訝。「福晉怎麼這時候來了？」

「格格呢？」我問。

沒走幾步就看見容惠格格倚著門含笑看著我，我忙走了幾步，她笑道：「怎麼嫁了人，這冒冒失失的脾氣不見少卻見長了呢？」

我看著她略有些紅腫的眼睛和越發清減的身材，眼裡的淚忍了又忍。「格格怎麼忘了，有句話不是說江山易改，本性難移嗎？」

她微微笑了，我幾乎要哭出來，半天才問了一句：「格格，不要緊吧？」

她拉了我的手，還是往昔在一起的樣子。「以前就跟青兒說過了，這是我的命，逃不掉的。」

我聽著她依然平靜的音調，脫口便說：「讓十三爺去求求皇上吧？」

她搖頭，又輕輕笑了。「沒用的，別讓十三哥為了這事得罪皇阿瑪了，先前幾位公主都嫁得，為何我不可？」

我把肚子裡的疑惑生生地吞了下去，只能問：「什麼時候出嫁？」

她說：「今年五月，皇阿瑪出巡塞外之前，蒙古博爾濟吉特氏倉津王爺會來迎親。」說完又是沈默。

我再問她：「我能為格格做些什麼？」

「不用做什麼，如今十三哥也已經娶了妳，我最後一樁心事也了了。」她低頭沈思，猛然又抬起頭來。「我就只有這一個哥哥，妳……可要好好照顧他。」她的眼圈紅了。

我使勁點頭，淚卻掉了下來。這樣一個堅忍美麗的女子，此刻還心念著她唯一的親人。

……

我無精打采地回了府，杏兒在一旁默默跟著我，知道我心情不好，所以她並不多話。我突然想起什麼似的問起身邊的嬤嬤、丫頭們。「爺呢？」

她們忙去問了，不一會兒回來稟告。「爺正與側福晉在一處。」

我緊緊握著拳，指甲幾乎要刺進肉裡。「帶我去找他。」旁邊的人都忙應了。

瓜爾佳·勻芷雖然生了個女兒，但是因為這是胤祥唯一的孩子，所以上下倒也尊敬。我去的時候勻芷正在逗她，胤祥看不出臉上的表情究竟是喜是怒，我進了門看著這景象就笑了，瓜爾佳氏趕忙給我行禮，我抬手扶起。「快免了吧。」然後看了看她的小女兒，粉雕玉琢的煞是可愛。

我只盯著胤祥，說：「我來只是想問爺一件事，那位蒙古王爺倉津是什麼樣的人？」

他緩緩道：「略嫌莽撞。」就這麼一句話，我的頭就要炸了。容惠啊容惠，妳這樣一個晶瑩剔透的可人兒，情何以堪？

「我問完了，爺今兒也乏了，早些睡吧。」說完就請安告辭了。

回了屋，只是擔心容惠格格，我總該為她做些什麼的，讓她不那麼遺憾地離開。思來想去，不得要領。

又想起了胤祥，安慰自己非常時期，不是吃醋使小性子的時候，自嫁進來一連九天他都與我在一起，已經引起其他福晉的不滿，我會吃醋別人不會吃嗎？咬著帕子心裡默唸：理解萬歲、理解萬歲！

一宿翻來覆去，全是心事，胤祥是個知趣的人，並沒有過來。

我第二天差杏兒收拾了包袱，給胤祥留下一封信就進了宮。去求了德妃娘娘，讓我去陪容惠幾天，好歹是主僕一場，她沒有異議，稟了康熙也同意了，還得到了美譽。「難得這樣有情義。」

我高高興興地往容惠格格的絳雪軒跑，路上很是得意，彷彿又回到了剛入宮的時候。我還是大踹其門喊：「格格，妳親愛的青寧回來了。」

容惠依舊是一臉驚訝，這次卻是哭了出來，我安慰了半天，自己也忍不住哭了。她先止住了，笑說：「妳跟十三哥剛新婚燕爾的，這樣我豈不是成了罪人？他心裡肯定怨我呢。」

「格格見外了不是？咱們可是一家人啊，出門幾天其實才好，不是說小別勝新婚嗎？」說完她果然格格笑了起來。

胤祥下了早朝就過來了，看著我無奈地搖頭，卻不知道說什麼才好。我連忙說：「我知道您心裡絕不比我好受，如今我代您把這件事情辦了，您心裡也能好受一些不是嗎？」

他深深地看了我，不確定地問道：「妳，是不是在跟我鬧彆扭？」

我裝得一臉茫然。「沒有，您的事兒本來就多，我不是那樣小心眼的人。」

他依舊疑惑地看著我。「既然如此，妳就早些回府吧。」

我應了他，他再囑咐了容惠幾句就走了。

一起住了五、六日，我還是沒有要走的意思，容惠格格急了，非要我回家去，我輕輕在她耳邊說了幾句話，她很疑惑地問我：「行不行？」

我笑著說：「格格放心，沒問題的。」

我去找了德妃，一下跪在了地上說：「臣媳有件事想求額娘，請額娘准了吧。」

德妃被我嚇了一跳，忙不迭地問：「什麼事讓妳這孩子行此大禮？」

「臣媳求額娘准了臣媳帶容惠格格去寺裡禮佛，容惠格格馬上就要遠嫁他方，臣媳想為格格求張平安符。娘娘若不放心，讓十三阿哥差幾個人跟著就是了。」德妃想了很長時間，我再磕了個頭。「額娘，請您看在容惠格格幼年喪母的分上，准了臣媳這個微小的願望吧。」

德妃聽了這話，嘆了口氣，道：「罷了，容惠這孩子我當自己女兒般喜歡，我也知道妳們頗有情分，看在十三阿哥的面子上我就准了，但是必須讓十三阿哥帶幾個人跟著，酉時之前一定回來，否則，後果不是妳我擔得起的。」

我大喜，忙又恭恭敬敬磕了個頭，誠心道：「臣媳謝額娘，臣媳這就去找十三阿哥，一定把格格平安帶回來。」

退出來之後，我甩著帕子跑了起來，滿心高興，看見誰朝誰笑，跑了一路笑了一路。然後去找胤祥，問到了他與四阿哥正好準備退朝，我便朝乾清宮跑去，一路喊著：「胤祥，胤祥……」

結果前面幾個歲數大的阿哥都詫異地看我，再偷偷看十三阿哥，議論不停，九阿哥背著手目若無人，清冷孤傲的臉上更是不馴了。我止了步子低著頭等他們過去，然後給胤祥一個甜甜的笑容，眼睛都笑彎了。

他看了我好半天，柔聲問道：「什麼事這麼急？」

我高興地抱著他的胳膊，只是抬著臉對他笑。

坐在馬車裡，容惠格格也是一臉喜色，我問：「格格，咱們去哪兒？」

胤祥看著我嚴肅地說：「妳還真是沒規矩，怎麼就這樣冒失地去求德妃娘娘？若是出了什麼事，豈不害了容惠。」

我低頭嘟嘟囔囔。「要不怎麼會讓你跟著我們，還會玩得不盡興。」

胤祥伸指頭戳了我的額頭，我白了他一眼。

容惠「嗤」的一聲笑了。「哥哥嫂嫂感情真好。」

我不好意思地笑了笑，就偎在容惠身邊，握著她的手興奮地動來動去。「格格想去哪兒？咱們去逛大街？不好，人太多了。咱們去城外玩，也不好，時間不夠。對了，咱們去喝酒好不好？」

容惠眼睛也亮了。「可以嗎？去咱們之前去的那家可好？」

胤祥清咳了一下，把我拉回他身邊，捏著我的手說：「妳給我安分些吧。」我不滿地看了看他，他忍著笑抬眼看容惠。「先去寺裡求個平安符，這樣回去才好交代，然後……」低頭笑著看我。「遂了妳倆的願，去喝酒。」

我也抬頭，與容惠相視而笑。

那一晚，容惠忍了半天還是哭了。「哥哥，我、我不想嫁去蒙古。」哽咽的這句話在胤祥心上是怎樣的疼痛，為他對妹妹命運的擔心，為他對這事的無能為力。

我的淚止不住地掉下。

何以解憂？唯有杜康。

……

胤祥去給德妃覆了命，將容惠安頓好之後就帶我回了府。

回屋之後迫不及待地親吻我，他所有的難過、所有的心傷，在那一刻狂風驟雨般爆發了出來，我所熟悉的十三阿哥像變了一個人般，淒絕得讓人心酸。

我緊緊擁著他睡了，心裡卻十分難受。

你這樣多情易感，就算心思再怎麼通透，也注定了是這場皇位角逐的犧牲者。論深藏不露比不上四阿哥，論精明深沈比不上八阿哥，論心狠手辣哪個也比不上，你為什麼要出生在這樣一個家庭？

容惠格格於康熙四十五年被封為和碩溫恪公主，受封後不久即嫁給了倉津王爺，絳雪軒空了，我印象中溫和嫻靜的格格也終於嫁為人婦了。我獨自在絳雪軒中坐了很久，她曾經在這個窗臺下專心描著花樣子，讓我感嘆這歲月的靜好，她曾經不止一次拿著帕子眼睛彎彎地笑，她曾經最愛喊我青兒，她曾經逗趣說「把妳給我十三哥吧」，她曾經是我在這寂寞深宮裡唯一的知己，她曾經伴我走過美好華年……

五月，康熙要巡幸塞外，胤祥自然是要去的。勻芷有了兩個月的身孕，她很是小心翼翼，本來挺高興的一件事卻因為容惠的遠嫁沖淡了些，我思來想去就讓玉纖跟沅沅陪他去了，沅沅是個冷靜的人，遇事也好有個商量。

臨走那一晚，胤祥問我：「妳為什麼不去？」

我笑著答他：「我要是去了，勻芷在家沒人照顧，你能放心地走嗎？」

胤祥仔細盯了我半天，嘆了口氣說：「妳就是太聰明。」

我心裡也苦笑。我何嘗不想天天跟在你身邊，可是這麼大的家誰來照管？你的小老婆我可以不管，她肚裡的你的兒子我能不管嗎？我只是想活得對得起自己的良心。

……

他離開那天，勻芷默默地哭了，梨花帶雨，對他很是不捨得。他笑著看了我一眼，我也笑著回看了他。胤祥，我可怎麼過你不在的這幾個月？竟恍惚有些「此去經年，應是良辰好景虛設」的錯覺。

接手帳目，才知道這個家有多麼龐大，內間關係有多複雜。光下人就好幾百，起居用度並無細帳，再加上一些田莊進項，更是模糊。這些福晉們的家人也傍著這棵大樹，親屬親疏關係、互相走動打點，混亂之至。

這一天我帶了杏兒，把家中的嬤嬤、媳婦們全都召到了一起，分了四組。讓以前執事的嬤嬤們站在最前面，先將她們叫到一處，問清了日常所管事務，細細再分了類。四組人中我一一看了過去，在青年媳婦裡挑了幾個俐落能幹的，給她們派了差事，我說一句管家記一句，把她們所管事項、名字一一謄了。

我開始說話。「咱們這個府第，並不是尋常人家，我年紀輕，剛嫁過來也不懂事，若有什麼不懂、不周全的地方得罪了各位，還請妳們多包涵一點。既然是個大家，就必須有個說法，無規矩不成方圓，亂了就誰也不得自在了。我分派事務、責任到誰身上，若是哪一處錯了，我便找妳這個管事的，打罰都得認，若有不服，說出個理來，若真是我錯了，我賠禮道歉，若沒有理，責罰加重。若是管事的嬤嬤們不對，妳們盡可以找牽制他們的人，我會讓管家把名字謄了貼在院中，若是讓我發現有暗中中飽私囊、收受賄賂的，按重責罰。妳們都記著了，若是犯了事，別怪我無情。」

她們表面上都應了，有不服氣的，也有稱讚的，有不以為然的，更有漠不關心的。本來人們行事，就會有看慣的也有看不慣的，我也不是很在意，只是記著了一句話，有人的地方就有是非，免不了的。

定了很多規矩，讓管家照我的意思用木板造了個公告欄，用毛筆列下規矩，貼在最顯眼的地方，一時間內吸引了大部分人注意的不是規矩，而是新鮮的公告欄。我也不在意，看它多少也會看幾眼規矩吧，這樣也達到了一定目的。

我每天都會去看看勻芷，七月份的時候最是難熬，屋裡熱得要死，她又大著肚子行動不方便，所以我少不得要跟她多說會兒話。勻芷嬌弱溫柔的性子又讓我找到了一部分容惠格格的影子，這些天來天天見面，我與她較之其他福晉們熟絡了些。她十分黏我，總是問：「福晉，我害怕還是個女兒怎麼辦？」

「福晉，我想爺。」

「福晉，我這個樣子，您是不是很討厭我？」

「福晉……」

柔弱比剛強更容易得人疼愛，勻芷的柔弱恰到好處，不讓人覺得做作，卻讓人覺得你受重視，就應該疼惜她。如此想來，她能得到胤祥這麼多的寵愛也就不足為奇了。

第九章 胤祥回府

我的政策實行了一段時間後，管家佟全眉開眼笑地來找我。他是漢人入了旗籍的，文化水平高，人又謹慎，做事也細緻，我對他很是放心。「福晉，自從您的法子開始推行以後，咱們府中可有序多了。」

我微微點頭。「咱們這個家裡少不得先生的，這些年來辛苦了。」

他驚訝地連忙說：「福晉這話老奴當不起。」

「沒什麼主子、奴才之分的，您靠自己給這個家做了事兒，賞賜、月錢、美名、誇讚都是該得的。」

他這次不再惶恐，只是若有所思悄悄看了我一眼，讚賞地說：「福晉真是心思獨特。」

我又說了一件事徵求他的意見，他聽了之後連忙點頭，覺得此事甚好。「福晉考慮的是，咱們府中的田地並不是很多，僅有的幾塊也並不肥沃，好在家中並不依靠田地過活，所以並不上心這些事。老奴這兩天就依福晉的吩咐去購置幾塊田地，以後若用心管理，這是一筆不小的進項呢。」他喜上眉梢。

我道：「先生不用著急，慢慢選即可，年前辦妥了就成。只先把咱們已有的田莊打理一下，這些事情我一個婦道人家也不好拋頭露面，先生就辛苦些，挑些得力的人手好好整治整治。」

他臨走前，心悅誠服地說了一句：「福晉的心思氣度並不輸給男兒。」

……

八月，胤祥來信對我細細說起草原的風光，信後問了一句：「青兒什麼時候來草原隨我放羊？」

我捧著紙笑了半天，就舉筆回信。「你從草原給我帶幾頭羊回來吧，咱家地兒大，我在家圈個籠子養牠們。」我掐著指頭算，再一個月他就該回來了，不知道幾月不見，到時會不會生疏了？

這天照樣來看匀芷，她不識字，所以我就把胤祥來信的內容跟她說了，她不無悵惘地嘆氣。「福晉能識文斷字的，跟爺也能詩詞歌賦地說說，像我們這樣的，哪能知道他心裡在想些什麼呢？」

「妳想太多了，如今咱們府中就妳為爺誕下後代，說他不寵妳沒人信的，妳凡事多寬些心，思慮過多對肚裡的孩子不好。」我勸她說。

「福晉性子真好，難怪爺會喜歡您。我記得以前您在宮裡的時候，德妃娘娘的壽筵上爺看您的眼神全是歡喜。還有上次公主要遠嫁的時候，您從我這兒出去之後，爺就失了神，在書房裡待了一夜，第二天吃早膳時興沖沖地親自去找您，回來的時候一句話也不說，嚇壞了我們幾個。後來才知道您進宮去了，從來沒見過爺那樣。」她說完，嘆了口氣。

我轉了萬千個心思，從別人的嘴裡聽說這些事，該是高興的。對於胤祥來講，他對我總還是有些心思，只是不知道有沒有我對他的心思多？

……

天氣稍稍涼爽些，我讓勻芷房裡幾個老成持重的嬤嬤趁太陽落了的時候，帶她在院子裡四處走走，她一個夏天不活動，對孩子沒什麼好處，何況出來透透氣，心情也能豁達不少。

傍晚時候，杏兒氣呼呼地進了我的院子，把手裡的盆往凳上一摔。「格格，氣死奴婢了。」

我端茶喝了，放下帳本，這才驚覺杏兒也是個大姑娘了，因為生氣，臉上滲了些汗出來，臉龐微紅，眼睛亮若星辰，就笑看著她。「傻丫頭怎麼了？這是誰把咱們家杏兒氣成這樣？」

她委屈地看了看我。「她們說話太難聽。」

我一聽這話，就知道實行的新辦法肯定損害了某部分人的利益，這屬於內部矛盾。資產階級和無產階級有著不可調和的階級矛盾嘛，正常現象。

「格格您還笑，一幫子老刁婦，說話特別難聽，非要嚷嚷著讓整個府裡的人都知道。」

我因為胤祥這幾天就要回來了，所以心情好得不得了，也不想管這些勞神費心的閒事，滿不在乎地說：「嘴長在人家臉上，還能不讓人家說話了？不用管她們，以後就好了。」

「格格真是的，沒見過您這樣好欺負的。」她一生氣，也不管我了，賭氣地轉頭進了屋。

我半天才反應過來，笑著喊了這麼一句。「這死丫頭，越來越沒規矩了。」

流言並未過去，三人成虎，眾口鑠金，反而愈演愈烈了，這會兒，不處理一下是不行了。我去了事故多發地點，幾個嬤嬤說得正激烈，我走過去時她們並沒有發現，畢竟哪個福晉會跑到下人房裡來？

杏兒清咳了一聲，帶了怒氣喝道：「嬤嬤們且別說了，福晉過來了。」此話一說，果然鴉雀無聲。

隨身侍奉的人趕緊搬椅子來讓我坐下，我掃視一圈，笑了。「嬤嬤們剛才說得不是很熱鬧嗎？怎麼我一來就全都沒聲了，李嬤嬤，您剛才說什麼來著？」

她戰戰兢兢地跪下，沒想到我居然能叫上她的名來。

「張嬤嬤、王嬤嬤也說說吧，讓我也聽聽我究竟是得罪妳們哪點了？」

一群嬤嬤、僕婦們都跪下了，管家一路小跑了過來，幾個管事的也趕緊跑了過來，還有一群站在邊上看好戲的。

我看著她們的神情，心裡的火一簇一簇地往上冒，還是笑咪咪地開了口。「嬤嬤們鬧什麼我大抵也是知道的，無非為了銀子的事，短了誰的、少了誰的，正心裡不自在呢。我且問問，平日裡妳們的俸銀是多少？咱們這樣的府第，與其他平常人家相比，給的是多還是少？我知道妳們都是欺軟怕硬慣了的，各位福晉都是養在深閨裡的，對這些事情並不上心，所以妳們就欺上瞞下，多少銀子都放進了自己的口袋，這些事情以為我都不知道？」我的話說完，她們的表情已經變了好幾回，鬧事的人臉上也變了色。

我不解氣，斂了笑，接著厲聲說：「妳們總不過是欺我年輕不懂事，剛嫁過來也沒有多少權威，以前的福晉們怎麼管事我不管，今兒我把話說清楚了，不想在這裡待著盡可以出去，不想幹活只想佔便宜的，也請出去。妳不想幹，想幹的人多著呢，我就不信我一個皇子福晉管不了妳們這幾個老刁奴。」

說完，我看著那幾個跪在地上的老嬤嬤問：「我說的話妳們服不服？」

她們忙磕著頭，一臉惶恐，嘴裡道：「福晉教訓得是，奴才再也不敢了。」

我看了管家一眼，問了一句：「先生，這事該怎麼辦？」

他忙低了頭回道：「鬧事者每人領二十下板子。」

我點了點頭，繼續說：「我還是那句話，我若錯了，說出個理來，我賠禮道歉。若不是我的錯，就別怪我翻臉無情了。」

「佟全，福晉吩咐了，還不快去辦？」

我聽到聲音轉頭，喜得連忙站起來，胤祥風塵僕僕大踏步走進了院子，正彎了眼睛看著我笑得開心。

佟全小跑過去，弓著身子請安道：「爺，您怎麼來下人的院子了？」

他笑了笑並不答話，攥了我的手走出去。

「您回來怎麼也不差人來報一聲？」我緊緊盯著他問。

「要是提前說了，我哪能看到妳這麼潑辣的一面？」他笑著說話。

我假意瞪了他一眼。「我這麼做還不是為了你，要是後院著了火，你在前面還能安生上朝辦公嗎？」

他給我往耳後順了順頭髮，眼裡全是柔情。「能聽著妳這麼說話，我才真切感到自己回來了。」

我沒有低頭避開他的眼光，只是癡癡地看著他。「胤祥可回來了，青兒沒有一天不想你。」

他大為動容，把我緊緊擁在懷裡。

晚膳時又全都聚在一起了，玉纖和沅沅還是剛走時的面貌，見著我都行了禮，本來讓勻芷在屋裡歇著，可她聽說胤祥回來了，死活不同意，最後還是撐著身子過來了。一見了他，只叫了聲「爺」就聲淚俱下了，胤祥忙笑著安慰了幾句，並問了一些孩子的事情，要她好好休養。

一起吃飯的時候，玉纖首先開了口。「福晉辛苦了，偌大個宅子這麼多操心的事情，福晉竟然管得井井有條，著實不簡單。」

我並不抬頭看她，只是說：「姊姊謬讚了。」

她笑了笑又說：「聽說嬤嬤、丫頭們對福晉有些不敬，說了您不少壞話，趕明兒我好好教訓她們。」

我還是不抬頭，滿臉的冷笑。這是給我下馬威呢，這些本是她應該管的，我改了她訂下來的規矩，估計心裡正恨著我。妳們都回來了我才累，累的是心。

沅沅扯了扯她的袖子，她不以為意地正想再說，只聽見胤祥緩緩說：「這滿桌子的菜還堵不住妳的嘴嗎？」

玉纖變了臉色，頗是幽怨地看了他一眼，我心裡想的卻是，看來妳在草原上風光得很哪，占盡了他的寵愛，以為就能把所有人不放在眼裡了？我看了眼富察氏，她還是默默吃著飯，就笑著問：「沅沅在草原上過得可好？」

她驚訝地抬頭看我，又低頭道：「回福晉的話，一切都很好。」

我點了點頭。

不鹹不淡地說完了話，回屋洗澡去，杏兒還是嘰嘰喳喳。「什麼玩意兒？也不看看她什麼身分我們格格什麼身分？我家格格在府裡飽覽群書的時候，她還指不定在哪兒洗衣種地呢！」

我止住了她的話，語氣裡全是疲憊。「妳跟我沒大沒小也就罷了，要是讓別人聽見，受委屈的是妳，到時候責罵妳，我也說不了情的。」

杏兒不樂意地閉了嘴。「水涼了，奴婢再去打些熱水來。」

我閉著眼睛躺在浴桶裡，眼淚緩緩掉了出來，胤祥對我很好，可是他對別人也是一樣的好。這樣無差別的對待，對我卻是最大的傷害。

聽見有腳步進來的聲音，我擦了淚，看著杏兒忙碌的身影，我艱難開口。「杏兒，我真累，總是想起以前在府裡的時候。」

她轉到我身後幫我輕輕擦著背，我兀自說著。「我還記得咱們七、八歲時候的樣子，我也記得妳雲琳姊姊時常念叨我的話，我很想阿瑪和額娘。」有眼淚滴在我肩膀上，再然後就是熱水緩緩倒入桶裡的聲音，我還是笑著說：「杏兒，咱們回家可好？」更多的眼淚打濕了我的肩膀。

穿上衣服之後，我雙手撐在窗臺上，任微風吹進髮間，身子被人從後面抱住了，頭埋在我的頸窩裡，溫溫的呼吸噴在脖子上癢癢的，是胤祥。

「妳還是覺得寂寞嗎？」他問。

我不想隱瞞他，就點了點頭。

他抱著我的手臂緊了緊。「妳很想回家？」

我驚訝，莫非我說的話他都聽見了？

他再問：「妳跟著我還是很想家嗎？」

我沒有回答。

他輕輕轉過我的身子，抬起我的頭讓我直視他，一字一句像咒語般的話說了出來。「如今我不可能再放妳回去了，我好不容易遇見妳才開心了些，我……不能放手。」

我聽著他的話，看著他略顯挫敗的眸子。你這個樣子，我怎麼能離你而去？我輕輕抓著他的衣服，微微踮腳親了他的下巴。「我雖然想回家，可是我好像更放不開你。」

我也一字一句直視著他的眼說出來，得到的是他激烈的回吻，模模糊糊聽到他說：「我們要個孩子吧。」

有了孩子，兩人之間的牽絆就會更深，我明白胤祥的意思。

日子還是像平靜的溪水般緩緩行進著，沒有太多的波瀾，也不是十分無趣。府裡的新政策推行得久了，也不再有太大的反對聲音，我知道這是慣性使然，什麼都習慣了，也就不再想改變。我內心裡偶爾還是空虛寂寞，這許多年來天天看著高牆大院，生活空間過分狹小，人生目標中嫁給胤祥這一項已經實現，儘管不是十分如願。所以為了沒有目標的生活，我開始抱怨。

也許是秋天來了的關係，我總是感到憂愁。

勻芷鬧得很凶，她快要臨盆了，看不見胤祥就哭，這種情形讓我無計可施，胤祥公務纏身，每日裡總會有很多事情需要他忙，如今，只能由我陪著她寬心。

「福晉，我讓您很累是嗎？我總是這樣需要人照顧。」

她太孤弱，漂浮的心沒有著落，我只能盡自己所能安慰她。「勻芷這樣的人，就算讓人照顧，也都是心甘情願的。爺這樣，我也是這樣。」

她又垂下了淚。「福晉待我這樣好，我真不知道怎麼報答妳。」

我連忙替她擦了眼淚，笑了。「把這個孩子平平安安地生下來，就算報答我了。」

她羞紅了臉，兼得了少婦與少女的嬌羞。

……

我在後院正閉目養神呢，在我屋裡侍候的老嬤嬤進來了，跪在地上說：「福晉，八貝勒府中送來了帖子，要替小阿哥慶生。」

我睜開了眼，想了半天不得其解。「嬤嬤，我歲數輕，這些事情都不明白，您跟我說說吧，該送些什麼、該怎麼辦？」

她在我旁邊側身回道：「福晉說這話老奴受不起，這是福晉進府以來需要應酬的第一件事，少不得手忙腳亂的，以後就好了。」

她說了很多需要注意的事項，也說了按照規矩應該送些什麼。我一一點頭記在心裡，就要杏兒打賞了她，以後少不得有需要用她的地方。

晚上，胤祥來我房裡，我將這事告訴他。他想了半天道：「八哥也跟兄弟們說了，讓大夥兒一起過去熱鬧熱鬧。我素來與他沒什麼來往，送的禮是輕不得、重不得的。」

我想了想，覺得嬤嬤的建議還是很穩妥的，就跟他商量了一下，他也點了頭。

拿起我床頭放的書，他忽地笑了。「這麼些年，妳倒是一直以書為友。」

我向他暗送秋波說：「這您就不知道了吧？我是聽說您愛看書，為了接近您才這麼做的。」

他眼睛忽然亮了。「真的？」

我眨眨眼睛，笑得開心。「騙你玩的。」

他瞪了我一眼，眼裡的神采也灰了下去，好像生了氣不願理我。

我推了推他。「生氣了？」

他還是不理我，我歪了頭笑著看他的臉，剛要說話，就聽到張嚴在外面喊：「爺，側福晉身子不舒服，請您過去。」

他明顯一愣，問：「怎麼了？我就去。」

他又看了看我，我笑。「您去吧。」

服侍他穿上衣服。看著他出了房門，心裡酸酸的。

半夜突然下起很大的雨，敲在窗戶上噼啪作響，一場秋雨一場寒，反正我也睡不著，就起來掌了燈，開始練字——猶記般勤風月事，耳邊軟語深盟，一朝離別等閒輕，我心仍似火，君意已如冰。

手突然被人握住。「青兒，妳太要強，這樣苦的只是自己罷了。」

淚在眼睛裡打著圈兒，我清聲道：「多少年養成的毛病，想改也改不了，心裡挺難受的。」

他嘆了口氣，握著我的手繼續寫——兩情若是久長時，又豈在朝朝暮暮。

第二天，去了八阿哥的府邸，到底是貝勒府，氣派宏偉，八福晉親自到門口迎接，神采飛揚。「這還是我第一次見十三弟妹呢。」

我仔細看了看她，八阿哥的嫡福晉從小被人嬌寵，娘家地位很高，她是個性格豪爽的女子，眉眼帶笑，熱情大方。「真是個清麗可人的美人兒，還不把十三阿哥給樂壞了？」她說完，我也衝她笑了，這性格我喜歡，很像現代人。

妯娌們聚在一起，我是第一次參加這樣的場合，仔細觀察她們，一時間環肥燕瘦，應接不暇。四貝勒的福晉因為胤祥的關係，對我頗加照顧，擋了不少麻煩。我感激地說：「四嫂，謝謝您。」

她高貴典雅地笑了。「十三弟與爺甚是親厚，上次在額娘那兒，我第一眼見妳就很喜歡，這些都是我該做的。」

我不再與她客套，就微微笑了，偏頭看見一位與我年紀相仿的姑娘正看著我，我也好奇地審視著她，突然想起她是十四阿哥的福晉，德妃的壽宴上我們有過一面之緣，便開心地衝她笑，她也靦覥地看著我笑了。

四福晉看了，道：「盈如跟妳歲數相仿，以後可以常走動。」這話說出來讓我覺得不安，十四阿哥與四阿哥不合，而胤祥是四爺黨，太不妥。

我想了想，低聲說：「我還是覺得四嫂親近些。」

她看不出喜怒，只是笑了笑。不是一家人不進一家門，看看四福晉、再看看八福晉，勝負已定了，這才是母儀天下的樣子。

只聽見八福晉叫了聲。「九弟妹還有什麼不好意思的，有喜了就說出來吧！」

我猛地抬頭，九福晉也站了起來，並不害臊，只是笑著喊道：「妳看八嫂，自己春風得意，鬧得天下人皆知，這回還要拉個人下水墊背，好，這次我就捨命陪君子。不過倒要問一句，八哥怎麼受得了妳？」

一桌的人都笑了，這是九阿哥的福晉。因為稍稍喝了些酒，所以臉色暈紅，薄醺微醉，樣子美極了，如此才能配得上也同樣美的九阿哥，又應了那句話，龍找龍，鳳找鳳，我笑得開心。

一會兒，四福晉與幾個年紀大的福晉們聊天去了。我看了看旁邊沒人，就盯著十四的福晉說：「咱們也出去走走。」她也應了。

一路上說說笑笑，因為年紀輕所以好溝通，她經常說起我以前的糗事，我假裝不愛聽，咬著下唇說：「你們爺歲數也不小了，怎麼說話還這麼沒心眼兒？」

她愣怔了半天，然後哈哈大笑。「看來爺說得對，十三嫂真不是大家閨秀，沒有這麼說話的。」

一句話笑著好不容易說完了，然後想了想又偷笑了一場。我心裡開始喜歡她了，嫁人這麼些年了，還是這麼有少女的韻味，就假裝要呵她癢，她忙躲著我往前面跑，一邊還回頭看我，真是巧笑倩兮，美目盼兮。

我看到前面走過來的人，不懷好意地笑了笑，就住了腳。

十四福晉覺得納悶，也要停下，可是跑得急了，身子一個沒站穩往前撲了過去，她大驚，使勁閉著眼睛，可是被人接住了。再抬眼看過去，十四阿哥正挑眉笑看著她，她的臉一下紅了，輕輕道：「爺。」

我扠著腰拿著帕子指著她哈哈地笑，十四阿哥牽著她的手就過來了。

我們很長時間沒見面了，十四阿哥已經很有男子漢的味道，他走近時有著難以言說的壓迫感。

他笑著停了腳。「我當是誰欺負我媳婦呢，原來是十三嫂。」

十四福晉臉紅了又紅，想掙開可是並沒有得逞，我看著十四阿哥的樣子，心滿意足。還好，他婚姻幸福，就算以後頗為失意，有個知心的妻子在身邊也能好過些。

我微抬起頭，假裝不樂意聽。「幾年不見，您倒是長進了不少，會疼媳婦了。」

他也不甘示弱地低頭俯視我。「幾年不見，妳可是一點都沒長進，還是那樣不著調。」

十四福晉在旁邊笑看著他，眼裡全是愛慕，轉頭看我時就吐了吐舌頭。我踮了腳尖才能找回些氣勢，假裝生氣。「哼，兩個欺負我一個，當我沒有靠山嗎？」

十四福晉睜著圓潤美麗的眼睛問：「是誰啊？」

我抿嘴笑了。「十三阿哥呀。」

三個人都笑了起來，十四阿哥笑得豪爽奔放，十四福晉黃鶯啼囀，我心裡真是高興。

「你們笑什麼呢，這樣高興？」四阿哥、八阿哥、九阿哥還有胤祥站在不遠處，四阿哥開口問了一句。

十四阿哥忍著笑對我說：「妳靠山來了，快去吧。」

大家都納悶地看著我，連胤祥也是一臉不明所以。我也不客氣，給他們行了禮，就磨蹭到胤祥身邊，輕輕淺淺地小聲說：「他們欺負我。」

滿臉委屈的樣子讓胤祥先是一愣，然後忍著笑嗔怪我。「妳不是很厲害嗎？怎麼這回這麼不濟了？」

我再裝可憐。「他們是兩個人。」

這下不僅胤祥哈哈笑了，連其他阿哥臉上都笑開了，九阿哥瞥了我一眼，臉上也有些笑意。

一路上和十四福晉盈如跟在阿哥們的身後，鬧歸鬧，正經的時候還是要做出樣子來的。剛走了沒幾步，前面的迴廊裡正有三、四個小孩子在一處玩，看見大人們過來，都趕忙行了禮，「阿瑪、叔叔」地叫起來。

是幾個年長阿哥們的孩子，也給我和盈如行了禮，盈如長了張娃娃臉，又愛笑，幾個小孩看來也認得她，就都跑過來喊：「十四嬸跟我們玩會兒吧。」

盈如拉了我的手，笑著說：「十三嬸才是最會玩的呢，你們可找錯了人。」說完幾個孩子膩了上來，拉著我的手就央求著一起玩。我也笑咪咪地應了，玩就要玩我拿手的，跟八阿哥說了一聲，他的興致也很高，就差人去取了。

他們幾位阿哥在迴廊裡聊著天，看起來兄友弟恭一副和樂無窮的樣子，小太監把長繩取了來，跟幾位小阿哥們講好了規則，他們躍躍欲試。我先給他們做了示範，當繩一上一下地盪起來的時候，我瞅準了空鑽了進去，一時間只聽見長繩有節奏的拍地聲，我彷彿回到了現代，跳了幾下就閃身出去了，再換盈如，她試了幾下也把握了節奏，鑽進繩中跳了起來，只看見袍角飛揚，飄逸極了。

幾個小孩子也躍躍欲試，都嚷嚷著要跳，廊中的阿哥們也看得津津有味，我與盈如拉著繩，小孩子一個接一個地跳進來又退了出去，紅撲撲的小臉上閃著青春的光芒，在塵土飛揚中，盈如與我相視一笑，此時此刻此情此景怕是一輩子都難忘了。

我看了半天就喊：「大家一起跳才有意思，一個稍往前面跳些，後一個跟上，快。」小孩子們果然聽話，一時間都往裡面跳，有個孩子沒協調好，摔了個四腳朝天，其他人笑得高興。如此反覆，最後終於形成了規模，像公車上下車一樣秩序井然。十三阿哥與十四阿哥都跳下了迴廊來到院中，替換了我與盈如，四個大人領著一幫子小孩玩了個天昏地暗。

要回去的時候，小孩子們喊著：「十三叔十三嬸、十四叔十四嬸，咱們以後再一起玩。」戀戀不捨地告別了。

正在門裡與各位哥哥嫂嫂告別，突然間聽見小孩子的尖叫聲，我與盈如站得最靠近門口，彼此交換了眼神，就忙往門外跑去，只見一輛馬車快速奔了過來，兩個孩子站在門口被這種情景嚇得傻愣在當場，動都不動。

我與盈如一手抱一個把孩子推向門邊，盈如站在裡邊被十四阿哥抱住了，馬車迫近，眼看著馬抬腳就向我身上踹過來，十四阿哥大喊：「丫頭，快躲開！」

我身子一緊，被人死死抱著打了個滾，只聽見馬嘶叫了一聲，再抬起眼時馬車已經停了下來，就差那麼幾步就一命嗚呼了。胤祥擋在馬車前臉色僵硬地拉著馬韁，手上的血一滴滴地砸在地上，我大驚，喊了聲「胤祥」，踉蹌著起身跑過去托著了他的手背，帶著哭腔說：「嚇死我了。」

突然覺得不對，猛然回頭，九阿哥正鐵青著臉扶著胳膊站了起來，九福晉撥開了眾人，撲到他身邊大喊：「爺，您沒事吧？」

事？

他冷然說了一句：「我沒事。」

我站在原地，思想完全放了空，這是怎麼回事？剛才發生了什麼？八阿哥與八福晉趕緊差人給胤祥和九阿哥看了，胤祥的手傷得不輕，從虎口至手心被馬韁勒出了很深的口子，血流了又流，止都止不住，我看見太醫處理的時候，心都揪在一起了。

九阿哥的胳膊擦傷了很大一塊，滲出了一大片血絲，我不太敢看他，只知道他的眼裡盛滿悲憤。驕傲如他，自負如他，做了好事救的人卻不能安撫他，還引起了別人的懷疑，這是什麼窩囊事？

與胤祥坐著馬車回去，他一路上都不願說話，只是閉著眼。

到了府裡，我忙命人小心侍候著，讓杏兒打了水，我親自給他擦洗，他淡淡道了句：「這些讓下人幹就是了，妳不用這樣的。」

我挨著他坐下說：「你是我丈夫，本來就應該我幹的。」

他不看我，只盯著空中出神。

只聽見院子裡鬧哄哄的，跟著勻芷的嬤嬤匆匆跑了來。「爺、福晉，側福晉怕是要生了。」

一聽這話，我驚得坐了起來，胤祥匆忙地大步走了出去，嬤嬤緊隨其後。

我站在院子裡走來走去地坐不住，只聽見淒厲的叫聲一聲勝似一聲，杏兒過來安慰我。「格格，您別著急，當時雲琳姊姊生小少爺的時候也這樣，這是女人必須過的關。」

我。

我稍稍坐了會兒，還是跳起了身子。「杏兒，咱們去看看。」說完就出了院門，杏兒緊跟著我。

匀芷的院子裡亂成了一鍋粥，進進出出的婦人、嬷嬷們都是一臉匆忙，沒有人理我，熱水一盆接一盆地送進去，血水一盆一盆地送出來，我突然覺得天旋地轉，差點暈在當場，杏兒趕緊扶住我。「格格，您怎麼了？」

我看著她著急的臉問：「爺呢？」

看見張嚴待在門口，就知道他在裡面。封建社會中男子極為尊貴，產婦的房間是不准進去的，說是不乾淨。這是輕視女性的謬論，可是胤祥就這麼不在乎地在裡面，我是感到慶幸的，他是個仁人君子，是個最有情意的。可是他的手還傷著呢，他也不在乎嗎？

也不知道站了多久，聽匀芷的哭叫嘶喊聲已經麻木的時候，終於聽到了嬰兒響亮的啼哭聲，穩婆們歡喜道：「恭喜爺，是個小阿哥。」

生命的到來，總是眼淚伴隨著欣喜，而生命的離去，卻是悲傷後的無奈。在這種時刻，來往奔跑道喜的腳步聲都成了忙音，喜悅是他人的，待在這兒的我是多餘的。

腳步沈重地回了屋，杏兒看著我全是心疼和無奈，想說話卻又不知道從哪兒說起，就呆呆地站著陪我，我彷彿被人抽盡了力氣。「杏兒，我想自己待會兒行嗎？」

她默默關門出去了。

為什麼連跟我生氣都是這樣溫和？我倒寧願你跟我大吵一場，這樣我才能告訴你我心中所想的，那樣的話，我只對一個人內疚就行了。

去年今日此門中，人面桃花相映紅。
人面不知何處去，桃花依舊笑春風。

第十章 冷戰

第二天的早膳吃得沈悶，胤祥根本就沒有出現。玉纖又很是不滿，臭著臉嘟嘟囔囔地說：「生個孩子有什麼了不起？」

沅沅一向淡得讓人察覺不出她的存在，吃飯也是默默的低頭吃，沒有事情絕對不開口。

我這才深刻覺得，「不在沈默中爆發，就在沈默中滅亡」這話竟是如此貼切，突然閃過當時胤祥笑意盈盈的眸子，容惠格格也不知道過得好不好？眼淚差點要落下來。勉強撐著吃完飯，我去了勻芷的房間，平日裡走慣了的曲徑院落，此刻卻覺得腳如灌鉛。

勻芷掙扎著想要起身，我連忙止住她。「妳這下也該安心了，是個小阿哥。」

她臉上帶著笑，半晌又若有所思地低下頭。「爺似乎不是很高興呢。對了，我聽說福晉在屋外站了大半夜，辛苦您了。」

我臉上有些不好意思，就笑了笑。「妳沒事就好。」又說了幾句，看了看小阿哥就出來了。他還太小，緊閉著眼看不出來長得與他阿瑪額娘有多像，這生命太柔弱了。

胤祥他不在，昨天折騰了一天，晚上又是一宿，今早天還灰著就去早朝了，手還傷著，我緊抓著胸口，胃裡的酸水一陣陣地泛上來，絞得難受極了。我又朝書房走去，他大部分的時間都在這裡，有一位僕役站在門口，見了我給問了好，我不放心地問：「昨晚爺怎麼睡的覺？」

他道：「回福晉的話，爺就回來歇了一刻鐘，就匆匆換衣服走了。」

我再問他：「爺的藥誰給換的？」

他納悶，答：「奴才不曾見爺換過藥啊。」

……

我離開了書房，漫無目的地走著，心都快疼厥過去了。

好不容易等到張嚴回來，我急忙問他：「怎麼就你回來了？你主子呢？」

他有些驚訝地看著失態的我說：「爺去四爺府裡了，福晉臉色不好，差人給看看吧？」

我忙擺手。「不用，他什麼時候回來？」

他道：「爺沒說，奴才不知道。」

我揮了揮手，讓他下去了。

胤祥沒有回來吃晚飯，回府也沒有來我屋裡。我讓杏兒把藥仔細包好了給張嚴送去，再生氣也不能把手給廢了。

杏兒回來，我問她爺在哪兒？她支支吾吾地說在書房。

我一看她的表情就明白了七、八分，也好，等他想見我了自然會過來。想起九阿哥的事，心又揪緊了，不知道他怎麼樣了？難怪胤祥會生氣，在那麼多人面前，他以那樣的姿態出現，別人會怎麼想？轉了個念頭，九阿哥若知道我這樣想，又情何以堪？

府裡又開始議論紛紛。福晉失寵了，爺都三天不去她房裡了，這在以前，哪有這樣的時候？杏兒一臉不自在，可照顧我的情緒，終是沒說出來。

晚膳的時候，終於看見了胤祥。他臉色蒼白憔悴，看到他手上的紗布換了新的，我才稍稍安了心。

玉纖掩不住的滿臉高興，又開始說：「福晉，您怎麼臉色不好，是不是該請個大夫來看看？」

我氣得恨不得撕了她的嘴，臉上卻還在笑。「不礙事，只是吃壞了肚子。」

她看了看胤祥，再說：「福晉，您倒是胃口好得很呢。」

此刻我非常不願被她打壓下去，也裝作心情好極地笑著撒謊。「我一向胃口很好。」

胤祥垂著頭，拿著湯匙的左手一滯，皺著眉頭扯嘴角苦笑了一下。我這樣不在乎的話，也許讓他很是難堪，看來他並沒有胃口吃飯。就是這個表情，讓我的胃又翻江倒海地折騰起來。

……

吃完飯在屋裡看管家呈上來的帳目，杏兒捂著臉回來了，我起先並沒有在意，等發現的時候，五個指印支愣愣地擺在明處。我皺眉問她怎麼了？她搖著頭沒說話，我冷笑。「好，如今姑娘大了，竟連妳也開始瞞著我了。」

她「撲通」一聲跪在地上，眼淚像斷了線的珠子。「格格，奴婢求您了，別再折磨爺跟您自己了，就服個軟還不行嗎？」

我只盯著她看。「說，是誰打妳的？是爺嗎？」

她連忙搖頭。「爺待下人一向好，不是他。」

「那是誰？」

「是、是庶福晉房裡的人。」

問清了來由，我從地上拉起她就往石佳・玉纖的院子裡去了。

……

通報過後，進了屋毫不意外地看見胤祥在裡面。我走了過去，端端正正地給他行了禮，不再看他，只是緊緊盯住了玉纖。

她被我看得有些不自在，就勉強帶了笑問：「福晉，您來有什麼事嗎？」

「若是沒事，我用得著來妳屋裡嗎？向來不是妳去給我請安行禮的嗎？」我冷笑著說。大概從來沒有這樣用身分壓過人，聽見我這樣說話連胤祥面上都帶了驚訝。玉纖臉色十分難看。「福晉就算要問罪，也該讓人知道是什麼事啊？這樣莫名其妙的是幹什麼？」

我還怕妳不問這句話呢。「妳屋裡的人狗仗人勢打了人，可曾跟妳說過？」

她大驚，忙喝斥四周問：「是誰打了人？」

她的貼身丫鬟戰戰兢兢地走出來，跪在地上。「福晉恕罪，奴婢只是氣不過杏兒說話，所以才動手打了她。」

玉纖臉上驚怒交加，問：「到底是為了什麼事？」

小丫頭總不能說是嘲笑了我幾句，所以才跟杏兒吵起來的，只是臉上十分不願意地說：「奴婢錯了。」

玉纖看她這樣，就陪笑道：「福晉息怒，讓她賠個不是就算了吧？」

我也笑了，轉頭看著胤祥道：「爺，您自小長在宮裡，皇宮裡是不是有規矩規定宮女只能罵不能打，若確實不像話，打了人但絕不能打臉？」

胤祥仔細盯著我看了會兒，說：「是有這樣的規矩。」

我點了點頭，再看跪在地上的小丫頭，漫不經心地問她：「說說妳哪兒錯了？」

她被我問愣了，低著頭伏在地上哆嗦道：「奴婢只是同杏兒鬧著玩兒的，沒想到失手打了她。」

「杏兒，把臉抬起來給爺和庶福晉瞧瞧，也給跪在地上的姑娘瞧瞧，這一失手能不能成千古恨？好好的姑娘一張臉讓妳打成這樣，妳且說說，這是失手嗎？我倒要問問，若是灑了滾燙的水在她臉上，妳一句失手毀了她一輩子，到時候妳拿什麼還她？」我越說越控制不住，一句比一句嚴厲，眼裡幾乎要噴出火來。

小丫頭終於跪在地上哭了，連連喊：「奴婢知錯了，福晉饒了奴婢吧。」

說完就要往自己臉上打去，我褪下手上的鐲子輕輕扔了過去，擋住了她將要打自己臉的手。她驚訝地抬眼看著我，那玉鐲著地就碎了，我並不在意，只是說：「我看不慣這套隨便作踐自己的營生。」

說完不再看她，她的眼淚掉得更凶了。

我看著玉纖，再笑問她：「按理說，我屋裡的丫頭是不是該比妳的丫頭尊貴一些？」

她不明白我的意思，低頭惶恐道：「那是自然。」

我長嘆一口氣。「妳身為主子，是不是該替自己的丫頭做些補償？」

她不明所以地說：「杏兒姑娘想要什麼，首飾、銀子我都給她。」

我冷笑著哼了一聲。「這些她有的是，並不稀罕，只要妳給賠個不是就行了。」

她大驚。「那怎麼可以，她只是個奴才！」

我猛地站了起來，變了聲音。「妳一句話說得真輕鬆，難道忘了自己以前也是做過奴才的？若妳不是生在富貴人家，被人隨意糟踐，妳還能如此不在乎地說出這句話來嗎？妳剛剛袒護妳的丫頭我看在眼裡，妳的丫頭是人，我的就不是了嗎？」

我咄咄逼人，玉纖幾乎要哭出來。「我沒有那個意思。」

「杏兒從小在我家長大，一直跟在我身邊，不是姊妹卻更勝姊妹。明眼人一下就看得出她在我心裡的地位，怎麼就偏偏有人眼拙，居然敢打她？她若是個尖酸刻薄不懂事的，打也就打了，我絕不說半句多餘的話，偏偏她這個性子從來不會惹是非。妳倒說說，這事兒究竟是誰不對？」

玉纖終於哭了出來，神情滿懷委屈，還有怨恨我的小題大作。

胤祥走到我身邊，頗是無力道：「妳的威風也使夠了，杏兒受的委屈妳也討回來了，就別再咄咄逼人了吧。」

他這樣不以為然，讓我忍了半天的話還是說了出來。「爺心裡也是這麼想的？是我小題大作，是我蠻不講理，不過是個奴才至於鬧成這樣是不是？」胤祥啊，你畢竟是個皇子，平常善待下人只是你的脾氣好，並不是真的認為你們是平等的。這樣想著，我也笑了，這種人權觀念在這個時空裡是沒有的，是我太苛求他了。

胤祥盯著我，緊抿著唇。

我清了清聲音，說得堅定。「可是我只想告訴您，誰有什麼不滿儘管衝著我來，但是我屋裡的人誰都不能碰。」我倔強地抬著頭看他，屋裡的空氣彷彿凝住了，壓得人喘不上氣來。

杏兒屈身也給我跪下了，拽著我的袖子哭道：「格格，奴婢不委屈，您別再跟爺吵架了。咱們回去吧，啊？」

我扶了她起來，只是盯著玉纖道：「庶福晉就委屈一下，給她賠個不是吧。」

我聲音堅決不容反抗，玉纖看了看胤祥，終於還是噙著淚跟杏兒說：「我教導無方得罪了姑娘，姑娘別見怪。」

杏兒趕忙給她磕了頭。「奴婢不敢。」

我拉起杏兒，給玉纖躬身行了個禮，玉纖驚訝地看著我，止住了哭，我正色道：「姊姊別再委屈了，妹妹給妳賠禮道歉。」

玉纖愣住了，不解地看了看我，連忙扶著我說：「福晉身分尊貴，怎麼能對我行禮，使不得使不得。」

我再給胤祥行了禮，身心俱疲。

「爺好生歇著吧，別忘了換藥，睡覺別壓著手。鬧了一晚上全是我的錯，您也別生氣了。」說完就帶著杏兒走了，在這個能力範圍內，我能為我在乎的人做的只有這些了。

回屋後我就全身疲軟了下來，胃疼得厲害，我使勁按著胃蜷著身子，靠在床邊久久起不來，杏兒著急地問：「格格，您怎麼了？我去請爺過來。」

「不許去！」我厲聲喝道：「我就是死了也不跟他低頭。」

一直撐到了下半夜，豆大的汗珠滲了出來，我躺在床上咬著被角，十月的天氣並不熱，可衣服竟全讓汗浸濕了。我臉色蒼白，躺在床上翻來覆去地待不住，杏兒奪門而出，再回來時帶著胤祥。

胤祥看見我的樣子，大吃一驚，素日的溫和全都消失無蹤，指著杏兒怒斥道：「什麼時候的事兒，福晉病成這樣怎麼不去請太醫？候在身邊是死人嗎？枉她還這樣對妳。」

杏兒跪在地上只是哭。「都是奴婢的錯。」

我掙扎著起身，虛弱地說：「是我不讓她去的，你要罵就罵我吧。」

胤祥無奈地看了我一眼，疲憊地說：「罷了，快去找張嚴讓他去請太醫。」

杏兒三步併作兩步地跑出門就趕緊找人去了。

晚上讓玉纖受了委屈，這會兒又把胤祥叫了過來，還指不定她心裡有多怨恨呢，我朝胤祥笑了笑，說道：「一會兒太醫就來了，您快回去歇著吧。」

胤祥垂著右手看了我半天，手上的繃帶還是密密地纏著。他緩緩走過來，坐在我床邊，嘆氣道：「我沒在別人屋裡歇著，手都成這樣了，還能做什麼？」

他用左手替我把因為出汗黏在臉上的頭髮往後撥了撥，無奈道：「我真是拿妳沒辦法，妳怎麼這麼倔，跟我道個歉、說幾句軟話就那麼難嗎？」

我依舊捂著胃看著他。

他伸手給我抹平了緊皺著的眉頭，再說：「上次就這樣，這次還這樣，每次吵架都鬧得這樣大氣勢。沒見過妳這樣的人，明明不是我的錯，可每次先妥協的總是我。」

我所有的委屈終於化作眼淚掉了出來，正是因為你的先妥協，我才一次又一次地更想接近你。「我知道你生氣，我也想跟你賠不是，可是你總是不理我，我有什麼辦法？」

他給我擦了眼淚，微微笑著說：「我不是不理妳，只是看見妳就會想起老九那天為了妳那麼拚命，我只是心裡不好受罷了。」

我輕輕捧起他受傷的手，輕吻了一下他的手心道：「你這樣待我，我心裡早就容不下第二個人，我……」

再說不下去，忍不住抱著他哇哇大哭，他胸前的衣服被我的淚抹得亂七八糟，他笑了，拍著我的背哄著。「好了，再哭讓太醫也要笑話妳了。」

我連忙抬起頭，他就吩咐道：「杏兒，帶太醫進來吧。」

門口早就立了兩道黑影。

太醫隔著屏風給我診了脈，說：「恭喜福晉，您有喜了。」

此話一說，胤祥與我都是又驚又喜，他一步邁了出去，迭聲問：「多長時間了？她的胃又是怎麼回事？」

「已經兩個月了，福晉是因為久不進食再加上憂思過多，所以才引發胃疾，老臣開幾副溫和補益的方子，先去疾，再養胎。」太醫慢慢地說，開了方子就讓張嚴隨他回去抓藥了。

如此一鬧，天就快大亮了，胤祥扯著嘴角哭笑不得。

「久不進食？憂思過多？妳挺本事啊，連有了孩子都不知道，還又跳又鬧，又哭又叫，等孩子出來還指不定怎麼笑話妳呢！」說完自己先哈哈笑了。

我伸手打了他一下，忙又按著胃。「還好意思說，都是誰惹我的啊？」

他寵愛地看了我半天。「如此該好好謝謝老九了，要不不僅傷了妳，還傷了孩子。」

京裡各府之間的消息向來靈通，一時之間門庭若市。這個孩子的到來帶著喜悅還有榮耀，流言不攻自破，爺還是很寵福晉的，連福晉為了一個丫頭無事生非也可以容忍了。對於我這個人的評價則是毀譽參半。

胤祥很高興，總是要我小心著點，再三囑咐了杏兒。「妳家格格不是個安生人，天天閒不住，妳好生看著她。」

杏兒笑著看了看我，點頭答應了。

阿瑪府中派人過來看了幾趟，送了很多補品。額娘親自做了幾件小孩衣服，我看了之後很是感動，都那麼大歲數的人了，還是閒不住。雲琳來看過我一次，見了之後彼此唏噓了一陣子，她又說了些注意事項，我都用心聽了。

我每天都要親自替胤祥的手換藥，洗臉、洗澡，所有與水有關的都不准他碰，倒搞得他不好意思起來，到底我是孕婦還是他是？我笑了半天才止住，他假裝生氣，懶得理我。

……

臨近年關，我在僕婦、嬤嬤、使役丫頭們之間名聲大好，因為將一些不必要的開支節省了下來，又把混亂無度的帳目理了理，平時看不出來有多大成效，只是在年末發銀子的時候每人都按份多領了一些，人人喜笑顏開。府裡又開始四處散播消息：福晉是個能辦事的，對下人們也是極大方的。

胤祥的手已經大好了，只是右手手心留下了疤痕，雖然太醫又給了些去疤痕的藥，但我看充其量只是起些安慰的作用，握在手中的時候還是感覺得出來的，長長的一道橫亙了整個手心。我心疼了半天，胤祥的手指乾淨而修長，若是損壞了手背就太可惜了。

他伸手反握住我的手說：「其實妳不用這樣的，我自小學習騎馬射箭，手中的厚繭結了一層又一層，這些都習慣了。」

我聽著他這若無其事的話，心裡有些酸，可能是母性使然吧，就拿著他的手，放在我心口，盯著他的眼睛說：「以後胤祥就由我來照顧，代替你死去的額娘和遠在他鄉的妹妹。」

他亮亮的眼睛彎了彎，全是溫暖。

張嚴在外面報：「爺、福晉，佟管家來了。」

胤祥說了一句「讓他進來」，然後就坐在椅子上。

佟全滿臉喜色地走了進來，請了安站在一邊，說：「爺，今年咱們田莊的進項不少。」

胤祥仔細問了問，偏頭看了看我，笑道：「妳真是個斂錢的主兒，光這一項就夠這一大家子折騰一陣了。」

我看了看他遞過來的帳本，眉開眼笑地問佟全：「先生，有這麼多嗎？平常看時少了很多啊。」

佟全也喜道：「福晉忘了嗎？前幾個月說的置地的事兒，老奴辦妥了。本沒打算有多少收成的，可是今年風調雨順，誰想到這麼順暢。」

我大樂。「爺，我這下可是十足十的地主婆了。」

胤祥一口茶差點噴出來，手指著我笑，就是說不出話來。我再看著佟全說：「先生，眼下就過年了，每個人多發一月的俸錢可好？」

他連忙應了，誇了我半天，就下去了。

我拉著胤祥的手晃來晃去，然後討好地問他：「你看我這麼賣力，可怎麼獎我？」

他盯著我的臉半天，忽然不懷好意地笑了。「我今晚去妳房裡。」我大窘，轉身就跑，結果被他緊緊箍在懷裡，我悶聲悶氣道了一句：「可看得出你的手痊癒了。」剛說完就被他吻住了。

由於我的高人氣，我說什麼就有人應什麼，老嬤嬤們陪著笑臉由著我瞎折騰。臘八的時候，全府上下在我的調動之下歡歡喜喜地要過個別樹一幟的年，廚房也早早就準備好了，我又想起來在宮中做的油炸臭豆腐，結果被胤祥明令禁止了。我進去跟他商量的時候，他正在書房裡看著書。「妳快給我安分點吧，不顧及自己，也要想想妳肚裡的孩子。」

說得也對，就安安分分地照老規矩來吧。匀芷抱著小阿哥看我忙忙碌碌，臉上帶著笑說：「福晉沒來的時候，過年也很冷清，哪有這樣熱鬧的。」

玉纖跟沅沅都聚在一起，我問她們誰會剪紙，沅沅笑著說：「福晉別見笑，我倒是會些的。」

然後我又問了各自的專長，到時候都一一使出來吧，過年但求熱鬧。

……

臘月三十，晚上在宮中大宴，又見著了那眾多的妯娌。胤祥這些阿哥們還是照例給皇上行辭歲禮，然後再由康熙帶著給太后行禮。我因為有了身孕的關係，大家寒暄了好一陣子，德妃對我也頗是照顧，沒有留我在宮中過年，早早地遣我回家休息。

巧的是，三十這天晚上下了很大的雪，飛揚著打旋兒，上了歲數的人都高興得不得了，說這是瑞雪兆豐年。我請安後就從宮裡退了，回家的路上看著紛飛的大雪，心情格外好。

推開府門，就聽見人叫：「福晉可回來了！」

看了看府裡，張燈結綵，入眼處全是明晃晃的紅，映得丫頭們臉上也全是喜色，大紅的剪紙貼得到處都是，連枯敗的樹枝都有了活力生氣。府中央有個很大的臺子，是管家揣測我的意思建造的，看來很不錯。

我連忙跑上臺子，站在中間笑著大喊：「今兒個過年，大家都高興些，咱們不拘規矩。忙活了一年，好不容易有這麼一天，有什麼話都可以說出來。」

杏兒在身邊扶著我，害怕我有什麼不測，我揚著臉笑，這樣的日子多好。

胤祥進了府，看見我給搞得烏煙瘴氣的也好脾氣地笑了。「過年也不拘這些禮，大家玩得高興就好。」

聽了這句話，大家都放開了心鬧。

我忙問他：「怎麼這麼早就回來了？」

他笑了笑道：「我求皇阿瑪，他就讓先回了。」

我倆聽見臺上亂哄哄的，就都轉了頭去看，幾個小廝在上面說笑話，逗得下面人都笑了。

胤祥無奈地說：「妳看看，我這好好的皇子府，被妳弄得跟天橋賣藝場似的。」

我也笑了。「難得大家都這麼高興，反正就這麼一會兒，等除了歲就都散了，不要太拘束他們。」

他也笑著應了。

康熙四十五年就在熱鬧的氣氛中結束了，這是我與胤祥一起度過的第一個春節，幸福甜蜜。熱氣騰騰的餃子端上來的時候，一家人圍坐著吃了，鞭炮聲聲辭舊歲，太熱鬧了也不是件好事，因為熱鬧過後留下的是更大的空虛，這就是物極必反的道理。

康熙四十六年。

如果說繁衍是人類社會的自然規律的話，那麼疼痛就是讓你瞭解它的意義。因為這生命來得如此不易，所以你才要更加珍惜它。

我的孩子在千盼萬盼中到來了，是個女兒。她凝結了我太多的精力與愛，也凝聚了胤祥太多的情意。

看著她迫不及待地出現在這個世上，我心中頗為不安，因為我沒有看雍正朝的歷史，看過的康熙朝歷史對孩子也沒有記載，所以對她的命運、對她的未來，我一無所知。她可能會過早地夭折，也可能健康地成長、嫁人、為人母。

因著對未來的不知道，我只要她的現在，只要她快樂就好。胤祥很是疼愛這個孩子，一如疼愛我。我為她取名暖暖，因為我要她永遠記得她的出生，承載了我與她父親的暖暖情意。

每天都有大補的東西送進來，我為了快些復原並不挑食。

六月快結束的時候，身子已經沒有大礙。康熙依舊是要出巡塞外的，我本來已經為胤祥選好了跟隨他的人，可是他並不滿意。「妳不願跟我去？」

我幫他整理隨身攜帶的衣物。「我當然不願意離開你，可是暖暖太小了，我更捨不下她。」

胤祥嘆了口氣，我半夜醒來，看著他長長的睫毛和乾淨的面容，心想這一別仍然是四、五個月，大半年都過去了，我真能捨得了他嗎？我的手突然抱住了他的腰，他被我弄醒，微微睜開眼睛問了句：「怎麼了？」

「我想隨你去塞外。」

改了主意，把家裡的事務交與管家、玉纖和沅沅。這個時候家裡並不繁忙，也並不需要操心太多事情，玉纖也就算了，管家和沅沅我還是很放心的。

坐上了馬車，浩浩蕩蕩地出了京城，在路上走了很長時間，經常拔營紮寨地歇了，然後再接著走，一路上有勻芷陪著說話倒也不悶。她以前隨胤祥去過塞外的，就說些塞外風光，我聽著也有趣。

她興奮得紅了臉說：「爺的騎射功夫了得，狩獵的時候雄姿英發，他……」正滔滔不絕地說著，看我含著笑偏頭看她，臉騰地就紅了。

我並不取笑她，只是掀開簾子向前面遙遙望去，在那眾多的人中，胤祥依然是優秀的，我一眼看見了他，盯著他的後背出神了半天。

天色將晚的時候在帳子裡就著燈看了會兒書，突然聽見噗哧一聲，十四福晉盈如正俏生生地站在入口處笑著看我，我大喜，問：「妳也來了？」

她點了點頭，我忙把她讓到裡邊坐了，她拿起書看了看。「妳怎麼看這些書？」

我看著她笑道：「你們爺沒說過，我是個最不害臊的？牡丹亭、長生殿我都看的。」

她笑笑，也拿起書看了幾頁。我看著她姣好的側臉、安靜閒適的神情，不禁想到，這才是真正的大家閨秀。她抬眼奇怪地看我。「十三嫂看什麼？」

我道：「妳這樣好，難怪你們爺喜歡妳。」

盈如羞紅了臉，嘆道：「這正是我想對妳說的。」

兩個人惺惺相惜了一會兒，正好胤祥掀簾子進來，盈如就回她的帳子去了。我笑著迎向他，輕輕偎在他懷裡，半天不說話。

胤祥問我：「妳跟十四弟妹很要好嗎？」

我貼著他的胸膛說道：「也不是，只是交談了兩回。我們年紀相仿，而且她性子很好，倒也覺得親厚。」

他撫著我頭髮嗯了一聲。我知道那個隱形的戰爭，也知道他與四阿哥和十四阿哥的親疏關係，就輕輕說：「我不會給你惹事的。」

他猛地推開了我，驚訝地問：「青兒知道什麼？」

我定定地看著他說：「什麼都知道。」

你們這些人的未來我全都知道，跟胤祥朝夕相處這麼些年，才知道原來他是個眼光好的，他也是最有政治才華、政治觸覺最敏銳的一個，他雖然不上心皇位，可是他的注押得很好，四阿哥就是將來君臨天下的人。

他的臉色變了又變，臉上的神情有些可怕，他抓著我的肩膀，緊盯著我的眼探究道：「妳怎麼會知道？」

我也毫不隱瞞地看著他，誠懇地說：「我是你妻子，你的心思我還能察覺不出來？在這場無硝煙的戰爭中，雖然你無意，但是不代表別人不會將你列為對手。所以不管以後會怎樣，我一定陪在你身邊。」

胤祥的眉頭緊鎖在一起，嘴巴微張，想說什麼終究沒有說出來，只是放開了我，走到榻上坐了。我也走過去靠著他坐下，摟著他的胳膊說：「胤祥，你真是可憐，雖然別人看著你表面上受盡了榮寵，可是誰又知道，你卑微得連自己的未來都掌握不了。」

他突然將我緊緊抱在懷裡，身上硬硬的骨頭硌疼了我，我沒有動，讓他抱了許久。

上帝選擇用亞當的肋骨創造出夏娃，目的是為了讓女人更靠近男人的心。

我終於到了那個天似穹廬、籠蓋四野的地方，極目四望，心胸遼闊。原來不僅看見大海會心潮澎湃，看見草原也如是。

我興奮地拉著胤祥的手。「真高興我跟你來了這兒。」

他微笑地任我拉著他。「我第一次看見這片大地的時候也是這麼個樣嗎？希望不是，太傻了。」

我狠狠白了他一眼，並不在意，再轉頭看的時候又笑了起來。十四阿哥牽著盈如的手也走了過來，四個人微笑著站在一處，出了京城出了宮，人也能活得輕鬆一些。

十四阿哥笑道：「今晚皇阿瑪設宴，大家聚在一處好好喝一場，不醉不歸。」

胤祥也道：「好。」

一個字說得很有氣勢，我跟盈如站在一邊看著這兩個男人，相視而笑。

第十一章　獻舞

康熙幾乎每年都會出巡塞外，在熱河行宮避暑並且處理政務。

康熙四十二年開始大興土木，選了一處質樸淡雅、林木茂盛的地方興建皇家園林，即後世著名的承德避暑山莊。

秋天的時候會進行著名的「木蘭秋獮」，木蘭，滿語意思為「哨鹿」；秋獮，即秋天打獵的意思，《爾雅・釋天》中講「秋獵為獮」。康熙一生組織了四十八次秋獵，每次會帶皇子、宗親、大臣、武將們參加，這是繼承傳統，馬上得天下，馬上治天下。

……

篝火燒了起來，夜晚的草原上有獵獵的風掃過，各色的旗子被風吹得錚錚有聲，遠處幾匹馬也發出「嗚嗚」的噴氣聲。康熙坐在正中的位子，依舊氣勢懾人。這次隨御駕的皇子們有太子、四貝勒、八貝勒、九阿哥、十阿哥、十三阿哥、十四阿哥，出人意料的齊整。康熙心情很好，時不時地與太子說著話，太子也很是恭敬，一幅父慈子孝的畫面，其他阿哥分坐他下手左右兩邊。

太子依稀還是上次見他時的模樣，康熙對這個兒子是真寵愛，從小一直帶在身邊，讓他穿跟自己同色的衣服，極盡榮寵之能事。

有幾位蒙古的王爺也來了，我忙扯胤祥的袖子。「格格是不是也會來？」

他看了看我，笑著說：「很有可能會來的。」

「真的？太好了。」我拍著手笑道。

他不以為然地撇了撇嘴道：「當初也不知道是誰，怎麼勸都不肯過來？」

我拿胳膊肘撞了他一下。

「你們成親都快兩年了，還是這麼熱乎啊？」

一聽就知道是十四阿哥那個傢伙。我笑了笑，看了看他身邊的盈如還嘴。「跟你們比起來我們可是小巫見大巫了，你倆都成親三、四年了，還不是照樣熱乎？」

盈如靦覥地低了頭，十四阿哥豪爽地笑了。「妳嘴上是一點都不吃虧，十三哥天天對著妳，豈不是要煩悶至死？」

我瞪了瞪眼看向胤祥，說：「我們爺是最不愛說嘴的，哪像某人？」

盈如清脆的笑聲四處暈染開來，十四阿哥也哈哈笑了，他還是我以前所認識的那個少年，不拘小節，我眼光與胤祥的交織在一起，也笑了。

那邊十阿哥大叫了一聲。「你們笑什麼呢，那麼高興？」

連康熙也笑咪咪地看了過來，處理完了政事，估計心情也比較爽朗，說了一句：「到底還是年少夫妻好。」康熙突然想起什麼似的。「十三媳婦剛生的閨女取名了嗎？」

我連忙跪在地上行禮道：「只取了小名。」

他再問：「叫什麼名字？」

「回皇阿瑪的話，暖暖。」

他笑了半天，說：「也是個寓意深的。等她年紀再大點，朕給她取個好的。」

我忙磕頭謝了恩。

幾個漂亮的蒙古族姑娘走了上來，將烤全羊和手抓肉都呈了上來，一時間酒氣瀰漫，肉味飄香，彷彿不在人世中。我正高興地四處張望，卻無意中與九阿哥的眼光碰撞在一起，他的福晉沒有跟來，旁邊的女子也很是漂亮，不自然地躲開倒顯得心裡有鬼似的，正好他身後豔麗的蒙古族姑娘婀娜地走了過來，是要給康熙獻舞的吧？

我移開了目光，悄悄問胤祥：「不是男子們也要跳的嗎？怎麼只見女子？」

他驚訝地看了我一眼。「妳倒是清楚，一會兒男子們才會上場，女子們要先敬酒的。」

我點了點頭，怎麼不清楚？我可是跟姨娘學了許多年，受夠了罪的。突然聽見馬頭琴悠揚深沈地響了起來，寬廣優美的音色在廣袤無垠的大地上優游飄蕩，女子們輕盈的身體舞動起來，草原少女獨特的身姿迷住了眾人的眼睛，霎時間像美麗的精靈般，手捧了酒杯四散到各人面前敬酒，先是康熙，然後是諸位阿哥們，再然後是皇親貴族們。

我看著雙手捧著酒碗，面帶微笑、在胤祥面前跳著舞的美麗少女，心想在這個時代，這草原女子也太豪爽了吧，就這麼當著夫人的面明目張膽地大獻殷勤？只見胤祥站了起來，面帶微笑雙手接了碗，一仰脖喝了。那姑娘臉上有些紅暈，笑意盈盈地又去敬酒了。

看著所有阿哥們都飲了美女送上來的酒，我心裡不禁想道，要是酒量不濟的可怎麼辦？又是美女不能拒絕，難不成要吐了也得死命往下灌？想著想著就微微笑了出來。

胤祥納悶地問我。「怎麼了？」

我搖頭笑笑，跟他說了我的顧慮，他在桌案下面捏了捏我的手，倒真像做學問般回答我這個無聊的問題。「一般不會，大家都擅飲。」

我轉念一想，也是，本來你們入關前也屬於能喝酒的民族。

敬完酒後，蒙古族的男子們才上場，舞姿挺拔豪邁，步伐輕捷灑脫，慓悍英武，剛勁有力，襯著歡快婀娜的少女們，更顯示了這個民族的熱情奔放。有女孩子開始從座位上拉人去跳舞，幾個年紀大的阿哥們都皺了眉頭，我看著四阿哥和八阿哥為難的樣子，捂著嘴就笑了。

不一會兒就有人來拉胤祥和十四阿哥，胤祥依舊溫潤如玉的君子表情，十四阿哥更難以招架這樣熱情的姑娘。

盈如看著我甜甜笑了，然後站起了身，朝我這邊走了過來，牽起我的手給康熙跪下。「皇阿瑪，就由我跟十三嫂替哥哥們吧。」

康熙也道：「倒忘了老十四的福晉是個能歌善舞的了，不知道十三阿哥的福晉怎麼樣啊？」

我只能低著頭打哈哈。「媳婦沒那個本事。」

他不介意地笑了笑。「咱們的福晉不是養在深閨的嬌貴格格，跳一下也無妨。」

我忙應了。

盈如貼在我身邊說：「我知道妳是個會跳舞的，要不不會拉妳出來。」

我也抿嘴笑了笑，果然是行家，看人的表現已經知道會不會了。她拉著我下去換衣服，再上場的時候，已換上了蒙古族的服裝，與平時有著很大的不同。馬頭琴再度響起，只見盈如身著收腰的袍子，先前綰成髻的婦人頭飾已經變成了蒙古女子的髮式，青藍色袍子與白色紗裙相映相襯，越發顯得身材纖瘦輕盈，面上光彩照人。

她上場急速地旋轉，接著穩定地止步，剛一亮相就聽見下面的喝彩聲，抖肩、翻腕，動作大氣豪放，表情明朗豁達而堅毅，一點也不似平常的樣子。

盈如舞了一段結束，看著凝視她的我，就笑嘻嘻地把我推了出去，這次換她在邊上站著。一樣的袍子，一樣的髮式，只不過我袍子的顏色是大紅的，看著她鼓勵的眼神，我微微一笑，也不再拘謹。

這一晚，只為了胤祥而跳。

我先從最有表現力的肩臂腕開始，從硬肩到柔肩，重複了剛才盈如的動作，從幅度大、連綿不斷的起伏，到幅度小、有稜有角的瞬間爆發狀。這舞時而如大雁、時而如雄鷹，是蒙古人對上天賦予自己「天之驕子」的自豪與驕傲，舞蹈裡面有他們對生命的熱愛、對草原的依戀、對情人的熱情。此刻演繹著的彷彿不是這個民族的舞蹈，而是這個民族的文化，我以盈如的開場做為自己舞蹈的結束，急速旋轉中聽見風聲從耳邊呼嘯而過，然後穩定地止步。

還在喘著粗氣的時候，目光不由自主地去尋找胤祥的眼睛，然後看見他的額頭、他的眉、他臉的輪廓，以及他永遠和善上揚的嘴角。

我那滿臉帶笑、溫潤如玉的丈夫此刻也帶了驚詫與欣喜地看著我，眼裡是滿滿的欣賞。我也遠遠地衝他笑了。

盈如緩緩走到我身邊，也是笑得真切。「十三嫂，真是深藏不露。」

我微微握了她的手。「全是看了妳的舞，所以才拚了老命地陪君子。」

她笑了，拉著我一起把這個舞蹈結束，只聽到掌聲稀稀疏疏地配合著，等到最後飄舞旋轉的時候，掌聲越來越激揚，全場的姑娘、小夥子們一起跳了起來，我與盈如牽著手，姑娘們一組，小夥子們一組，先由一位青年邊彈邊跳，然後大家圍成圓圈互相穿插，隊形多變，一時之間熱鬧極了，笑聲滿天。

舞蹈結束，我與盈如跪在康熙面前等候吩咐，只聽康熙笑著叫了一句。「好個兆佳氏，沒想到妳還有這個本事。」

我連忙低頭說：「臣媳獻醜了，皇阿瑪湊合著看吧。」

康熙再看盈如。「早就聽說老十四的媳婦舞姿出眾，今日一見，名不虛傳啊。」

盈如也低頭道：「臣媳謝皇阿瑪稱讚。」

康熙笑了。「朕的兒媳們表現上佳，都賞。」

我與盈如笑著接了賞賜，就分別走向各自的位子，走到九阿哥面前時知道他正在看我，我不敢回應，就直直地回到胤祥身邊，未語人先笑，坐下後他只是緊緊地握了我的手，我兩手並用合握住他的。再轉頭看盈如，一樣幸福，她的丈夫也正滿眼深情地看著她。

來了草原好幾日，喜歡上他們的馬奶酒，也喜歡上他們的酸奶，胤祥看著我滿意的樣子，突然把我從帳裡拉了出去。「我帶妳去個地方。」

「去哪兒？」我嘴裡叼著塊點心問他。

胤祥牽了馬，剛要解匹馬給我，我嚇得連忙擺手，大喊：「我不會。」

他有些驚訝。「怎麼不會呢？難道小時候只教妳學舞蹈，不教學騎馬？」

我陪笑道：「您可是皇子，什麼都得學，咱們普通老百姓只學自己喜歡學的。」

他敲了我的腦袋一下，也不勉強，自己先上了馬，伸了手給我。「上來。」

我正等著這句呢，喜得迫不及待地支愣著手臂給他，他忍著笑輕輕一扯，我借著他的力就上了馬。

胤祥手臂放在我身前握著韁繩，我背靠著他的胸膛舒服愜意，搖晃著腦袋問他：「要帶我去哪裡？」

他笑了一下，單手扶住我的腦袋，嚴肅地說：「別淘氣，看一會兒摔了。」

我停止了用頭髮騷擾他的臉，再問：「您還沒說呢，去哪兒啊？」

「到了妳就知道了。」

……

馬走了一會兒，就覺得眼前一亮，一望無際的碧草藍天展現在我眼前，遠處是廣闊深邃的原始森林，碧綠的草原上奼紫嫣紅的野花綻放著自己的美麗花期，放眼望去，牧民們手持馬鞭，坐在馬上趕著牛羊，羊兒在閒適地吃草，馬匹縱橫奔跑。

此情此景，令我心中一片明亮和煦。我回頭使勁親了一下胤祥的臉，他已經習慣了我的奔放，就說：「妳的願望我總算為妳實現了。」

我大為感動，他先下了馬，然後把我抱了下來。我在草原上跑了一會兒，追了幾隻羊，高興得大跳大叫。

胤祥把馬放了，讓牠自在地吃草，選了個乾淨的地方自己坐了，寵愛地看著我放縱自己。我玩了一會兒覺得累了，就跑到他身邊一屁股坐下，雙手抱著他的右手臂，頭輕輕枕著他的右肩膀，喃喃地說：「謝謝你，我從來沒這樣快活過。」

他抽出手臂摟住了我的肩膀，讓我往他懷裡靠了靠，說：「我也很快活，妳為我發脾氣哭鬧時，在酒樓裡為我唱歌時，嫁給我時，為我跳舞時，我都很快活。」

我抬起臉望著他深幽澄澈的眼睛，眼淚不聽使喚地落了下來，我所做的一切他都知道的。

他大驚，抬手幫我把淚擦了，略帶嘲笑地問：「就這麼高興？」

我癟著嘴使勁點了點頭。

他笑著俯身靠了過來，被他熟悉的氣味包圍，被他溫和無害地親吻，被他輕輕疼惜地擁抱，都讓我覺得快樂。

騎馬回去在外營看見了八貝勒、九阿哥、十阿哥和十四阿哥，彼此見了禮，十阿哥問：「這是去了哪兒啊？兩個人春風滿面的。」

胤祥牽著馬笑道：「只是出去轉了轉，十哥說笑了。」

我也低頭笑，胤祥突然轉向九阿哥，收了笑誠摯地說：「上次青寧蒙九哥相救，還沒好好謝您呢。」說完就溫柔地看了看我。

我連忙走向九阿哥面前，好好地給他行禮。「弟媳謝九哥。」

九阿哥只看了我一眼，毫無感情色彩地說了句「應該的」，就移了目光不再看我，一時幾個人都沒話說了。

十四阿哥在我身邊說得冠冕堂皇。「別老黏著十三哥了，去看看盈如吧，她一個人待著怪悶的。」

我知道這是解圍呢，就朝胤祥笑了笑，給他們請安告退後就往盈如的帳裡走去。

進去之後只見一個小丫頭正跪在地上，盈如滿臉怒氣，看到我進來，勉強笑了笑就讓她下去了，拉了我坐在榻上。

我問她：「怎麼了？」

她搖頭苦笑。「都是家務事，讓十三嫂見笑了。」

我看她不願說，也不想勉強，就開玩笑地說：「妳不知道你們爺多疼妳，硬生生地分開我們夫妻讓我來陪妳，說是怕妳一個人悶。」說完她就呵呵笑了。

兩個人說了一會兒話，我正要回去了，就見杏兒氣喘吁吁地跑過來。「格格，原來您在這兒，讓奴婢好找，聽說爺回來了，可又不見您，您也不說一聲，真要急死人了。」

我看了看盈如，她正新奇地看著我倆，我就解釋了一句：「是我的貼身丫頭，平日裡沒大沒小慣了。」

杏兒紅了臉，我再說：「見過十四福晉。」

她忙行了禮。我看她臉色不好，知道可能出了事，跟盈如告辭後就出了她的帳子。

「怎麼了？」我問她。

「格格快去看看，側福晉受傷了。」

我聽了大驚，帶著杏兒往回趕，路上杏兒大概說了一些，好像是騎馬摔了。等去了匀芷帳中，她正靠在榻上斜斜睡了，好一幅美人沈睡圖。

我把她的貼身小丫鬟叫了出去，問道：「妳主子沒什麼要緊吧？請太醫看了嗎？」

她道：「回福晉的話，看過了，太醫說並沒什麼大礙，只是受了驚。」我點了點頭，就讓她進去好生侍候著。

晚上胤祥回來之後也匆匆過去瞧她了，我帶著杏兒在營地上走了半天，草原上的星星看著比京裡的也明亮得多。此時朔風吹過，我不禁打了個冷顫，杏兒體貼地說要回去給我拿件衣服，我點頭同意了，自己就往篝火熊熊、歡聲笑語的地方走去。

突然覺得身上一重，我吃了一驚，九阿哥正站在旁邊與我一起走著，他目視前方，側臉有些迷濛的色彩，漫不經心地問了句：「怎麼自己出來了？老十三呢？」

我笑了笑，緊了緊他給我披在身上的斗篷。

一起靜靜走了一會兒，彼此並沒有太多話。九阿哥沈默了許多，以前的桀驁不馴也都收斂了，俊美的臉上多了些憂傷，我想開口說些什麼，可也不知道從哪兒說起。走到篝火處，把斗篷還給他，可巧八阿哥、十阿哥走了過來，彼此見了禮。

八阿哥微微笑道：「十三弟妹對這個也感興趣？」

我忙問：「什麼？」

十阿哥驚訝道：「老十三不過來嗎？這可是他的強項。」

說得我更迷糊，八阿哥再笑。「是那達慕大會，蒙族的傳統，各部落的成年男子都會參加的。」

我點了點頭正要離開，就見杏兒疾走了過來，蓮步生花，將所有人的目光都吸引了過去。她一把將斗篷塞在我手裡，微嗔道：「格格又亂跑，才多久就找不著人，真急死了。」

我看著她微紅的臉，拿帕子給她抹了抹額頭的汗。「看我總是亂跑，害姑娘又受苦了，我給妳賠不是。」

我這話一說，三個男人都笑了。

杏兒看見他們嚇了一跳，一一行了禮，站在我身後低著頭，臉紅得通透。

十阿哥仔細盯了她半天，說：「十三弟妹的丫頭都有這般姿色，真是奇了。」又嘖嘖嘆了氣。

八阿哥還是一臉和氣，看不出他在想什麼。

「倒給我也看看，是什麼樣的女子？」話聲一落，只見十四阿哥遠遠地笑著走了過來，再轉眼，胤祥也從我們剛來的方向走來，白色衣衫在火光的映射下襯得臉越發英俊，我不由自主地向他迎過去。

他看了看我，有些不高興。「出來也不與我說一聲，害我找了半天。」

我看著他額頭上滲出的汗珠兒，知道他肯定擔心我了，就伸了腦袋過去，可憐兮兮地說：「隨你怎麼處置。」

他輕輕彈了一記，就笑了，我也心情大好。

兩人臉上正兒八經地向他的兄弟們走去，行了禮，正要帶杏兒回去，十四阿哥連忙止住了說：「就我們幾個大老爺們兒有什麼意思，妳們在這兒一起吧，杏兒去各個帳篷把福晉、格格們請來，大家一處熱鬧。」

說完杏兒就領命走了，十阿哥的目光一直追隨著她。

盈如的帳篷是離這裡最近的一個，所以她來得也最早，身邊跟著的小丫頭正是下午被教訓的那個，現在仔細瞧了瞧她，全身散發著妖豔的危險氣質，一雙眼睛竟欲拒還迎地在眾皇子們身上掃量。

盈如行了禮就站在十四阿哥身邊，沈了聲道：「綺羅，妳去幫幫杏兒，請各屋主子們過來。」

那丫頭極不情願地答應，扭著腰就走了。

突然聽見吆喝聲四起，原來比賽已經開始了，皇子們彼此相攜一起去了比賽場，我看著他們離去的身影，心裡想若是一直這樣該有多好，本是同根生，相煎何太急？

我問了盈如關於那達慕大會的種種問題，她好脾氣地一一答了。我再問：「誰的本事比較大些？」

她笑。「妳自己看看就知道了。」

我終於看見了那個精於騎射的胤祥，意氣風發地挽弓射箭，箭箭威猛，箭不虛發，我的眼中除了他，再沒有別人了。

各位貴婦們到了之後，場子裡確實熱鬧了起來，平日裡在京城裡憋悶壞了，一時間如出了籠的小鳥，臉上的表情都是生動鮮活的。

來到塞外已經有一陣子了，每天不用擔心過多的事情，只是很想念暖暖，不知道她長到多大了，嬤嬤們照顧得好不好？胤祥總是笑話我說：「咱們都是從小跟著嬤嬤的，這不是健健康康地也長了這麼大，有什麼好擔心的？」我總是說他不明白，嬤嬤跟親娘能一樣嗎？

正一起說著呢，杏兒就進了帳子，滿臉通紅，我納悶地問她：「外面很熱嗎？」

她支吾了半天說還可以，我也沒在意，就笑著過去了。

那達慕大會依舊如火如荼地進行著，康熙挑了個天氣晴朗的日子，舉行賽馬這一項活動，提前打了招呼，所有的福晉們都要參加。我慌得問胤祥怎麼辦？他低頭琢磨了半天，問：「妳果真不會？」

我急了。「要是會我把腦袋卸下來給你。」

他忍俊不禁，摸著我的頭說：「我要妳的腦袋幹什麼？妳還是想想如何跟皇阿瑪說才能保住妳的腦袋吧。」

我鬱悶，都不幫我。

……

真到了那一天，草原上全是駿馬，膘肥體壯，我看著就眼暈，本來要求勻芷的，可是她從馬上摔下受了驚，死活不去。我只能恭恭敬敬地跪在康熙面前，死乞白賴地求他。「皇阿瑪，臣媳真不會騎馬。」

康熙蹙眉。「胤祥沒教妳？他可是行家。」

「教了，可是臣媳愚笨，一直學不會。」

央求了好幾回才說讓我認罰，一會兒再告訴我罰什麼。這無異於刀懸在脖子上，不知何時才落下。

當著那麼多皇子、福晉、格格們丟盡了臉面，我欲哭無淚，看見胤祥笑嘻嘻地看著我，我氣得扭頭不理他，但又忍不住去看他坐在馬上的颯爽英姿。當群馬奔騰起來的時候，胤祥馳騁在藍天白雲下面，依舊是他喜歡的青藍色袍子，瀟灑恣意，我突然開始想跟他一起策馬奔騰，不過是坐在他的馬前。

馬場上突然一陣騷動，四阿哥墜了馬，胤祥趕緊朝他奔了過去，只見四阿哥臉色蒼白地被人扶到了康熙面前。康熙趕忙慰問了半天，臉上寫滿了關懷的神色，他對每個兒子都疼愛，也是真的喜歡。胤祥扶他在座上坐了，四阿哥的側福晉趕忙照顧著他。

康熙看了看並無大礙，就命比賽再接著進行，胤祥再上場的時候明顯心不在焉，八爺黨占了先機，十四阿哥一馬當先，取了頭名，一片歡呼雷動，復又重新坐好，八阿哥的樣子似乎也不太好，一直捂著手臂，臉色難看。康熙並沒有發現，依舊興致很高地命女眷們上場，然後有意無意地看了我一眼，我連忙縮了脖子作鴕鳥狀，他忍不住微微笑了笑。

女眷們選了各自合意的馬牽著，在場上排成一排，風姿綽約地上馬。女孩子豪放爽朗的時候別有一番風韻，只見一聲令下，群馬奔騰，康熙很是滿意。「好，這才是我大清的好女兒，巾幗不讓鬚眉。」

一馬當先的是八阿哥的福晉，神采依然明豔照人，康熙也笑著說：「老八，你這個媳婦真是不得了。」

八阿哥低頭勉強道：「謝皇父誇獎。」

康熙這才發現他的不自在，忙問：「怎麼了？」

他說不礙事，賽馬難免碰撞。康熙環顧了一周，覺得能託以大任的只有我與杏兒兩個，我一個福晉自然不能去的，就讓杏兒去了。「給妳貝勒爺看看，好生侍候著。」

杏兒跪著點頭應了，就走了過去，十阿哥的眼又在她身上巡視了半天才作罷。

……

八福晉回來的時候，杏兒已經收拾妥當回了我身邊。

人都齊了，康熙終於開始整治我。「十三媳婦，賽馬就妳沒參加，說說朕該如何罰妳才能讓眾人信服呢？」

我悄悄給胤祥做苦臉，他只是嘴角揚了揚，用表情告訴我：「愛莫能助」。

十阿哥突然說了句：「皇父不知，十三弟妹的曲兒還是唱得不錯的。」於是把我給胤祥在酒樓唱歌的事蹟又宣揚了一下，舉座皆笑。

康熙也高興。「再來表演一遍看看吧？」

雖然是疑問句，可是所有人包括我在內都知道這是十足十的肯定句，我感嘆了一下，就恭敬跪下道：「臣媳給皇阿瑪唱首新的吧。」

他點頭應了。

我低頭開始想歌，既要歌詞文雅耐聽，又要寓意深刻的，草原上不乏精通音律的人，先徵得了康熙的同意，然後找了會奏樂的師傅商量了半天，沒有京韻大鼓，只能由他決定比較相似的樂器，能有八分意蘊就可以了。先輕輕給他清唱了幾遍，等他聽得熟了，兩人才正式開始，而觀眾似乎等得有些不耐煩了。

奏樂師傅先是一段小小開場白，然後我開始嬌羞地用袖子遮臉，唱第一句「半掩紗窗」，慢慢把袖子放下，再唱「半等情郎」，一邊唱這幾個字，一邊將頭緩緩地轉向胤祥。

這兩句唱完，在座的人已經是帶了笑，有不以為然的，也有羨慕嫉妒的，恐怕只有胤祥是包容寵愛、真正歡喜的吧？我都不理會，只是笑著翻袖，接著唱：「半夜點起半爐香，半輪明月照半房。」輕移腳步再唱：「半掩紗窗，半等情郎。」笑意盈盈地看著胤祥如大海一樣時而深沈安靜、時而波濤洶湧的眸子，覺得八月草原上最美的花也及不上他的一眼。

「半幅紅綾半新妝，半明半暗燈半亮。」頓一下，再在臺上跟著節奏步步跟進。「半是陰沈半天光，半是熱火半邊涼，」深呼吸調勻了氣息。「半是蜜糖半是傷，半夜如同半生長。」我籠袖，輕輕幾步走向我的丈夫，與他的距離保持在不遠不近之內。「半是蜜糖半是傷，半夜如同半生長。」太多剪不斷的回憶湧上腦海，他待我的種種寬容呵護，也像影像在水中慢慢顯影般清晰起來。

中間間歇，一直有纏綿交繞的節奏穿插其中，像極了戲曲，但又不是戲曲的一板一眼規矩之至，裡面揉合了歡快輕鬆，只是一個小小女子的脈脈心思。我一直重複：「半掩紗窗，半等情郎，半掩紗窗，半等情郎。」每一句情郎莫不是對著胤祥而唱，每一次嬌羞掩面無不是為了他，連康熙都看出來了，一直盯著我倆看來看去。

最後結尾唱道：「半片烏雲半遮月，半夜如同半生長。」在結尾幾個脫音的時候，由高至低，由有至無，唱完之後正穩穩衝著康熙緩緩半蹲了下去。

他微微愣怔，瞬即恢復了過來，笑著說：「老十三娶了個有趣的媳婦，這一曲唱完，竟讓朕彷彿回到過去年少夫妻的時光，真是好詞。」然後側頭微眯了眼，緩緩唸道：「半是蜜糖半是傷，半夜如同半生長。有韻味，細細想來，真是唱盡女子的心態。」

康熙的漢文水平很是不賴，能由人及己地理解到這分上已經相當不錯。他想起了誰，赫舍里？佟佳氏？還是他的大小妃嬪們？他的心太大了，有那麼多需要操心處理的事情，又豈能因一個女子的癡癡等待而停下他匆忙的腳步？

康熙笑嘻嘻地問在座諸人：「這個罰大家可是滿意了？」

我暈，這不是成心整我嗎？

很多人都風度翩翩地說行了行了，康熙說：「好，我就饒了妳這次，快回妳情郎身邊吧。」

我聽著這句揶揄的話，不好意思地笑笑，便回了胤祥身邊。他這次沒有笑，只是滿臉情意地鄭重看著我走向他。

我躺在床上，胤祥支起胳膊看我，笑著問：「妳怎麼有那麼多跟別人不同的心思？」

我伸手摸著他有些刺手的下巴，笑而不語。

他接著說：「半是陰沈半天光，半是熱火半邊涼。原來我不在妳身邊的時候，妳就是這樣的心境。」

「女子都這樣的，用情至深就會若有所失，不僅我會這麼想，勻芷、玉纖、沅沅應該都是這樣的。」知道他不能做出任何承諾，倒不如我識趣一點。

他深深地看著我，說：「我並不需要那麼多女人，只不過皇阿瑪給了我，我便好好待她們罷了。」

他此刻所說的話是真的，我想也許我對他也是這樣的地位吧，因為有責任，所以要好好對待，不過如此而已。我一直以為我是不同的，也有自信他一定可以愛上我，後來才發現似乎不是那麼個樣兒，胤祥的心思掩得很沈，他心裡有條底線是從來不讓人跨越的，在我以為自己非常瞭解他的時候卻又可笑地發現，那只不過是他故意表現出來想讓我瞭解的那一部分而已。

他從不告訴我他有多喜歡我，雖然能感覺到他對我的情誼，可這種溫吞的表達隨著時日漸久，感覺也越麻痺。

第十二章　木蘭秋獮

八月，康熙下令駐蹕熱河行宮，聲勢浩大的木蘭秋獮即將拉開帷幕，蒙古各部落都來朝賀。

我終於見到了容惠格格，我心中一直牽念的女子。和碩溫恪公主隨著她的丈夫倉津王一塊兒覲見了康熙，我日夜期待著與她的見面，可真的見了之後卻什麼都說不出來。

「格格，您瘦了。」我癡癡地看著她。

她噗哧一聲笑了。「嫂嫂可是胖了些。」

我這才又重新調動了情緒，天天大補，不胖才怪呢！還好，看來過得不錯。問了她很多問題，一個又一個，應接不暇。

胤祥看不過去，就說：「妳慢些問，容惠一時半會兒走不了。」

容惠格格看著我笑得端莊嫻靜，畢竟已為人婦，我也情緒高漲地陪她笑，而胤祥則一臉溫柔地看著他的妹妹。

「這一年他待妳可好？」胤祥問她。

「哥哥放心，王爺他待我很好。」容惠輕輕說了，臉上籠了些溫柔情緒。

「格格有孩子了嗎？」

我剛問完，她就嗔笑著說：「我倒忘了，青兒可是當娘的人了。」

我點了點頭，彎著眼睛笑了。
她接著說：「真難想像當時冒冒失失的小丫頭當娘的樣子。」
我立即垮了臉，拉著胤祥的袖子就對她說：「您問問爺，我改了許多的。」
胤祥忍不住笑了，然後再正了正臉色道：「嗯，好多了好多了。」
我放開他的袖子，接著問：「格格呢，您還沒說呢？」
容惠紅了臉，小小聲地說了。「還沒呢。」
我「哦」了一聲，再問：「王爺長得好看嗎？有十三阿哥好看嗎？」
她抿嘴笑了。「這個是妳自己看的，我說了哪算？」
胤祥咳了一聲。「妳呀，真是聒噪，就不能安靜一會兒？」
我不理他，繼續拉著容惠的手跟她閒說。
聊了幾句，容惠的陪嫁丫頭過來請她回去，說是王爺找她。與容惠告了別，我問胤祥：「格格很幸福是嗎？」
他沈默不語，半晌才說：「還算幸福。」
我眼裡含了淚，他為何這樣現實，將我最後不願面對的事實也給說了出來。容惠格格老了，臉上雖然也帶著笑，但絕對不是以前的笑。在京城養尊處優慣了，乍來蒙古，即使剛開始新鮮，慢慢地就會覺得又累又倦。
而且，她的婚姻政治色彩那樣嚴重，只是康熙用來穩定蒙古各部、保證西北安定的交易品，倉津心裡明白，對待公主是重不得輕不得，可是容惠那樣心思纖細的人，就算感覺到了也會把委屈往肚裡吞，臉上絕不會表現出來的。

我臉埋在胤祥懷裡，只是輕輕抽泣。

他嘆了氣，輕輕給我拍著背。

過了中秋節之後，木蘭秋獮正式開始，蒙古各部也派出了一千餘人參加合圍，王公大臣們帶領著士兵，與蒙古各部眾在距離圍場幾十里外的地方將整個圍場包圍了起來，等待康熙進去狩獵。

阿哥們守候在旁邊，康熙親自指揮行圍進度，等到二、三十里內的獵物們接近他時，他便開始狩獵，等到他獵盡了興，阿哥們才會上場。不過對於皇子們來說，這並不是一件輕鬆的差事，因為這是康熙變相地考察他們的計謀武功，獲得獵物的多少，也代表了他們本事的大小。

傍晚時候，結束了一天的行獵，每人都是戰果累累的，我不願跟容惠格格一起待太久時間，因為看見她，我就替她委屈，又不能表現出來，搞得自己很累，只好在帳子裡坐著，時而與杏兒聊上幾句，靜靜等胤祥回來。

我問她：「杏兒有喜歡的人了嗎？」

她驚慌地看了看我。「格格？」

我笑了。「我沒有別的意思，只是妳也大了，理應尋個好人家嫁了的，我不能耽誤了妳。」

她眼裡突然有淚光。「格格，我這一輩子都不離開妳。」

我看她態度堅決，就不再繼續下去，半晌才告訴她。「我也捨不得妳。」她衝我笑了。

外面突然有人稟報。「皇上回來了！」

我也來了精神，等了一會兒胤祥進來，以前纖塵不染的衣服上有些微血跡，驚得我一下軟在地上，聲音都變了。「怎麼回事？受傷了？」

他趕緊扶住我，笑道：「沒事，馬上掛了幾隻動物，可能血跡沾到身上了。」

我這才放下心來。「怎麼這樣？嚇死我了。」

他摸了摸我的腦袋，笑著問：「今天一天幹什麼了？」

事無鉅細地向他彙報後，接著問他狩獵的情況，張嚴一邊湊了過來。「哎喲，福晉不知道，咱們爺可是勇猛著呢，除了皇上，就數咱們爺了。」

我笑了。「怎麼哪兒都有你？」

他低著頭閉了嘴，忍不住又說：「不過今天爺不知道怎麼了，未盡全力。」說完看了看胤祥的臉色，還是笑呵呵的，就接著說：「便宜了八爺。」

胤祥不再笑，板了臉道：「還不下去？多嘴。」

張嚴下去了，我問：「今天八哥大勝？帶著傷還這麼厲害？」

他春風拂面。「八哥的傷已經沒有什麼大礙了，八嫂會盡心照顧著的。」

兩人隨便說了幾句，就又開始說別的。

晚上歇息的時候，胤祥突然開了口。「太子最近真是不像話，皇阿瑪要縱容他這樣到什麼時候？」

他乍這麼一說，我也呆了呆，小聲問他：「胤祥，你……」

「自小驕縱，隨意辱罵大臣，奢侈無度，這樣的人，四哥怎麼還能這樣盡心佐助他？」

我一下坐了起來，以後的落魄都是因為太子起的，原來現在已經初露端倪。我嚥了口唾沫，艱難地說：「胤祥，今天出什麼事了？你這麼個聰明謹慎的人，怎麼會說出這樣的話？」

他苦笑地拉著我繼續躺下。「青兒，我看著哥哥們爭來奪去，心裡真是難過，好好的兄弟卻要處處設防，只有四哥，只有他對我真誠，只有他自小真心待我。」

這一宿想著心事，左右都是擔心，又害怕吵醒淺眠的他，我真是活受罪。

……

康熙在木蘭圍場大擺宴席，宴請和賞賜蒙古王公台吉、蒙古眾官兵及管領圍場的蒙古王公台吉等，胤祥自然也要去的。杏兒難得的不在我身邊，我叫了半天都找不著人，百無聊賴中就走出了自己所在的院落，走了很長時間，一路仔細審視沿途景物，樹木高聳入雲，參差不齊地排列著，假山木石一樣不少，再走了走，就看見大片的湖泊呈現在眼前。因為是夏季，康熙又帶走了絕大部分人，所以越發幽深寧靜起來。

待了一會兒就準備回去了，突然聽見有人竊竊私語，我直覺地轉頭，四望之下確定能藏人的地方只有東邊與草原相連的幽靜大片樹林中。我正在猶豫該不該過去，卻聽見久違的聲音叫：「青兒？」

常保正站在離我兩、三步遠的地方看著我，我尷尬得不知道該與他說什麼才好。終於還是他開了口。「十三阿哥待妳好嗎？」問完，自己先失了笑。「瞧我，你們自然是感情好的，連皇上都時常念叨妳對他的好。」

我扯了扯嘴角，勉強笑著問他：「你呢？過得可好？」

他也笑了。「我很好，已經成親了，妳不用再擔心我會纏著妳。」

我忙擺手。「沒有，我沒有那個意思的，而且你的為人我從來不懷疑，你不會做那些讓人為難的事的。」這些話倒是很實事求是的，自從上次我說了那些絕了他念頭的話，常保從來沒有再找過我。

他開心地笑了。「妳能這麼想，不枉我往日那般待妳。」

我也笑了，問他：「這個時候你不是應該跟著皇上嗎？怎麼來了這兒？」

他左右望了一下，欲言又止。「沒什麼大不了的事，倒是妳，一個人不要到處亂跑。外面不比京城，妳明白我的意思嗎？」

我點了點頭，一個婦道人家要是被人占了便宜，還怎麼向老公交代？而且身分特殊，給皇子戴綠帽子，可是活得相當不耐煩了。

我倆互相道了別，我便沿來時的路摸索著再回去，路上卻遇見了太子，我嚇了一跳，常保是來找他的？趕忙給他請安，他半天才說：「十三弟妹起來吧。」
我與太子見過的次數一隻手就能數盡，這樣單獨相處真是大大的難受。
「四弟、十三弟與我一向很要好，妳不用這麼拘謹，我看妳跟他們都挺好的，怎麼就單獨對我這樣呢？」
我趕忙說：「弟媳不敢，您是兄長，自然應該受人敬重的。」
我沒有說他的太子身分，聽他剛才的話語裡面似乎隱約有些不如意。
說完，他果然深深地看了我一眼。「難怪十三弟喜歡妳，真是個解語人。」
杏兒的出現讓我脫離了困境，我趕忙跟他告辭，就隨杏兒回了住所。
杏兒神色慌張地說：「格格，我剛才……」
我微微笑了。「沒關係，杏兒也有自己的事，不用天天都向我彙報的。」
杏兒感激地喊我：「格格……」
我捏了捏她的臉蛋，側著頭說：「莫不是去會情郎了？也好，杏兒正經地物色個好人家嫁了，我才高興。」
她神色有些悲傷，轉瞬紅著臉笑了，然後納悶地問我：「太子怎麼會跟格格聊起來？」
我沒有回應，想想今天的事太奇怪，可是又不知道怪在哪裡，就索性不去管了，靜觀其變吧。

容惠格格走了，出乎意料的，我們並沒有預想中的那樣悲傷。她變得很堅強，告別時一直笑著，而我卻哭得一塌糊塗，不是因為不捨，就是莫名地悲傷，彷彿這一別就再也見不到面似的。她幫我輕輕把眼淚擦了，溫柔地勸我說：「以後總有機會見的，青兒待我的好，我一輩子都記在心裡，還是那句話，妳一定要照顧好我哥哥。」

我咬著嘴唇使勁點頭，胤祥沒有去送她，也沒有單獨囑咐她幾句話，只是站在康熙的正宮裡，與其他阿哥們在一起聽候他們父皇的吩咐，也許此刻正遙遙望著西北方向獨自感傷。

倉津帶過來的大部隊浩浩蕩蕩地走了，容惠格格的馬車轎輦也遠了，天地一蒼茫，唯有幾隻大雁哀哀鳴叫低低盤旋，又是一季秋來到，大雁開始南徙，格格看了這景象，會不會落下淚來？她此生是做不了南徙的大雁了。

人這一生真是可笑，明明是一個人獨自活在這世上，卻總是要找各樣的理由為自己的寂寞找出口，孤單單來孤零零去，一個人成長，一個人作決定，一個人獨自面對這喜怒哀樂。我現在倒是只想回到現代了，想的遠遠比做起來更容易，看來人只能在設身處地經歷過現實的滌蕩後，才能深切體會到曾經唾手可得的平凡竟是如此可貴。

我明明不屬於這時代，看不慣這裡的太多事情，忍受不了他的太多女人，卻還要強迫自己相信我與他命運相繫，我不能離開他，我不能看著他一個人受苦，我不能負了容惠格格的託付……

胤祥是個聰明人，他的未來全靠他自己的才智，他並不需要我。我是很喜歡他，可我有時候更討厭他，討厭他這種游移不定的態度。因為寂寞無依靠，所以我想跟他在一起，因為知曉歷史，所以我一定會嫁給他。可是，我愛他嗎？如果是，那我愛他什麼？

我的負面情緒到了極致，疑惑到了頂點，沒有宣洩的出口，又惱又怨，就朝樹林深處奔去，殺了我或是出現意外被野獸吃了都可以，只是不想面對這一切。

杏兒在後面追著我喊：「格格、格格，您去哪兒啊？」

跑了不知道多久，終於倚著樹幹軟軟地坐了下來，淚奔湧而出，有人輕輕走到我面前，緩緩地將我拉起，慢慢地抱住了我。

「人活著真累，情緒也總是波瀾起伏的，我至今還沒成熟到可以完全控制自己的情緒，如果人沒有思想就好了……」我一直喃喃地說著，直到突然驚醒，這懷抱不是胤禩的，抹了把眼淚才終於看清楚，我一把推開了他，憤怒地喊：「你要幹什麼？要把我逼到怎樣萬劫不復的地步你才肯甘休？」

他的眼睛也慢慢聚集了怒氣，手指著我說：「這句話應該是我來問妳，若是不能在一起，為什麼要讓我遇見妳？若是能遇見妳，為什麼要在妳嫁給別人後才讓我看清自己的心？」九阿哥一反常態，不再冷漠無視我，取而代之的是緊緊地注視。

我忽然笑了，笑得恣意。「那是你的事，與我何干？」

他一下子掐住了我的脖子，不相信地咬著牙說：「妳這個天下最狠心的人，明明看得見我的情意，卻偏偏裝作看不見，可怕的人不是我，是妳。老十三不會踐踏人的心，我也不會，會的人是妳，只有妳敢毫不留情地踐踏我的心！」

他一下鬆了手，我沒有了他的支撐，再一次坐在地上，好一會兒才虛緩無力地問：「您怎麼來了這兒？」

他眼神陰鷙，又把我從地上拉了起來。「妳不用管，我只問妳一句話，跟老十三還是跟我？」

我哼了一聲冷笑。「跟您？怎麼跟？讓十三阿哥休妻嗎？到時候一個被休了的十三福晉能進得去九爺府才怪。順便問一句，您是真的喜歡我，還是不服輸給十三阿哥的氣？」

九阿哥怒極，一巴掌打了過來，我的臉立刻瘆麻充脹，他一字一句說得無力。「臭丫頭，我真想殺了妳……」

八阿哥突然走了過來，看了看我倆的樣子，厲聲喝道：「老九，快走。」不等他說話，拉著他胳膊頭也不回地走了。

我失聲痛哭，這下是徹底傷透了他的心，也成功地擾亂了我的心。

胤祥腳步匆忙地往這邊走了過來，身後跟著一臉著急的杏兒，杏兒指著我所在的方位衝胤祥喊了句：「格格！」

胤祥三步併作兩步地到了我身旁，愣了半天神，才輕輕抬手撫在我臉上，像火燒一般燙得我難受，他低沈了聲音問：「誰打的？」

我失了神，眼神放空，並不看他。

胤祥雙手握著我肩膀，強迫我看著他，臉上不再是溫文爾雅的模樣，第一次他發怒了，是難以抑制的憤怒而不是生氣，他一把抱起了我往林子外面走去，杏兒緊緊跟在我們身後。

臉上的指印明晃晃地亮在外面，不用照鏡子我也知道難看極了。胤祥心疼地看著我，把我的頭埋在他懷裡，引起一路的竊竊私語，但他總是維護我，他們只會覺得夫妻感情好，而不是亂猜測十三福晉出了什麼事情。

回來後胤祥一步也沒離開我，他跟我說康熙明天班師回朝，過不了幾天我就可以看見暖暖，還說了很多話，敷在臉上的帕子換了一遍又一遍，直至腫痛消失。

他一直不問發生了什麼事，我卻忍不住說了。「是九阿哥打的。」

他遞給我帕子的手一頓，半晌才又如常說：「不管發生了什麼事，我都不追究，只要妳好好的就行。」

「也不在乎我心裡有了他？」我的話衝口而出，然後略有些挑釁地挑眉看著他，我八成是瘋了，被壓迫久了什麼事都做得出來。

他變了臉色，側轉身子不再看我，苦笑道：「妳終於還是說出了口。他在妳心裡，有我的分量重嗎？」

我也平靜地告訴他。「沒有，差遠了。」

他起身。「這不就結了。」說完看了看我的臉，把杏兒叫了進來說：「好好侍候著福晉，我還有些事，她折騰了半天也累了，趕緊服侍她歇下吧。」吩咐完就走了。

我的負面情緒終於過去，在傷了他的那一刻。

我又使勁給了自己一嘴巴，杏兒半天才反應過來，趕忙拉住我的手道：「格格，您這是幹什麼？」

胤祥，這一巴掌我替你補上。我確實鬧不清我對九阿哥到底是什麼樣的感情，而且，我確實想傷害你，因為我看不慣你連對我發火都不屑的樣子，這樣只不過證明我在你心裡不重要罷了。

路上停停歇歇，胤祥對我的態度還是跟以往一樣，好像我從沒說過那些話，會不會跟他分開他並不在乎一樣。我們真正做到了齊眉舉案、相敬如賓，沒有了以前的小兒女心態，兩個人彷彿一下子老了十幾歲，剛剛成親一年半，卻像極了經年的夫妻，沒有甜言蜜語，也沒有爭執吵鬧，只是平靜地交談，平靜地相處，平靜地面對任何人。

康熙有一次在路上突然想起了我，悶極無聊讓我去給他唱歌。我笑得淺淡，問：「皇阿瑪想聽什麼歌？」

他想了半天說：「以前聽老十說的，你們湊巧遇見時唱的歌吧。」

我心裡酸酸的，但還是面上微笑，說：「怪羞人的，臣媳給皇阿瑪背詞可好？」

康熙有些驚訝地問我：「妳怎麼跟變了個人似的？老十三，你媳婦病了嗎？」

十三阿哥趕忙說：「回皇父的話，沒有，只是出來一趟，沈靜了些。」

康熙也不以為意，笑了笑。「嗯，既然是嫡福晉，穩妥些也是好的，說吧，想給朕背什麼詞？」

我想了想就說道：「東風破。」

他一愣，繼而沈思道：「詞牌中並沒有這『東風破』。而詩中東風寒、醉東風、沈醉東風、東風齊看力、東風吹酒面、東風第一枝……就是沒有東風破。古琵琶曲中倒有這個的，嗯，有點意思。」他再問：「誰寫的？」

原詞是蘇軾的，據說宋人佚名也寫過，可我只看過一眼背不下來，歌詞倒是記住了，只能硬著頭皮答：「方文山。」

他沈思了一會兒，再問：「朕怎麼沒聽過這個人？」

我連忙說：「是個遁世的人，皇阿瑪自然不知道的。」

他不再追問，只是道：「胤祥，你媳婦背，你給她寫著。」

當下筆墨紙硯都準備好了，胤祥走到案前，拿了筆看著我，我緩緩開口。「一盞離愁，孤單佇立在窗口。」我盯著他認真寫字的樣子出了神，他再抬起頭來，我慌得躲閃了目光，便接著背：「我在門後，假裝你人還沒走……」眼角餘光告訴我他也在盯著我，之後斂了眼俯身接著寫。「……歲月在牆上剝落，看見小時候，猶記得那年我們都還很年幼……楓葉將故事染色，結局我看透……荒煙漫草的年頭，就連分手都很沈默。」

背完，康熙道：「拿來給朕看看。」

胤祥給了康熙身邊的太監，太監又將紙呈給了康熙。

康熙看了，背了手走了兩圈，回頭道：「李德全，把字帖送給十三福晉，且做個紀念吧。」卻見那太監連忙應了交給我。「福晉快謝恩吧。」

「謝皇阿瑪恩典。」我接了胤祥的字，手裡如同握著千萬金。

康熙半晌道：「年少的夫妻拌嘴磕絆很正常，沒幾日便好了。」說完看了我一眼，問：「十三媳婦認為朕的話說得對嗎？」

我恭敬回道：「皇阿瑪教訓得是。」

他知道我明白了他的意思，也不再多說就讓跪安了。

我卻出了一身冷汗，這老爺子真是精明，果然薑還是老的辣。胤祥在我左前方，沈默地走著，突然轉頭看著我，我亦抬頭看著他。

「是妳的心聲嗎？」他問。

「您說是就是。」我答。

「小時候的事妳還記著嗎？」

「當然忘不了。」

「現在呢？」

「不願去想。」

「我給妳時間，讓妳考慮清楚到底什麼才是自己想要的，只希望那答案別讓我失望。」

終於再見到暖暖，我的小女兒已經那麼大了，嘴裡吮著手指頭，黑亮的眼睛骨碌碌地轉個不停，胳膊、腿都像極了嫩生生的蓮藕，我忍不住輕輕咬了她一口。

她委委屈屈地看著我，嘴癟了癟就要哭，我連忙把臉靠過去讓她咬了回來，誰知道她的口水流了我一臉，看著我也癟著嘴的樣子，她開心地笑了。

轉頭看見胤祥正帶著笑意看著我倆。「我來看看暖暖，挺想她的。」

我心裡一軟，下意識地就想像平常一樣膩著他，可還是忍住了，說出口的話不能再輕易更改，兩個人也不能當作什麼事都沒發生過一樣來對待。讓奶娘抱著暖暖給胤祥看了一會兒，他就離開了。

九阿哥說得對，我踐踏了他對我的心意，也踐踏了胤祥對我的包容，仗著他的包容，我依然待在他的府中，不知道他會不會休了我？若是真的不能跟他在一起，我是否還快樂？

總覺得度日變得艱難起來，胤祥不再經常過來，來了之後也是說不上幾句話就走了。他不來，才知道原來他在我心裡占了多麼大的一塊，遠遠超出了自己的想像。造成今天這樣的局面，我還真是給自己出了個大難題。

我想我對九阿哥懷抱著感激之心，我對胤祥是真的在乎，只是想不通胤祥這樣吊著我，遲遲不表明他的態度是什麼樣的心思？

杏兒總是憂愁地看著我，對於胤祥不來過夜的情景竟是比我還急，也許知道我今日與胤祥的矛盾不同於往日，所以也安靜地陪著我，不說讓我煩惱的話。

我在屋裡實在是待不下去，就出了院子四處走動，嬤嬤們見了我都是恭恭敬敬地行禮，府裡不似以前般歡聲笑語，我的壞心情讓大家都憋著一口氣，不敢隨便造次，怕惹怒了我。

十二月，數九寒冬，我在屋裡正臨著帖子寫字，突然想起來一件事，就差杏兒去請張嚴過來。我自己找了半天，終於在自己盛寶貝物件的箱子裡翻了出來，是胤祥寫的「東風破」，仔細看了半天，心裡羨慕了半天，瞧人家這字兒寫的，好歹我也是從小習字，但這差距也太大了些，正端詳著欣賞呢，杏兒回來了。

張嚴行了禮便道：「福晉，您找奴才有什麼事兒？」

我笑了笑。「你出去幫我辦趟差。」

他說：「主子儘管吩咐吧。」

我笑了笑。「也沒什麼大事，去書畫店把這字裱了，仔細著別給我弄壞了。順道給我買些糖葫蘆回來。」

他稍有愣怔，但立馬笑著應了，接了字轉身就出去。

杏兒凍得紅撲撲的臉上滿是笑意。「格格，外面下雪了，去年咱們還堆了很大的雪人呢，您還記得嗎？」

好像是有這麼一回事，身懷六甲還興沖沖地指揮他們堆雪人，被胤祥狠狠地罵了。我嘴角帶了笑，放下手中的筆，笑道：「走，咱們出去看看。」

杏兒歡天喜地地應了。「哎。」

……

大紅的斗篷披在身上，我的頭髮隨意綰了個髻就隨著杏兒出了門，掀簾子一看，一片白茫，瓊枝玉樹，腳踩在雪上，發出有質感的聲音，我深呼吸了一次，好似將胸中的悶氣全吐光了，搓了搓手高興地笑了。「杏兒，咱們去湖邊亭看看。」

她大力點了點頭，扶著我小心翼翼地走去，杏兒嘴裡哼著歌兒，柔和悅耳，這才是古時的歌，很是好聽。

臨近湖邊亭的時候，才發現胤祥與其他福晉都在那兒坐著，太遠聽不見說什麼，可巧，就差我一個，我卻偏偏在這個時候趕了來，這真是個爭風吃醋的年代。我低頭小聲呵斥杏兒。「妳這丫頭，越來越沒規矩。」

她笑了笑，也小聲回道：「格格可冤枉奴婢了，是格格要來這兒的。」

我假裝生氣。「妳跟了我這些年，我的喜好妳還能不知道嗎？」

杏兒笑了，可是臉上很誠懇地說：「格格跟爺都是清高人，可是其他福晉們可不是，都是想著法兒討爺的高興。奴婢就替格格多做些，如此才不吃虧。」

我搖頭苦笑，這次不是為了這個彆扭，不忍拂了她的好意，就踩著臺階上了亭子，勻芷站在亭口迎上我。「福晉真巧，您也來了。」

我朝她笑了笑，然後給胤祥行禮問安。

玉纖又開始了，似笑非笑地問：「福晉怎麼了？回來之後一直鬱鬱寡歡的？」說完，連勻芷和沅沅也納悶地看著我。

我笑道：「正在整理心情，等整理完了自然也就好了。」

玉纖輕哼了一聲。「福晉真是特別，連說出來的話也特別。」

勻芷笑看著我。「福晉去時跟回來相差太大真讓人擔心，沒什麼事就好，我還以為您身子不舒服呢。」

以我現在的狀態，也分不清這話是真情還是假意，就說了句：「勞姊姊掛心了。」

沅沅什麼話也沒說，只是淡淡地看著胤祥。

我轉頭循著她的目光看過去，胤祥的視線停在亭外湖面上，臉上掛著沈思的表情，不知道在想些什麼，只是遙遙注視著虛空中的某一點，兀自沈淪。我突然覺得我們之間的距離有無限那麼遠，我猜不透他的心思，摸不透他的心意，看不透他的表情。曾經離我最近的良人，此刻成了陌生人。心裡大痛，親密的心有了隔閡，即便再怎麼縫補也不是一顆完整的心了。

我藉口身體難受就告辭了，一分鐘都待不下去。剛下了亭子沒幾步，就碰見辦差回來的張嚴，遠遠地抱著糖葫蘆架回來了，看見我怎麼行禮怎麼不方便，我忙讓杏兒把裱的字取了，然後問他：「你倒實在，早知道這樣，我還不如在家請個做糖葫蘆的師傅，至於把人家的傢伙什兒都給收了？」

他一手抱著架子，一手撓頭嘿嘿笑了。「奴才實在不知道福晉想要多少，以前從沒有主子讓買這個的。」

杏兒早就忍不住笑了，三人笑成一片。

我回頭看了看亭子上面，匀芷和玉纖正伸著脖子好奇地看著，我拿了兩支，剩下的都給了他。「亭子上面主子們都在，你拿上去，想吃的給他們，不想吃的就算，剩下的自己留著吧。」

他忙領了命就上去了，我把糖葫蘆給了杏兒一支，自己抱著一支啃了，兩人笑著又打鬧了一會兒。

杏兒回頭看了看，說：「格格，爺好像在看您呢。」

我並不回頭，只說：「回去吧。」

……

回了屋連忙把裱好的字取了出來，越看越喜歡，把糖葫蘆塞給杏兒，挑了個好地方就把字往那兒一擺，問：「這兒行不行？」

杏兒邊吃邊說：「左邊歪了。」

我抬了抬再問：「這樣呢？」

她依舊說：「格格，我來吧，您哪幹過這樣的活兒？」

我忙止住了她，搬了個凳子自己踩了，比劃了半天問：「這樣好了嗎？」

胤祥的聲音突然響起來。「這樣挺好。」

我趕忙回頭，他久違的笑掛在臉上，問了句：「妳這又是幹什麼？」

他走到我身邊，稍稍抬了頭仰望我，我心裡一暖，抱著字就跳了下來，看著他的笑臉，心裡也很是高興。

臘月二十五，我進了宮陪太后在一處過年，福晉、格格們又齊聚一堂，以前陪著容惠格格，我是局外人，冷眼旁觀。如今，我是十三阿哥的福晉，貨真價實的劇中人，歡喜悲憂都有我的分。

突然覺得有人看著我，抬頭對上九福晉的眼，她衝我點了點頭，我卻出了半天的神，盈如輕輕扯我袖子。「十三嫂想什麼呢？」

我輕扯嘴角。「想容惠格格。」

說完她也帶了些惆悵，以前都是經常見面的。

……

絳雪軒自容惠格格走後，一直都空著，杏兒陪我走到這邊的院落，空曠曠的，有些陰森怕人。我讓杏兒打了燈籠，兩人走了進去，昔日歡聲笑語的庭院如今已漸漸結了蛛網，格格待的正屋，擺設都沒有變，只是人去樓空。庭院裡，我與小丫頭們打鬧笑罵的身影依稀還在，廚房裡，看見臭豆腐時他們驚呆的臉，嫌惡的表情、怨聲載道……

讓杏兒點了燭檯，我輕輕拂了拂床榻，又走到桌子前，我們有多少回憶都留在了這裡？這個屋子，四阿哥、十四阿哥、胤祥都來過的；在這個榻上，格格打趣說妳做我的十三嫂怎麼樣；在這個椅子上，胤祥把他的冰鎮酸梅湯給了我；在這個屋子裡，他時常溫暖地衝我笑；在這個庭院裡，他特意過來接我回府，他答應我要娶我……

我抬手抹了抹臉，最近不知道怎麼了，總是想起胤祥與我之間的點點滴滴，想起來的時候眼淚會不自覺地落下，此時此刻我很想念他，想得心酸，五臟六腑也彷彿纏繞在一處。這似乎就是懲罰，懲罰我明明心裡還有他，卻不能再回他身邊。

我苦笑著吩咐：「杏兒，咱們回去吧。」

……

除夕夜，給長輩們一一辭了歲，康熙讓阿哥們帶著嫡福晉住在阿哥所裡，說明天拜年方便些。我回到了以前胤祥住過的宮殿，我們一直分房住，宮裡一片熱鬧喧譁，來來往往的人皆忙忙碌碌，年復一年周而復始，看著他們喜悅的臉龐，我卻想起去年我與胤祥一起守歲時，府裡熱鬧的場景。

我想，他在我心中的地位已經遠遠超出了自己的想像，即使他還沒有非常喜歡我，我也可以積極主動一些，誰說女人一定得等男人先道歉的？本來這事也是我先挑起來的，那我就去認錯好了。

想通了之後就立即行動，這歲月不能再蹉跎。

我披了斗篷，一個人走了出去。

第十三章　裂痕

從臘月二十五到現在我都是一個人，那日在府中難得真心笑了，可是掛好了字，他什麼都沒問，不著痕跡地又走了。直到現在才知道，胤祥在身邊時我就不覺得自己是徘徊在時空之外的隱形人，心裡非常安全踏實，如影隨形的寂寞感也會減輕。

從身邊走過的小太監剛要給我請安，我急忙拉住他問：「十三阿哥在哪兒？」

「剛才與皇上在一起，現在在哪兒奴才不知道。」

我一路走一路問，鞭炮聲中走到御花園時，看見熟悉的身影，他正背對著我站在一棵枯樹下，正是我當年放醬缸罈子的地方。

我忽然就笑了，剛要高興地跑過去找他，卻聽見女子的嬌笑聲，一位姑娘嫋嫋娜娜地向他走了過去，手裡持了梅花，互相見了禮，兩個人正談著什麼。太后為了熱鬧，每年都會讓王公大臣的夫人、格格們進宮以求熱鬧，這應該也是哪家的閨秀吧？胤祥側著臉朝她點了點頭，又轉頭看向別處了，姑娘低下頭去，嘴角帶了笑正聞著花，正是梅花人面交相映。

我搖頭笑了笑，轉身走了，腳踢到了什麼東西自己也不曉得，心裡空空的，勇氣彷彿從身體裡向四面八方飄散了去。怎麼這樣？我本來是想跟他好好道歉，然後和好的。

突然撞上了人，我理都沒理就繼續往前走。有黑影過來擋在我面前，被人抓住了肩膀，強迫我抬頭看著他，是九阿哥。

我笑。「咱們上輩子有仇嗎？怎麼不管什麼時候都能遇得見？真是冤家路窄。這次準備再打我幾下？」

他臉色有些懊惱，而後恢復如常。「妳究竟為了什麼事這麼心神恍惚？撞了人連句話也不說，還有點規矩嗎？」

我又回頭走了幾步，反正不是撞了八阿哥就是十阿哥，也不看他們，低頭就道歉。「對不起。」

不管他什麼反應我再往前走，九阿哥怒極，抓了我的手腕拖著就離開，我任他拽著走了老長時間，無意識地輕輕問了句：「九阿哥知道嗎？因為你的出現我有多慘？」

他倏地停了腳，沒有回頭，我再說：「您為什麼要這樣對我，我只是想平靜地過日子，可您為什麼要在大庭廣眾眾目睽睽下救我？您為什麼要擾亂我的心？」

他還是不回頭，在我以為他不會再說話的時候卻突然開了口，沒有往日的盛氣凌人，是認了命的弱勢。「我也不想，可這事兒哪是我能控制得了的？」

我很想笑，但眼淚卻不聽使喚地掉下來。「我最恨欠人家東西，您如此待我，這樣的情分讓我怎麼還？拿什麼還吶？」

他忽然回頭把我緊緊抱在懷裡，我垂著手不作任何反抗，半晌他問：「妳跟十三弟怎麼了？」

「我跟他說我心裡有了您，我跟自己的丈夫說心裡有了別的男人……」

他一下把我推開了，仔細審視了我半天，好似從來都不認識我這個人，不敢相信地問：「妳說什麼？妳就這麼跟他說了？老十三沒說什麼？」

看著他的表情，我忍不住笑了，問他：「九阿哥喜歡我嗎？」

他皺緊了眉頭，只是盯著我，我低頭，果然不一樣啊，同一句話問兩個人，得到的結果、兩人的反應、當事人的心態、現場的氣氛都不一樣。

他粗暴地捏住了我的臉，讓我被迫抬起眼睛看著他，他咬牙切齒道：「妳腦子裡究竟在想些什麼？讓人捉摸不透，越是這樣就越讓人想要一探究竟。」

我看著他的眼睛，想起御花園裡那兩人含情脈脈的樣子，話語不受控制地從自己嘴裡說出來。「那就是喜歡了？可我想問您，您能喜歡我多久？一年？兩年？等到下一個喜歡的人出現的時候？把我擺在什麼地方？你們這些阿哥從來不缺女人，想要的立馬都能得到，其實我在九阿哥心裡並沒有那樣重要，您對我這樣偏執，只是因為沒有得到而已。等到真的得到了，您就會覺得我也不過如此，跟其他女人沒什麼兩樣的。」

我笑著看了看他頗為震撼的臉，伸手把他的手掰開，九阿哥依舊呆立當場，我轉身就走，卻看見胤祥臉色蒼白地看著我倆。身後是夜燦明火，鱗波燈花，越顯得他煢煢孑立。

我再也笑不出來，眼裡滿是悲傷，一步一步地走向他。「您來得正好，這下人贓俱獲被您逮個正著，怎麼處置我都接受。」說完不敢再看他，我根本懶得為自己解釋什麼，只是覺得灰心極了。

側身要從他身邊走過時，他一下子抓住了我的胳膊，手上微微使了勁，清越的聲音裡帶著惱怒和傷痛。「青兒已經整理好心情了？這就是妳給我的答案？我給妳時間，這麼縱容妳，妳就拿這個回報我？」

我穩著聲道：「跟您在一起，我很累，也不快樂。」說完就掙開了他的手，往前走了幾步迎上氣喘吁吁過來找我的杏兒。

她看著遠處的那兩個人，再看我時，眼裡全是擔心。

我欲哭無淚。「杏兒，我真是倒楣，大過年的這是幹什麼呀？就算要分手，最起碼應該選個正式的場合好好地跟爺告別的。可是，杏兒……我不想離開他……我……該怎麼辦？」心酸的話使得杏兒的眼圈一下就紅了。

……

回到住處，我脫了厚重的衣服，散了緊梳成髻的頭髮，拿起牛角梳一下一下地梳著，鏡裡的人心神恍惚、面色黯淡，事情已經變成這樣，除了被休不會再糟糕了，我倒是想掉腦袋一了百了。

杏兒給我披了件衣服，接過我手裡的梳子，輕輕問：「格格跟爺又怎麼了？好好地說說不行嗎？」看我不說話，嘆了氣接著說：「奴婢看著您都心疼。」

半晌，我突然開口：「忍把千金酬一笑？畢竟相思，不似相逢好。」

我躺在床上，面朝牆睡下了，也不知過了多久，身後的床一陷，他嘆氣，有些無助地道：「青兒，我們是怎麼走到這地步的？先前那樣好，怎麼就一下變成了這樣？難不成妳真要離開我嗎？」

我忍耐著不轉身，他等了半天看我依舊沒反應，再說話時，聲音裡滿是挫敗。「既然這樣，如果妳真想離開，我會去求皇阿瑪從皇室玉牒裡除了妳的名。」

心緊緊一窒，蜷縮了身子躲在被子裡，眼淚洶湧而出。胤祥，我們這是怎麼了？

一種相思，兩處閒愁。

此情無計可消除，才下眉頭，卻上心頭。

康熙四十七年。

晚膳過後，杏兒「撲通」一聲跪在我面前，唬得我一哆嗦，手裡的書砸在地上。我趕緊伸手扶她，她哽咽地說：「格格，奴婢有話跟您說。」

我重又坐回了椅子上，看著她悲憤交加的臉，心裡一陣難受。「妳說。」

「格格，杏兒不想給十阿哥做侍妾，您救救我吧。」

她一說出來，我的臉色也變了。我緩了緩心神說：「杏兒別哭，起來好好跟我說說，是怎麼回事？」

我突然想起在塞外時十阿哥看杏兒的神情眼色，他那時就對這丫頭上了心，原來杏兒有時候不在我身邊，竟然是他給叫出去的。

杏兒接著道：「咱們在宮裡過年的時候，十阿哥說過這事，奴婢只是搪塞。誰知道剛剛轉過年來，十阿哥遣小太監來又問這件事。格格，我不能嫁給他，不能啊。可是他是主子，我可怎麼辦才好？」

我扶她起來，安慰道：「妳先不要急，眼下還沒出正月，他們這些人也是忙得很，大宴小宴的抽不開身，咱們還可以想想辦法，妳信我，我不會眼睜睜地放著自己的妹妹不管的。」

這些話說完，杏兒強忍著的淚才落了下來。

我把杏兒安撫住，讓小丫頭帶她去休息了，披了件衣服就去找胤祥，我現在只要想起這兩個字就心疼，可是出了事第一個想去依靠的人還是他。我不提離開，他也絕不提休妻，兩人就這樣微妙地保持著平衡，只是誰都避免、並減少了跟對方碰面的機會。

一路上穿過層層迴廊、廳堂，進了玉纖的院子，剛一進去就發現氣氛不對，侍候的嬤嬤喜道：「福晉來得巧，奴婢正要過去給您報信兒呢！庶福晉有喜了，太醫剛走。」

我愣在當場，玉纖懷孕了？吵架吵得最凶的時候，她居然懷了孕?!

我正了正神色，強迫自己笑了，問她：「嬤嬤……嬤嬤可知道爺……爺他……」

想問什麼自己也不知道，話說了一半，嬤嬤就喜孜孜地說：「爺正在屋裡呢，奴才給您通報一聲？」

我止住了她，無力地說：「我自己去看看吧。」說完就往玉纖的房裡走去，還沒進去就聽見玉纖的笑聲，我突然就耳鳴了，只聽見耳朵裡的轟鳴聲和自己的心跳聲，大腦彷彿也處在真空狀態下。

我待在原地辨了會兒聲音才隱約覺得有些恢復，一大群侍候的丫頭們都退了出來，見了我趕忙行禮，又慌著喊：「福晉，您怎麼來了？」

等進去了，胤祥並不在，他陪著她在裡屋。我環視四壁，曾經為了杏兒大鬧當場的我，之所以那樣肆無忌憚，原來也只是仗著他對我的喜愛。如今站在這兒失魂落魄的也是我，現在該怎麼面對他？突然意識到他們可能在親熱，後悔地轉身出了門。

不顧別人疑惑的眼神，一路狂奔回我的院子，仔細又想了想，我哪還有權力再去求他辦事兒？我這是把自己陷於怎樣的困境裡了？直到這時我才覺得非常無助。

第二天，我把杏兒叫到跟前，握住她的手，面對面站著，問：「杏兒，妳喜歡爺嗎？」她驚慌失措地看著我，博浪鼓似的搖頭。「格格，我不喜歡。」

我微微笑著說：「妳不用顧忌我，我寧願妳跟著他，也不願妳離開我。」她還是搖頭不語。我嘆了口氣，無力地跟她說：「我真的沒有辦法，除了這樣，我真的沒有辦法為妳做什麼。」

她含著淚點了點頭。「我知道格格對我好，別的主子不會為了一個奴才得罪十阿哥的。」

我試探性地問了一句：「杏兒，妳喜歡的那個男人是誰？」

她臉色一下變了，囁嚅著說不出話來。

我看她為難的樣子，不再強迫她，只是放了她的手，嘆了口氣。「妳想說的時候再說吧。」

她抬頭看著我，眼光堅定。「不是爺，格格，我不會做對不起您的事。」

「我知道不是他，所以才擔心。」

與杏兒的事情還沒有說出個所以然來，只聽見外面丫頭喊了一句：「主子，舅老爺派人過來給您帶信兒。」

我忙讓她進來，是阿瑪府裡的蘇嬤嬤，她剛進屋就給我端正地行了禮，聲音有些哽咽。「格格，您回府看看夫人吧。」

我著急地問：「額娘怎麼了？」

「夫人病了，老長時間不見好，一直念叨您。」

我猛地站了起來，前幾日歸寧時還沒有事，怎麼就突然病了？急急道：「杏兒，收拾東西咱們快回府。」

她也著慌地「哎」了一聲，我想了想又說：「妳先陪我去跟爺報告一聲。」

杏兒滿是悲憫地看了我一眼，就這一眼，我就知道我平時跟胤祥是怎樣沒大沒小、不守規矩，明白了他有多縱容我，也明白了我們的感情曾經有多好。

去跟他彙報是件很不容易的事，府裡剛剛有了喜事，我卻滿臉悲戚。他沈默了很久，我也低頭低了半天，他終於無奈地說了句：「妳……不要住下，天天常走動著就是了，還有……早去早回。」

我應了就趕忙出來了。

回府探親後我一連問了很多問題，答案不外乎是年紀大了，身體虛弱不好恢復，須好好將養、戒怒戒嗔、細心照料的話。

一直出了正月，我都時常往娘家跑，不是很大的病，可是這時間一長，卻把母親的身子都掏空了。

杏兒的事很奇怪地沒有了動靜，不知道是十阿哥改變了心意，還是有誰在其間幫了忙。

又過了一段時間，盈如身邊的丫頭綺羅跟了十阿哥，我對那個丫頭還有些印象，塞外時一雙眼睛透露著想嫁給皇子的訊息，如今總算遂了她的願。對於盈如來說也未嘗不是一件好事，這樣危險的人物放在身邊，跟十阿哥總比跟十四阿哥讓她放心。

這段日子我一直忙於照顧額娘身體，現在有了這樣的消息，無疑讓我安了不少心。我經常笑著對杏兒說：「妳是個有福的，只是不知道是誰看上了姑娘，替妳解了圍。」

她的心情也好了很多，每日裡陪我盡心照顧著，額娘的身子漸漸好了起來，吃的東西也多了些。某日我坐在炕上，像往常一般依偎著她，突然開口問：「額娘這輩子除了阿瑪，心裡還有別的男人嗎？」

她不可思議地看著我，像看著怪物一樣。我換別人舉例子。「額娘，我只是很奇怪，姨娘她們喜歡阿瑪嗎？若是喜歡，她們看著自己的丈夫去寵愛別的女人，會不會心裡不舒服？若是不喜歡，那又怎麼度過這許多年的時日？」

額娘語重心長地說：「女人本就該依附於男人而存在，這是很正常的道理，從古傳下來的規矩，嫁了人就該一心一意地以丈夫為重。妳對他好，他自然也都能感覺得到的。」然後看著我說：「前幾日歸寧的時候我就想問妳，妳是不是跟十三阿哥吵架了？」

母親就是母親，這樣微妙的彆扭都看得出來，我呵呵笑了。「沒有。」

額娘的話我並沒有聽進去，畢竟在八歲接受這裡的教育之前，我已經先接受了另一種教育，倒是聽進了一句話，那就是將心比心。在這個時空裡，毫無安全感的我保留了對他的真心，也勸誡自己要留有後路，因為這是我保護自己的手段，我遲早要離開這兒的，投入太多，最後勢必無法收場。我的這些不坦誠，胤祥都感覺得到，所以他的投入與我成正比。

額娘康復了，我再也沒有理由待在阿瑪的府裡，就回了自己的家，如果還算家的話。去給胤祥請安，規規矩矩地回了話，他問：「額娘身子可好點了？」

我避開他的目光，答：「謝爺的關心，已經沒什麼大礙了。」

他盯視著我半晌，終於吩咐：「大家吃飯吧。」

玉纖沒有過來，害喜害得厲害。

胤祥不說話，我也低頭默默吃我的飯。

匀芷悄悄看了看他，又看了看我，怯怯問了一句：「爺跟福晉吵架了嗎？」

我跟胤祥同時抬起頭看她，她嚇得小聲說：「是我多嘴了。」

沅沅輕輕笑了。「福晉最近臉色一直不好，從塞外回來就沒了笑，是不是身子不舒服？」

我忽然燦爛笑了。「沒事的，最近一直看佛偈，上面說修行要有耐性，要能甘於淡泊，樂於寂寞，所以一直努力遵循著呢。」說完就低頭吃飯。

沅沅又問胤祥：「爺最近也在修行嗎？」

我抬頭看沅沅，她的眼裡有慧黠了然的光芒，再轉頭看胤祥，他正好抬起眼來，兩人視線交會了一會兒，驀地發現已有很長時間我們都不曾正視對方了。他也緩緩扯了嘴角說：「佛經說得對，情執是苦惱的原因，放下情執，你才能得到自在。」

……

暖暖又長大許多，我跟杏兒逗她叫阿瑪、額娘，她只是轉著大眼睛看看我，又再去看她感興趣的，杏兒在旁邊鍥而不捨地努力教她。「小格格，叫阿瑪、阿瑪，額娘、額娘，我是嬤嬤。」

我笑了半天，說：「暖暖架子真是大，誰都無法讓她開金口。」

奶娘在旁邊侍立著，有些著急。「福晉不知，按說這時候應該能叫人了，怎麼格格還是不開口說話呢？」

我對孩子沒什麼經驗，聽了也有些著急地問：「要不要去找太醫看看？」

胤祥正好進來看她，兩個人見著都是一愣，平時我們都很默契地避開見面的時間，誰知道他今天回來得早，正好趕巧遇見了。

杏兒看我倆僵著，左右為難。

暖暖突然開口叫了一聲：「阿瑪。」

胤祥臉上全是驚喜，大踏步走了過去，把她抱了起來。

我也興奮起來，跟在胤祥後面也走了過去，我疑惑地看了看暖暖，納悶地問胤祥：「這丫頭怎麼只叫你，不會不認得我了吧？」滿臉委屈地轉向暖暖商量道：「妳叫我聲額娘不行嗎？」

她眼睛又轉了轉，若無其事地喊：「額娘。」

好嘛，原來人家早就會叫了，只是擺架子不叫，我倒被她嚇了一跳，正緩著神呢，胤祥突然笑了起來。我抬頭正好對上他看著我笑彎的眼睛，又看了看被他抱在懷裡的女兒，心裡被幸福烘得熱熱的，有多久他沒這麼笑過了？

室內一盞孤燈，滿室氤氳的檀香氣味，是胤祥最喜歡的薰香，我單手攏了頭髮放在袍子外，開了門坐在門前的亭廊裡，遙遙看著遠處朦朧顯影的建築群。人終究是不可能那樣堅強的吧？只要承認了，就會好受一些。我不由自主站起了身子，杏兒連忙給我披了件衣服，就隨我出了院子。

「這些日子爺都在哪兒休息呢？」

她答：「一直在書房。」

我再問：「庶福晉那兒呢？」

「前一陣去過一、兩次的，這一陣子沒再去過。」

我點了點頭，府裡流言又滿天飛了吧？就笑嘻嘻地問杏兒：「有沒有嬤嬤在背後說我得了久治不癒的病，或者是爺對我徹底生厭了？」

杏兒看我難得開玩笑，也笑了起來。「誰敢啊，主子您可是財神爺，除非她們不想多領銀子了。」

我哈哈笑了。

杏兒驚異地看著我，感慨地說道：「格格笑起來真是好看，可您前一陣子老是愁眉苦臉的，真讓人擔心。」

不知不覺走到了胤祥的書房來，黑漆漆一片並沒人守著，有些失望，看來是去玉纖那兒睡了。我與杏兒一起進了屋，待她點亮了燈，我隨手拿起案上的書翻了幾頁，繼續逗她。「這府裡的福晉們誰最好看？妳跟我說實話。」拿起手邊胤祥平時寫的字看了看，心裡又讚嘆了一回。

只聽她道：「各有各的美法，在奴婢眼裡，誰都比不上我們家格格。」

我放下字，又站在書架前輕輕笑了。「就知道妳會這麼說，我替妳回答了吧。」從架上拿了一本《宋詞選讀》，隨手亂翻，笑看著杏兒。「勻芷就像這宋詞，是府裡最美的人兒，容貌清麗婉約，溫柔可人，她跟咱們爺有一處最像，那就是溫和無害的氣質，讓你沈迷但絕不奢靡，欣賞但絕不褻瀆，一句話，『一年春好處，不在濃芳，小豔疏香最嬌軟。』」

杏兒托了腮坐在凳子上看我，點了點頭。

我接著說：「沅沅……」再踱到書架處，看了半天翻出一本《楚辭》。「既浪漫又現實，看似淺淡實則濃烈，清新達人志向高遠，深藏不露。可惜……」

杏兒忙問：「可惜什麼？」

「她所有的淡然在碰見一個人時都成了無奈，知道這個人是誰嗎？」

「爺？」杏兒試探性地回答。

我拿書敲了敲她的光潤額頭，笑道：「聰明。」又接著說：「屬於沅沅的一句話是，『冥冥深林兮樹木鬱鬱』。」

我把書放回架中，手一本本地撫過去，忽然笑了，就把一本書拿了出來。

「玉纖，這個人我很難去說她的是與非，既沒有匀芷的溫順，也沒有沅沅的明瞭，但是有一樣是咱們都不具備的。」我頓了頓，看著杏兒的疑惑眼神，再說：「那就是她身上的質樸和偶然世俗，用情緒化的語言讓妳入戲去跟她計較，可是後來卻忘了為什麼要跟她置氣，最後再細細想來，還算意味雋永，雖俗但絕不庸。」我把書皮露出來，上面寫著「世說新語」。

「爺最喜歡她，是因為她表面看來也最是喜歡爺，天天爭風吃醋，處處表現不滿。」這真是應了額娘那句話，妳對別人的好人家都感覺得到，妳不真心對人家，人家又怎會真心對妳？胤祥什麼都好，聰明謹慎，溫和有禮，智勇雙全，才華橫溢，可就是沒有女人能走進他的心。

「不過她老是跟我作對，我給她的評價自然是帶了個人喜好的，就書中的兩句話……」還沒說，自己先格格笑起來。

杏兒拉著我的袖子道：「格格快說，是什麼啊？」

「既不能流芳後世，亦不足遺臭萬載。」

杏兒也呵呵笑了起來。「格格的嘴真不饒人。但是有一項您說錯了，爺最喜歡的是您，不是她。」

我刻意不接她的話茬兒，把書復又放回去。「我們杏兒是什麼呢？」一邊放書一邊眼睛四處找，胤祥的藏書還真是豐富，上面的根本看不著也搆不到，只能從下面幾格找，還得揀著自己看過的，比較熟悉的。

突然眼前一亮。「杏兒是最最貼近這世人的，我還記得我啞疾恢復後第一次見妳的樣子，輕巧靈秀、明快鮮活，但又自然酣暢，我當初就想這個小丫頭真是好。」

杏兒紅了臉，不好意思道：「格格拿我取笑了，我哪有您說的那麼好？」

我微微笑了，接著說：「杏兒生在貧苦人家，所以這一生肯定頗多曲折，就像極了這書中的劇，悲喜互換，但最後必會是團圓結局的。」看了看手中的元雜劇，心裡也七上八下的，就再說道：「咱們都是一樣的，人這一生就如生活在戲劇中，劇中的歡喜悲憂，現實中也是一樣不少的。」

杏兒看我突然惆悵了起來，就轉移了話題。「格格說了這麼多人，就獨差爺跟您了，奴婢納悶著呢，您快說說吧。」

我手裡握著書，想了半天道：「爺看起來脾氣好，其實心裡冷漠，像碉堡一樣保護著自己的心不讓人侵入，說白了是在皇宮裡待的時間久了，不願讓別人看出自己的心思，不去愛、沒有在乎的人，這樣就不會受到傷害。」想起我們的感情，就說不下去地搖頭笑了笑。「至於我與他之間，那不是三言兩語就能說清楚的，當局者迷。」

杏兒站起身子讓我坐下，嘆了口氣道：「格格這麼個明白人，怎麼連奴婢都看出來的事您卻不知道呢？」

我被她逗笑了，就興致盎然地說：「哦？那妳倒說說，讓我看看妳說得對不對？」

她微笑地看著我說：「如果被奴婢說中了，格格不能惱，也不能怕羞不承認。」

我豪爽地點頭。「好，我不惱也不賴。」

杏兒只問了一句話：「您愛爺嗎？」

就這麼一句，我這心一下子硬生生地從中裂開了，這丫頭不問喜不喜歡，直接上升到愛的高度，就算再不怕羞也夠人目瞪口呆一陣了，果然是近朱者赤，近墨者黑啊！

「格格上次跟我說的話，我現在想想就心酸，不是說了不想離開他嗎？爺對格格的心意也是這樣，明明心裡有，可就是放不下架子來找您。」她繼續往下說道。「您跟爺都拒絕去想對方在自己心裡到底有多重要。這些時日以來，我天天跟在您身邊，自從從塞外回來，您一次也沒開開心心地笑過，也不愛說話，格格真的不知道是什麼緣故、為了誰嗎？您心裡有他、在乎他，卻還要死不承認。我說得對嗎？」

我看著她鄭重其事地問我，帶了乞求的探究的信任的心疼的目光，就重重點了點頭。「妳說得一點都不錯，我是心裡有他，每一次發脾氣都是因為他心裡沒有我，正因為這樣，我一點安全感都沒有。我生氣他在我心裡占了太重的分量，而我在他心裡占的分量太輕。」

「妳怎麼就知道妳在我心裡占的分量太輕？」

我大驚，杏兒也嚇得不輕，胤祥從裡間掀簾子出來，我支支吾吾半天。「你、你怎麼在這兒？」

他笑了笑。「這話應該我問妳，擾人清夢的不是妳嗎？」

我回頭看了看杏兒，她連忙擺手。「不是不是，沒有沒有，這次真不知道，真的。」

我突然不知道該怎麼辦，又想做烏龜縮進殼裡，低著頭行禮。「那您好好休息吧，我走了。」

剛要帶著杏兒離開，卻被他緊緊抓住胳膊掙不開，杏兒一看，笑呵呵地帶上門出去了。

胤祥拉著我的胳膊順勢帶進了懷裡，他的話從胸腔中迸出。「我不願妳被別人抱著，也不願妳心裡有別人，我也生氣妳心裡沒有我，我在妳心裡的分量沒有妳在我心裡重。」

我緊緊環住他的腰。「爺還怪我？我曾經說過那樣的話。」

他沒有回答，只是說：「我知道妳心裡是有我的，也有自信妳肯定會再回到我身邊，明明心裡想得明白，可是那天妳說跟著我妳並不快樂，我還是生氣。」

我拉開他，笑盯著他的眼睛說：「其實跟您在一起，我很快樂，說要離開您只是賭氣呢。」

胤祥的眼裡滿是欣喜，低頭親吻我，手中的書被他抽了出去。

醒來的時候發現他已經不在身邊了，外間有燭光暗黃，我穿好了衣服起身，走到外間，他正坐在書桌旁寫著什麼，眉頭深皺。我愣怔著看了他半天，這樣待著的丈夫於我而言太過陌生，我竟從來不知道他是怎樣處理公事的。

靜靜看了他很長時間，他突然抬起頭，看見我就擱了筆，淺笑著迎了過來。「怎麼這會兒就起了？再多睡會兒吧。」

我笑著搖頭，探著腦袋看他寫的是什麼，他好笑地伸手扶住了我的臉。「朝堂上的事兒，妳不用操心的。」又捧著臉仔細盯了我半天道：「很長時間我都沒有這麼高興過了。」

我看著他文雅的面容，忍不住往他懷裡靠了靠，他環著我的腰，用緬懷的語氣道：「我額娘臨死前跟我說，要想在偌大的皇宮裡生存，只能當聾子、啞子。妳說得對，我一直不願對人投入太多的感情，這樣只會讓自己受到更多傷害罷了，長此以往已成了習慣，不好改變。」

我聽他說完，頗是心疼。「您心思深，也驕傲，不屑於解釋，只會悶在心裡苦自己。吵架的時候我覺得自己特別傻，不管我鬧也好不鬧也好，你都是一臉漠不關心的樣子，我就像個丑角，自慚形穢。」說了半天，稍稍離開拽著他腰間的衣服，我抬頭望著他。

他也看著我問：「那用什麼書來形容最好？」

我噗哧笑了。「只是說著玩的，再說我看的那幾本書還不夠現眼的呢，哪能在您面前賣弄啊？」

他莞爾，敲了敲我的腦袋，拉我坐在他腿上，環著我的腰說：「青兒不是這府中最漂亮的女子，不是最深沈的女子，也不是最質樸的女子，壞脾氣，倔強死不認錯，又衝動，對自己的丈夫不尊重，脾氣上來什麼顧忌也沒有。」我聽到最後垮了臉，他看了看我再道：「可卻是這府裡最不可缺少的人，也是最能影響別人的人，更讓我覺得開心。」說完就笑了。

我摟著他脖子靜靜靠著他，心滿意足，知道這些就夠了，起碼他認同我的存在，感情慢慢培養就好了，以後我一定真心待他。

五月，胤祥仍然隨康熙去了塞外，這一別不知何時才能再見？歷史的年輪轟然行進，不為堯存，不為桀亡。胤祥的厄運正式拉開了帷幕。

六月過去，七月過去，八月過去，我天天提心弔膽地過日子，只希望那個結局快些到來，這樣我才能與他一起承受。

九月，康熙終於回了京，紫禁城內黑雲密佈，什麼消息都沒有透露出來，隨康熙去行宮的阿哥們也都沒有回府，京城裡一片愁雲慘霧的景象，靜謐極了。

我面色如常地聽管家彙報日常事務，去逗暖暖、探望玉纖，她挺著大肚子，稍有不樂意就哭鬧，我知道孕婦脾氣大，這種時候丈夫又不在身邊，福禍未卜，自然恐慌，只能盡力勸慰著。勻芷和沅沅的臉上也很是擔憂。

……

十三皇子府如往常一般沈浸在漆黑的夜裡，一陣急促的敲門聲擾亂了正在沈睡的人們，我驚起，掀被下了床，披了件衣服就往外疾走。小廝早就開了門，一個小太監閃身而入，我遠遠地看不清楚他的長相，小廝帶他往我院裡的方向走來，見了我就拉了拉他袖子道：「這就是福晉。」

那小太監連忙跪了說：「大阿哥、太子、四阿哥、八阿哥、十三阿哥都被拘禁了，十三阿哥託奴才把這個給福晉，奴才還要去趟四爺府報信，福晉您看……」

我忙給了他些銀子，說：「有勞公公了，你去忙吧。」

他點了頭就匆匆走了。杏兒在旁邊臉色煞白，扶著我的手哆嗦個不停。「格格，爺給您的是什麼？他為什麼被拘禁啊？」

是胤祥一直隨身佩戴的荷包，我輕輕解了開，毫不意外的是一片風乾了的紅葉還有我的字。我的眼淚洶湧而下，你這是什麼意思，難道真到了這般嚴重的田地嗎？

九月二十四日，康熙廢皇太子胤礽，頒示天下：胤礽「賦性奢侈」、「暴虐淫亂」、「語言顛倒，竟類狂易之疾」，對兄弟無友愛之情，竟存弒逆篡位之心。各府的阿哥們都回去了，除了大阿哥和胤祥。

四阿哥親自來了，沈重的臉上疲憊倦怠，見我目不轉睛地看著他，才終於說：「十三弟被關押了。」

「為了什麼？」我皺著眉頭看他。

「這是朝堂上的事，妳一個婦道人家不必知道這麼多。」他冷冷地回話，堅毅的臉上閃著強忍的光芒。

「可是四貝勒，如今他是我的丈夫，我還是沒有資格知道嗎？」

他眉頭深陷，用不容忽視的強硬語氣告訴我。「我一定會讓他出來的，一定會。妳安心在家等著。」

……

十月初，玉纖提前生產，因為受了驚嚇，再加上胤祥不在身邊，她的心情糟糕透了。看起來是難產，產房裡一片忙亂，穩婆有些慌了，甚至問我：「福晉，若是萬一只能保一個……」

我沒有回答，只是使勁攥著玉纖的手，一遍遍地告訴她。「你們都要平平安安的，妳一定要把這個孩子生出來，這是妳跟爺的第一個孩子啊。」

她淚流滿面，濡濕的頭髮貼在臉上，乾裂的嘴唇動了動，輕輕說道：「我要是不行了，肯定要保孩子的，福晉您會善待我的孩子的，是吧？」

我的指甲甚至要掐進她的手中。「兩個都會活下來，我不會讓妳死。」

她的臉有些變形，張口說了半天我才聽清。「我想爺，他不會有事吧？」

我用盡了全身的力氣才告訴她。「他不會有事的，咱們以後會過得很好，妳一定要睜著眼看著。」

雙手軟乏無力，我坐在玉纖門口的石板臺階上，目無焦點地看著虛空，風呼呼吹過，杏兒跪在我身邊摟住了我，輕輕拍著我說：「她只是很虛弱，沒事的。」

我張了張口，說不出話來，再開口已經不是平日的聲音，只呐呐地絮叨。「是個兒子，他的第二個兒子出生了。」

杏兒堅定的聲音傳過來。「格格，您把這家人照顧得很好，真的。」

我緊繃的情緒一下潰散，淚唰地掉了下來，嗚咽道：「如此我才對得起他。」

……

京城的說書場場場爆滿，繪聲繪色的說書人口沫橫飛，康熙最喜歡的十八阿哥病重，他日日親自照顧，朝中大臣見他年事已高，人人皆是憂心。唯有太子視十八阿哥為他繼承皇位的潛在威脅者，因此並不悲傷，反而面露欣喜之色。康熙發現太子每當夜晚便逼近他的帳篷，從縫隙裡邊窺視，懷疑太子將有異動，這便是著名的「帳殿夜警」事件。康熙大痛，終於揮淚廢太子。

只是胤祥似乎成了最神秘的人物，不知道為什麼其他阿哥都放了回去，唯獨他沒有一絲音信傳出來。於是說書人開始猜測，十三阿哥是太子黨，太子倒臺，自然就殃及池魚了。我苦笑，不是這樣的，我的丈夫沒有這樣的心思。

再過得幾日，京中又起了風波，太子被廢，儲位空懸，阿靈阿、鄂倫岱、王鴻緒及諸大臣以八阿哥胤禩馬首是瞻，強烈推薦，誰知道戳中了康熙忌恨結黨營私的軟肋。康熙大怒之下宣佈其罪，削貝勒爵。

接二連三的劇變讓我苦不堪言，一大家子人心惶惶，杏兒經常心神恍惚，府裡其他福晉們也是噤了聲，雖然面上不表現出來，其實心裡都煎熬得很。

十一月，三阿哥胤祉告大阿哥胤禔咒魘皇太子，康熙信了，削了大阿哥的直郡王爵，並且圈禁終生。

我的心再一次懸到半空中，圈禁，這是有過對皇族最重的懲罰。胤祥呢？他怎麼樣了？

第十四章　拒絕

康熙四十七年的下半年真是難熬，我總覺得自己像得了強迫症一樣，夜夜失眠，寢食難安，度日如年，但在家人面前又要老成持重，萬不可亂了人心。一家人不管早膳還是晚膳都吃得沈悶，玉纖的身子弱得很，再加上心情不順，難免要落下病根了。匀芷每日陪著大格格和大阿哥，也會把暖暖接過去盡心哄著。沅沅置身事外的態度一下子變了，家裡的事沒有一樣不操心，倒是幫了我許多忙。

這日晚膳，四個人難得聚在一起，我看著玉纖瘦削的臉，挾了幾筷子菜放在她碟裡。「妳多吃些，身子太弱不用強撐著，在屋裡歇著就好。」

她抿嘴點了點頭，匀芷也勸她。「妹妹聽福晉的吧。我生大阿哥那年，多虧福晉照顧著才好得那麼快。」

她一臉誠懇，倒讓玉纖訕訕的，平日裡她沒少跟匀芷爭風吃醋的。

沅沅抬眼看我，突然說了一句：「福晉，咱們一定等爺回來。」然後轉向那兩人道：「姊姊們都要好好的。」

……

上燈時分，杏兒呵著手進來了，我看她的樣子問：「什麼時節了？」

她納悶地看了看我道：「格格怎麼了，突然問起這個？已經立冬好幾日了。」

胤祥的生日今年在哪兒過？什麼心情？何等心境？他還記得嗎？我捂著心口苦笑。「杏兒，這一年好像只有冬天。」

她含淚看了我一眼，又迅速低了頭，清了清嗓子笑道：「格格真是，不就是因為爺不在嗎？等他回來就全是春天了。」

我也緩緩笑了。

小廝突然敲門道：「主子，外面有人找。」

我納悶地問：「誰啊？」

「十四爺府裡的，說找您有事。」

我快速向外面跑去，開了院門，到了角門，一輛馬車停在那兒，連忙掀開簾子，赫然是九阿哥的臉。

我後退了幾步，啞聲問：「十四阿哥呢？」

他板了臉沈聲道：「妳先上來，人多口雜不方便說話。」

我聽了他的話，坐在車上離他老遠，他輕輕地說：「這麼冷的天，怎麼穿這麼少？」說完就要伸手將我拉到他身邊。

我反手拍了下去。「你別碰我。」

他明顯一愣，挑嘴笑了，用嘲笑的口吻問我：「怎麼著，要給老十三守活寡？」

我的眼裡要噴出火來，可是流出來的卻是水。「他怎麼樣了？這究竟是為了什麼？」

他冷哼了一聲。「妳以前的舊識法海被降職調任了，知道是為了誰嗎？」他自問自答。「受了老十三的牽連，以侍皇子之過。」

我聽著他諷刺的口吻，用手狠狠擦了淚說：「別跟我說這些，我不想聽，我只想知道我丈夫怎麼了？」

他突然瞪著我，眼神犀利。「他這輩子是完了！惹怒了皇阿瑪，一下子從得寵的皇子變成了最落魄的皇子，妳這個丈夫可真是了不得。妳倒是猜猜，太子犯事，誰跟皇阿瑪據理力爭要嚴辦的？太子那是什麼人，一般人能動得了他？老十三證據確鑿，言之有理有據，逼得皇父不辦都不行。他平日裡一副什麼事都不管的樣子，誰知道竟是這般厲害角色?!不過卻幫了我們的大忙。」

他嘖嘖嘆氣，分不清是欣賞還是嘲弄。

我的心一落千丈，終於為了他的四哥，他還是做了，太子不是個做皇帝的料，雖然眼下是康熙盛世，可是盛極必有衰象，吏治腐敗、貪贓枉法、賣官鬻爵、強佔土地已經是愈演愈烈了。這種時候，手段剛強、作風凌厲，敢於整治的改革家才是最適合這個王朝的，他自小跟四阿哥一起長大，四阿哥的氣魄、手段，胤祥自然是知曉的，就這樣不惜動了康熙最喜愛的太子，失去了皇父的信任和賞識，到頭來原來只是為他人作嫁？得利的是誰，四阿哥？八阿哥？反正不是他自己。

九阿哥抓了我的胳膊，憐惜地看著我說：「這陣子不見妳竟是瘦了許多，妳可願意……」

「我不願意！」

他的手加大了力度。「我處處為妳著想，難道妳不明白我的意思？」

我也深深地看進了他的眼睛，搖頭道：「胤祥這樣，我不能離開他。」

他臉上也帶了些柔和色彩，勸我說：「妳不用可憐他，皇阿瑪再怎麼生氣也不會動他的，畢竟是他喜愛的兒子，日後我會多補償的。」

我搖頭，眼裡含著水氣看向他。「九阿哥，我不是可憐他，我是真的……愛上他了。」

他的眼神由不相信變成了拒絕，繼而怒氣隱隱爆發。「妳、妳就忍心辜負我？」

我的眼淚掉了下來。「我不能沒有他。」

九阿哥深深地吸了一口氣，臉上已經出現憤怒了，咬牙切齒地說：「我這一輩子就沒見過妳這樣不識好歹的丫頭，又臭又硬。好，妳就等著守活寡吧。」說完使勁甩手放開了我，衝力太大，我有些踉蹌向後跌去，他急忙伸出手可又硬生生地停在了半途中，我的背實實地撞在馬車廂上。

「滾！」他只說了一個字，我的某部分心就碎了。

我走下馬車，看著車消失在黑暗的夜色裡，越行越遠直至消失在街的盡頭。從此之後，凝眸處，又添一段新愁。淚奪眶而出，我直接抬袖抹了，收效甚微。

晚上杏兒幫我處理傷口，看著背上青紫的一大塊，她忍不住難過起來。「格格肯定很疼吧？」

我搖了搖頭。「不礙的，真正疼的不是那兒。」

杏兒嘆了口氣，低頭接著搽藥酒。

我緩緩開口道：「杏兒喜歡的人是八阿哥吧？」

她手中的藥瓶直直地砸在地上，然後便是瓷器碎裂的清脆響聲，她連忙蹲在地上收拾，一邊收拾一邊如同平時那樣說道：「我就知道格格早晚會發現的。」

我趴在床上，閉了眼睛道：「從那達慕大會開始，就應該喜歡上了吧。」

她點了點頭道：「是的。」

我笑了笑。「早說妳是個有福的，看來八阿哥應該也很喜歡妳，要不然不至於為了妳得罪十阿哥。當時我就懷疑，誰那麼大的面子能讓十阿哥善罷甘休，想來就只有他了。」

杏兒苦笑。「格格總是揀著好聽的說，誰又不知道，像他那樣的人，心怎麼會在一個婢女身上停留太久呢？」

我也無奈地嘆了口氣，當時胤祥的一句話竟是說對了，八阿哥的傷真是照顧的人太上心所以才好得那樣快，只是那照顧的人不是八福晉。草原上杏兒幾次不在我身邊，並不是被十阿哥叫去的，而是替八阿哥換藥去了。

「杏兒，妳跟八阿哥還在一起嗎？」我小心翼翼地問她。

她回屋角的藥櫃裡又重新取了一瓶藥酒，若無其事地笑了笑說：「不了。」

我很疑惑，但一直追問又害怕她受不了，誰知杏兒竟自己說了。「格格待我這般好，就算您不問，我也會老老實實地跟您說的。在行宮的時候我曾經與八阿哥說過，那次格格應該也感覺到了。」

我恍然大悟，是遇見常保、又跟太子聊了一會兒那次，原來聽見的說話聲竟是杏兒與八阿哥。難怪行宮那麼大她居然能準確地找到我，還替我解了圍。

我微微笑了。「肯定沒有說通是嗎？」

她臉色微赧。「嗯。」

我哈哈笑了。「這樣前後我就連繫起來了，所以八阿哥不能讓自己喜歡的人跟了十阿哥，十四阿哥只好做好人中間調停，這才把綺羅給了倒楣的十阿哥。」

杏兒也微微笑了笑。「格格，我看九阿哥是真心喜歡您的。」

我又陷入迷惘，但瞬即恢復了，笑著說：「我心裡先有了十三阿哥，已經容不下他人了。」

杏兒又小聲道：「那日您送走了容惠格格，隻身跑進樹叢裡，奴婢怎麼都尋不著您，只好回去找爺，可是半路上遇見了八阿哥和九阿哥，說了之後九阿哥臉色很是難看，拔腿就跑了進去，奴婢這才曉得他對格格的情是真的。」

胃好似被絞乾了水的帕子，我除了苦笑，還能怎麼樣？

「格格怎麼發現我與八阿哥那……樣的？」她試探性地問了問。

「今兒剛想明白，這種非常時期，不管我去哪兒妳都是形影不離的，可是今天我出去了那麼長時間，回來時妳只是擔心但並不著急，所以妳早就知道是誰來找我，而且我絕對不會出事。我剛回來就看見八阿哥的馬車拐角走了，他來定不是找我，除了妳還能有誰？」

杏兒的臉上有兩個淺淺的笑渦，笑起來很是嬌俏可人，難怪八阿哥喜歡。八福晉的美濃豔而大氣，而杏兒像極了江南小姑娘，這是兩個極端，八阿哥的性子應該喜歡低調懂事的女子，杏兒正是。

「什麼時候跟他分開的？」我再問她。

「今年再去塞外之前，他讓我進貝勒府，可我不願，格格也知道的，八福晉的性子，我不願讓他為難。」

嗯，八福晉是出了名的妒婦，可是我欣賞這女子，自己的丈夫不願與其他女人分享，在古代、現代都是一樣的，現代透過法律明文規定，可是古代要做這件事該是多麼舉步維艱的一件事？

這錯綜複雜的情感、於公於私的為難，只化成了一句疑問。「妳跟八阿哥怎麼能分得開呢？那日聽見他被奪了貝勒爵位，妳已經是心神恍惚了，以後誰曉得會怎樣？」

杏兒也低頭沈默不語了。

年過得也沈悶，宮裡因為太子被廢，康熙心情不佳，所以福晉們都留在了各自的府中，不用進宮過年。滿府的臘梅開得正是幽豔的時候，出人意料地康熙讓我進宮見他。我一點都不緊張，反而十分盼望，康熙身邊的小太監引我進了乾清宮，還是當年的紅磚綠瓦高牆，昔日我懷著待嫁的喜悅心情進來，今日的心情已經無法用言語來形容了。

李德全候在西暖閣前，見了我囑咐了兩句。「福晉，該說的說，不該說的不要說。不顧忌自己，也要想想十三爺。」

我恭敬地答：「多謝公公。」

他看了我一眼，就帶我進去了。

康熙坐在桌子後面，好像正在研究什麼東西，時而緊皺眉頭，時而側頭沈思，候了半晌，他才緩緩抬起頭來看了看我，我還是如同往昔般給他行禮。

李福全退下了，他低低道：「妳起來吧。」

「謝皇阿瑪恩典。」

他從嗓子眼兒裡哼了一聲。「皇阿瑪？朕還以為你們都忘了，看看朕養出來的好兒子們，個個不安好心，真是琢磨透了心思。」

我恭敬地一直聽著他的話，他的眼睛如利刃般像要把我凌遲，每一次看過來我都覺得如履薄冰，寒氣逼人。

「妳怎麼成了啞巴？朕的話也敢不回？」

我「撲通」一聲挺直了背脊跪在地上。「皇阿瑪，您要怎麼處置十三阿哥？」

「哼，妳竟然還敢提起他?!朕從他小起就一直看著他，除了胤礽可就是胤祥了啊，朕最寵愛的兩個兒子，看看，就是這樣回報朕的？」康熙的盛怒完全暴露了他的失意以及心痛，受到的打擊之大可見一斑，也讓我明白了他對胤祥的感情，竟是如此深厚，愛之深則責之切。

「皇阿瑪，您看著十三阿哥長大的，他的性情您最是清楚，他沒有那個心思，他不會……」

我還沒有說完，康熙就摔了茶杯，那茶盅在我面前頃刻間四分五裂，清脆的聲音彷彿尖刀劃在玻璃上。額上的冷汗不停地冒出來，數九寒冬，衣服竟全讓汗浸透了。

暴怒著在屋裡走來走去的康熙竟是威懾力十足。「胤祥，從來不在皇位上動心思，朕從小喜歡他祥和爽朗，誰知道、誰知道他竟然是藏得最深的一個，居然這樣在背後搞鬼，陷害自己的親哥哥。這個毫無兄弟情分的畜生，辜負了朕的一片心意，氣死朕了，朕恨不能殺了他。」

我大驚，頭一次知道什麼叫恐懼。先前進來時想好的對策全都煙消雲散，不能再往下說了，要不真會害死胤祥。康熙完全是找我撒氣來的，這才知道李德全勸我的話實在是有道理，不說辯解的話反而更能平息他的怒氣，淚卻忍不住掉了下來。「皇阿瑪只是一時氣話罷了，您那樣喜歡十三阿哥，絕對不會，不會的……」說到最後已經是聲音哽咽。

康熙從牙縫裡擠出幾句話。「朕見了你們就生氣，妳也滾回去給朕閉門思過去吧，好好學學什麼叫相夫教子！」

康熙這次是氣大了，他對太子寄予了太多感情，因為之前太子在日常行為中表露出了很多性格缺陷，所以康熙還算可以接受他的過錯；但對胤祥則是無法釋懷，最喜歡他與世無爭、清靜淡泊的品性，誰知道他竟然是這樣藏而不露，對皇位居然有覬覦之心，這就大大傷害了他的信任，好像他一直喜歡一隻溫馴的貓，卻突然發現原來這隻貓一直在偽裝自己，其實他本質上竟是隻勇猛的虎。

這樣的傷心甚至帶了絕望，對胤祥的氣惱也因此不似尋常。可是，胤祥並不是為了自己，也不是為了當皇上，他所做的一切只是為了讓更合適的賢者來治理這個王朝。可是這話我能說嗎？說了就會害了四阿哥，到時候胤祥會恨死我的。

出來的時候四阿哥正要求見康熙，在外面已經站了很長時間。擦肩而過的時候看見他剛毅的臉上不屈的表情，想起他說的話。「我一定會讓他出來，一定會。」日後他對胤祥的好，也不枉胤祥如今這樣對他了。

康熙四十八年。

八阿哥去年十一月復了貝勒的爵位，今年正月的時候康熙又開始敲山震虎，公然在朝堂上審問。「當初是誰提倡要立其為儲君的？」

重臣張廷玉對曰：「是馬齊。」

可是後來經過查實此人無罪，於是重又釋放了。如此一來，朝中的重臣們都戰戰兢兢起來，八阿哥在康熙眼中已然成了威脅者，面上曉以警示，但心裡已經對這個兒子疏遠了。

三月，復立胤礽為太子，康熙給天下人的解釋是胤礽受大阿哥魘鎮所惑以致行為失常，所以才做出那些糊塗事，今已恢復大半，心中頗有悔意，所以再度立為太子。

胤祥的犧牲看起來毫無意義，可是對於我這個因意外而知曉結局的人來說，我丈夫的政治眼光敏銳到無懈可擊的地步，只是欠缺了時機而已。他是個思想成熟的政治家，一次打擊已經令太子失了康熙與眾臣的心，也使人明白到太子在康熙心裡並沒有不可動搖的地位，能廢第一次，就會再廢第二次。

……

三月桃花，落英繽紛，我獨自站在胤祥的書房裡，看著窗外的如斯美景，想念我的良人為何還不歸來？大片的歷史空白只會增加人的恐慌罷了，他的兒女不少，也就證明了以後我們會在一起的。康熙是明君，以他對胤祥的瞭解，想清楚是遲早的事兒。

托著腮看了半天，手中的筆突然滑落在地上，我的丈夫正穿過一棵棵的桃樹，微笑著向我走過來。

我趕忙出了屋，傻傻地看著他走向我，他的衣服還是乾淨整齊，臉上還是溫和的笑容，但瘦了很多，臉頰微陷，下巴上隱隱有青髭，風度氣質還似平時的模樣。

「青兒……」他輕輕喊我。

這聲音我日思夜想，輾轉反側夜不能眠，如今他這樣站在我面前，這樣喚我，恍如隔世。

我把手裡的書使勁扔在他胸口上，視線模糊，開始質問他。「這麼些天你去哪兒了？一點音信都沒有。」再低頭撿地上的石子砸在他身上，帶著委屈說：「害我擔心了這許多時日，哪有你這樣的，那麼大個家全扔給我，自己卻連管都不管。」眼睛酸脹，水氣汩汩地冒上來，終於帶了哭腔。「我討厭死你了……」

他抿嘴笑了，眼裡也濕濕的，捧著我的臉親了親就緊摟我在懷裡，拍著背勸道：「以後不這樣就是了，這次任妳罰什麼都成。」

我緊緊抱著他，泣不成聲。

兩人牽手靜靜躺在桃樹下，看打著旋兒飄落的桃花落在身上臉上，三月春風，頑皮跑過，帶走了這清麗的粉紅一片，這溫雅的粉飄落在那個溫雅人的白衣裳上，看起來竟是淒絕的苦楚。我的視線隨著這一片一片的落花，一次又一次地模糊……

許久，胤祥握著我的手替我擦了眼淚，微微笑著說：「妳不用擔心，我沒事。」

我坐起了身子，學他舉重若輕的口氣道：「怎麼會沒事？心都傷透了。」

胤祥捧著我的臉看了半天。「這樣也好，我本來無意於這場戰爭，能為四哥做這些，我也心滿意足了。只是，以後就剩他一個人了……」

久久的沈默。

我笑。「好不容易回來，別說這些了。」

胤祥的歸來，使沈悶的府上恢復了以往的生氣。他去看了其他福晉們，自然是久別重逢後的欣喜激動，晚膳時再度聚在一起，看著她們紅了的眼，這才意識到，不管我承不承認，我們都是一個家庭。

胤祥笑著說：「我不在的這段時間，害妳們都受苦了，如今咱們再聚在一起，就高高興興的吧。」

匀芷的眼淚止不住地掉下來，玉纖的眼睛也紅了，沉沉咬著下唇，只是呆呆地看著他。

胤祥給匀芷擦了眼淚，又是一片沈寂。

我清了清嗓子說：「明天家裡除塵，好不容易爺回來了，大家都要打起精神才是。」她們都應了。我又看了看玉纖，真心笑著對胤祥說：「爺的二阿哥可折騰死他額娘了，差點連命也丟了，玉纖姊姊真不容易。」只是為了那母愛的偉大，和她對胤祥的一片癡心。

他沈默不語，然後看著玉纖道：「這些時日辛苦妳了。」

玉纖拿帕子拭了淚，沙著聲說：「爺別這麼說……」

雖然晚宴幾度被眼淚打斷，但不管怎麼說，胤祥在身邊，她們的心很容易就安定下來了。

夜半，紅燭漸昏，不知何時外面淅淅瀝瀝地下起了雨，投在帳上的燭影晃了幾晃。胤祥的翻身驚動了我，我忙問他：「您怎麼了？」

他轉身對上我的眼睛，臉上有些歉疚地道：「把妳吵醒了。」

我微笑著搖了搖頭，他不在的時候我哪能睡得踏實。

「看來這些日子妳也睡得不好。」他心疼地說。

看我不說話，他就躺平了身子，望著帳頂緩緩道：「少年聽雨歌樓上，紅燭昏羅帳。壯年聽雨客舟中，江闊雲低，斷雁叫西風。而今聽雨僧廬下，鬢已星星也。悲歡離合總無情，一任階前點滴到天明。」

我看著他略微憂愁的側臉，勉強笑了。「好好的，背這首詞幹什麼？怪淒涼的。」

他也轉頭盯上我的眼，笑了。「就是想起來了，以前很喜歡這詞，沒想今日能用得上。罷了，這些事情不說也罷，不要再惹得妳也難受。」

支起身子俯頭看著他，我微抬下巴。「您說得不對，應該是『知否知否，應是綠肥紅瘦』。」

他伸手一下把我按在枕上，俯視著我細細看了半天，忽而正了臉色道：「那我寧願做少年，享受這不識愁滋味的紅燭羅帳。」

我的臉一下子紅了。

第十五章　育兒

康熙四十八年的春天，阿瑪聽從了十三阿哥胤祥的意見，再考慮到自己已是古稀之年，便上書康熙以老病乞休，這樣明顯地表明了自己沒有輔助十三皇子，不支持他篡奪皇位的立場後，康熙給他忠厚盡心輔佐的名聲，允了。

這樣一來，父親遠離了諸子奪嫡的朝中境況，悄然隱退。每日在家中含飴弄孫，頤養天年，倒也省了我的牽掛和擔心。胤祥，總是考慮得很周全。

四月，康熙下令讓胤祥陪他去塞外，朝中諸人皆明白此舉不是寵愛，而是變相的監視，以防他會有對皇位不利的行動。胤祥苦笑，並無怨言地隨他敬愛的父親去了。府中的福晉們很是驚恐，害怕他這一去還是落得上次那樣的監禁，心中惶惶，不得安寧。

玉纖剛誕下的孩子瘦弱多病，終於在胤祥走後不幾天就沒了，可憐他那出世還不足一年、連名都來不及取的兒子就這樣悄悄來又默默去了。

後事都是沅沅一手操辦的，她比我堅強多了。玉纖的身子一下子就垮了，勻芷不知道掉了多少淚。

我越來越喜歡待在書房裡，安靜地過我的日子，不喜歡有人打擾，心境一下子蒼老了許多。玉纖纏綿病榻一個月後，終於打起精神，如常地請安吃飯，精明飛揚的那個她完全消失不見，取而代之的是一個沈默安分的婦人。哀莫大於心死，失去孩子的痛我可以想像，但卻不能理解，那是怎樣的心痛與折磨？

胤祥出去了許多時日，沒有隻言片語傳進來，也斷了書信。看來康熙管得甚嚴，我唯一擔心害怕他苛責胤祥，他每一次言語的傷害都足以讓我心思細密的丈夫心寒，何況還有喪子之痛。

夏日安靜的午後，府裡的人都在睡晌午覺，知了叫得熾烈，透過剛剛換上的茜色紗窗，窗外的綠竹青影搖曳，幾絲風吹進來，細竹門簾隨風輕擺。

我站起身子，掀簾子走了出去，杏兒緊隨其後，這偌大的園子此時竟是靜悄悄的，遠處看見幾個小孩子在玩耍，我一眼看見了暖暖，就含笑走過去。

乳母們一直跟著他們，見了我都慌忙行了禮，暖暖搖搖晃晃地向我走過來，口裡還叫著「額娘」。我忙把她抱了起來，她的皮膚真是好，臉蛋真是可愛，肉肉的很有觸感，我高興地笑了。

「暖暖在幹什麼呢？」

她奶聲奶氣地回答：「跟姊姊、哥哥一起玩。」

匀芷的一兒一女正看著我，大格格今年七歲，很是懂事，恭敬地喊我「額娘」，我向她笑了笑，就抱著暖暖走向他們。弘昌，胤祥的第一個兒子，今年四歲，有些納悶地側頭看了看我，大格格扯他袖子。「快叫額娘。」

他不情願地叫了，我心裡好笑，這小子還挺有性格，知道我是後媽。我細細看了看大格格，立在那兒竟有些容惠格格的韻味，難怪說姪女像姑姑，這話一點不錯，瞬間對她好感大增。

我放下暖暖，笑著問她：「跟哥哥、姊姊們玩什麼呢？」

她嘟著嘴，支支吾吾了半天也說不出來。

我看著我嬌憨可愛的小女兒，心裡被喜愛漲得滿滿的。

大格格怯怯地看了我一眼，低聲道：「回額娘的話，我們剛剛見著，並沒有玩什麼。」

我溫和地看著她，點了點頭，這個樣子又像極了勻芷。再轉頭看著弘昌，四歲的小男孩皺眉噘著嘴煞是可愛，我忍不住捏了捏他的臉蛋，看著這些正在成長中的孩子們，突然意識到沈溺於憂傷中只是一種逃避，總會有新生命再出現的。

弘昌不滿意地掙脫了我的手，我好笑地說：「這樣吧，額娘同你們一起玩。」

乳母們立在一旁，都不明所以地看著我。我開始給他們講解剪刀、石頭、布以及跳格子的原理，親自上陣示範，贏的人前進，輸的人後退。三個孩子跟著我玩得不亦樂乎，孩子畢竟是孩子，純潔善良又容易滿足，一點小遊戲就是無上的快樂。

弘昌與我正式和解，在他贏了我、贏了他的姊姊妹妹，跳在了最前面之後。

……

我很喜歡在沐浴完之後，換上件寬鬆的衣服，在竹藤椅裡坐著，一壺清茶，三個孩子，一方天地，歡聲笑語。故事總是我臨時抱佛腳得來的，前天晚上在書房裡有目的地看，精心挑選，想好了要告訴他們的道理，第二天才敢在他們面前說出來。弘昌還不到上學堂的年紀，大格格跟暖暖身為女子，讀書是件可有可無的事，所以平日裡說得隨意舒心，他們也樂得有人陪他們玩。

在故事與遊戲中度過了整個夏日的清幽光陰，我望著窗外盪在鞦韆上的孩子們，想念他們父親的身影。

杏兒笑著說：「格格總是很會哄孩子，一點都沒有長輩的架子。」

我微微笑著閉了眼。

「暖暖，妳真是個賴皮鬼，快些下來，我要玩。」弘昌的聲音。

「嗯嗯，我不，姊姊妳玩吧。」暖暖的聲音。

「不了，妹妹玩吧，你一個男孩子，還是兄長，成天跟我們混在一起真不害臊。」大格格的聲音……

胤祥回來了，在九月的秋天，天空晴朗明淨的時候。微風徐來，彼時我正站在院子裡給孩子們講三十六計的最後一計美人計，之所以放在最後，是因為這個計謀說白了就是拿美女去誘惑敵方的上層，以亂其陣腳，這可是大大的不妙，涉及了些許隱晦的東西，一個講不好就容易誤導這些早慧的孩子們。

先說了兵法中的用意，凡事要抓主要矛盾，擒賊先擒王，瓦解領導層就等於瓦解了整個國家的基石，再舉例子說西施和貂蟬，最後問他們：「你們都明白了嗎？」

大格格含蓄地笑著點了點頭，就不再多說什麼，這女孩子已經初曉人事了。

暖暖微微側了腦袋。「額娘這故事講得好沒意思，還不如前幾日說的傳奇故事好聽。」

這丫頭太小，幸好不懂，也不用我費心解釋了。

弘昌瞥了暖暖一眼，不屑道：「妳懂什麼，我就不愛聽那些傳奇，這樣多好，以後我也可以學了用在別人身上。」

我看著他小小的臉，聽著煞有介事像大人般的口氣，忍不住笑了，再逗他。「弘昌以後想討幾房媳婦？」

他的臉驀地紅了。「那要聽阿瑪的話。」

我哈哈大笑，然後聽見了胤祥的輕咳聲，眼裡已是帶了笑，幾月沒見，又成熟了不少，只是比走時更瘦了。

「阿瑪！」暖暖高興地撲了過去。

胤祥一下把她舉過了頭頂，溺愛道：「我的小女兒竟有這麼大了。」

這一幕竟讓我的眼微微濕了。大格格和弘昌都給他行了禮，他溫和地問了問他們最近的情況，然後就讓他們散了，杏兒也帶了暖暖出去。

胤祥向我伸出了雙手，我亦伸出手來放在他掌中。

「日思夜盼，您總算平安回來了。」

他道：「妳還是一點也沒變，總能影響著這府裡的每個人。」

我扯嘴笑了。「也就這點本事了。」

他把我圈在懷裡，兩個人就這樣相依相偎，宛若生生世世。再開口，他語氣疲憊。「青兒，那個孩子……我竟是不敢再見他額娘了。」

我一下僵在原處。那小小的生命，竟如此令人心痛。

……

胤祥一連幾天都宿在玉纖那兒，在這兒待得久了，我開始嘲笑自己，活得人不像人、鬼不像鬼。現代回不去，過去的思想接受不了，又因為他失勢，無法狠下心來離開。他說他無法一時改變，也不能立刻愛上一個女人，我便靜靜等待，全心付出。隨著投入越來越多，這府中看不順眼的一切也不再過度激烈地反對。我像進入蟄伏期的昆蟲，慢慢等待能融化胤祥心的那一刻，拋棄了以往暴烈決絕的反抗方式，漸漸變得沈穩，學會靜待時機。

我們自認識到現在，似乎進入了一種怪圈，為了對方的不重視吵架，又因為對方的在乎和好。我不願去碰觸那些來自現代平等人權的難言之隱，他也強迫自己忽略我對他苛刻要求唯一的感情。愛，總是讓人哭，讓人覺得不滿足。胤祥將我看得透透的，我把他抓得死死的。

我們還是固定地吃飯見面，約定聊天談心，但彼此都刻意不再談感情。他避重就輕地跳開九阿哥，我若無其事地閃過小老婆，就這樣執拗地不放開彼此，緊緊地，緊緊攥著這唯一能讓自己不寂寞的靈魂。

杏兒驚慌地跑進門，直接跪下。「爺、福晉，和碩溫恪公主歿了。」

我的心停跳了一拍，半天反應不過來，轉頭看胤祥，他先是眼皮跳了幾下就渙散了眼神，然後慢慢閉上眼睛。

杏兒看了我一眼，接著說：「宮裡的公公過來報了喪就走了，說是公主因為難產才……」她頓了頓接著道：「……才沒的，公主嫁過去身子一直瘦弱……」

胤祥突然開了口。「孩子，保住了嗎？」

杏兒答話。「保住了，是雙生兒。」

胤祥明顯鬆了口氣，只是臉蒼白得沒有血色，疲憊地說了句：「下去吧。」

在悠久得無法訴說的大片空白思緒中，記憶如同飛奔而來的火車，輾碎了流光溢彩的五色，腦海中總是存留著那身著大紅氅衣、頭墜大紅繐子的女子的赧然一笑，她溫柔典雅、高貴寧靜，平和笑著，悠悠嘆氣。

我的淚如決了堤的河，傾瀉而下。去了？在深宮中與我日日形影相依、說話玩鬧，情同姊妹卻更甚於姊妹的格格就這麼去了？說好以後總會再見面，在草原上幽怨一生、隱忍一世的女子成了遠離家鄉的孤魂？

「不知誰有這好福氣能娶到格格？」

「小丫頭強詞奪理真的不可愛。」

「哥哥，我不願去草原，不願啊。」

我起身走向胤祥，他坐在凳子上陷在自己的沈思中久久拔不出來，我輕輕環著他的脖子，頭抵著他的，聲音不像是從自己嘴裡說出來的。「讓格格安心去吧，在草原上她並不快樂，格格那樣好的人，在另一個地方會過得比在這裡好，死亡並不是結束，而是沒有任何人可以讓我們再分離。」

他用手重重地把我拉向他，臉埋在我的胸口，緊緊抱著我道：「她才二十三歲啊。」

我仰頭努力不讓淚落下來。

嘶啞著但又拚命壓抑的聲音不像是他的。「是我害了她，是我出了事才讓她這樣憂心。」

我緊了緊胳膊，低了頭，淚全落在他的身上。胤祥，這一連串的打擊，你究竟還能再撐多久？

……

容惠格格按規矩葬在塞外，身體一向很好的我卻突然病了，起先全身無力並不以為意，也不願再給胤祥添麻煩，過了幾日竟越發嚴重起來。終是驚動了他，著急地過來看了我，又責備了幾句，就讓張嚴去請太醫了。

他在我床邊坐了下來，仔細看了我半天，心疼地說：「昨兒還好好的，怎麼一天的工夫就病了？」

我握住他的手與他五指交握，淺笑地說：「沒事的。」看了看他的臉、他的眉眼，就坐起了身子，胤祥忙扶住我，我把頭輕輕依在他肩膀上，他也把頭靠在我的腦袋上，握著的手一直沒有放開。

「我小的時候一直想著要快快長大，不用學自己不感興趣的東西，不用被強迫幹自己不願幹的事兒，不用這個，不用那個。」我慢慢開了口，隨著思緒任自己說了下去，只有這樣，我才能暫時忘卻容惠已經不在人世這個事實。「等到真的長大之後又開始感嘆，人要是一輩子不長大就好了，小小孩子，沒有煩惱憂愁，說什麼話都是童言無忌，做什麼事也不會得到大人的苛責。」

我是真的病了，說了很多話，筋疲力盡，胤祥只是默默聽著，緊緊攥著我的手，不知道什麼時候就靠著他安心睡著了……

容惠格格笑著問：「青兒，妳可好嗎？」

我忙伸手抓住她。「格格我很好，您怎麼這樣？居然就這樣忍心把我們拋下……」再也說不下去，她還是在宮裡的老樣子，拿手帕給我擦了擦眼淚，溫和地看著我說：「我很好的，妳不用擔心，只是哥哥就只有妳了。」

我使勁點頭，毫不猶豫地開口。「我會跟他在一起，我在這裡也只有他。」她抿嘴笑了。「妳還是這麼個樣，說話也還是這樣，我可以放心地走了。」

我含著淚臉上笑了，誠懇地說：「格格，來生投胎做我的孩子吧，我一定好好地待她。」

容惠突然哭了出來，重重地點了點頭。

我還想再說些什麼卻被胤祥晃醒了，他臉上全是驚訝，驚慌地啞著聲問我：「妳怎麼了？」

我伸手摸了摸臉，濕了一大片，視線再轉到他臉上去，看著他焦急的神情，一下子抱住了他，聲音嗚咽。「胤祥，我夢見格格了。」

心疼了一陣子，難受了一陣子，生活還是要繼續下去的。我在床上躺了好幾日，遵照醫囑加上體質還是不錯的，就漸漸好了起來。

匀芷、玉纖、沅沅都過來看了，胤祥每天都留在這兒，年長的嬤嬤勸了半天。「爺，還是要避避的，免得過了病氣。」

他表面上全應了，到了晚上還是過來了。

我故意問他：「您天天過來，不害怕沾染一身病？」

他略一想，忽然笑了。「那我不過來了，晚上宿在沅沅那兒好了。」

我皺眉。「那你快去吧。」

蒙被子再睡，他又開始扯被子，好笑地說：「這毛病怎麼就一直改不了？」

我一下掀了被子，知道他是逗我，可心裡還是生氣。「我就這德性，反正你有的是小老婆，別理我就是了，您高興就好。」

他又是一愣，偏頭笑了，無限緬懷地自言自語道：「妳很久都沒有這樣放肆地說過話了，也很久不再隨興地大笑歡鬧。」頓了頓，接著說下去。「青兒的被迫改變全是我造成的，這些我都知道，可我卻無能為力。只因為自己是個皇子，身上背負著太多人的希望和幸福，我不能有任性的情緒，也不能由著自己的性子亂來，皇阿瑪給的女人不僅僅是女人，也是穩固江山的工具，裡面牽扯著錯綜複雜的政治關係。青兒，妳知道我在說什麼嗎？」

我的眼淚突然就恣意縱橫起來，原來他都知道，知道我性格改變成這樣有多委屈，多不願意。他再轉過臉來已是很嚴肅，扳著我的肩膀說：「勻芷、玉纖、沅沅她們都可以不識大體不顧大局，可以吵鬧委屈，可是妳不行，妳是我的妻子，是我明媒正娶抬進來的嫡福晉，是要跟我同甘苦共患難的，再苦再累妳都必須在我身邊，我誰都不信，就信妳。如果有一天妳堅持不下去，可以離開，我絕不去攪擾妳。」

我看著他那越發清臒的樣貌，頭一次知道在胤祥心裡我是這樣的位置，重要嗎？重要吧！是站在他身邊與他共榮辱的人啊，想到這兒，才覺得自己的堅持有了些回報，便主動去吻他的唇、他的喉結，胤祥咕噥了一聲，就放了帳子。

……

身子剛好，大格格帶著弘昌和暖暖就過來了，我看見大格格，淚又上來了。暖暖一下就撲了上來，坐在我的腿上給我抹眼淚。「額娘不疼。」

我看著她像極了胤祥那朗若星辰的眼睛，在她臉上親了一口。「乖。」

弘昌跑了過來說：「妳這麼重，小心壓疼了額娘。」然後就開始使勁扯她下來。

暖暖扭麻花似的抱著我的脖子。「不，我不。」

弘昌急了，喊：「我是妳哥哥。」這句話頗有震懾力，暖暖嚇得一哆嗦，不情願地從我身上下來了。

大格格過來關心地問：「額娘好些了嗎？」

我莞爾，道：「不礙事的，都好了。」讓他們都坐下。

弘昌眨巴著眼睛問：「額娘什麼時候再跟咱們一起玩？」

我撫著他的腦袋道：「以後都可以。」

十月，康熙冊封皇三子胤祉誠親王，皇四子胤禛雍親王，皇五子胤祺恒親王，皇七子胤佑淳郡王，皇十子胤䄉敦郡王，皇九子胤禟、皇十二子胤祹、皇十四子胤禵俱為貝勒。於京西暢春園之北建圓明園，賜予皇四子胤禛居住。

所有皇子之中，沒有爵位的就只有胤祥了。昔日門庭若市的十三皇子府如今門可羅雀，昔日頗得恩寵的皇子如今卻成了最落魄的閒散人，連比他小的十四阿哥都成了貝勒，他卻連個貝子都不是。

緊閉的府門像極了這府中人們的心，胤祥在哪兒我不知道，只是感覺這厄運還遠遠沒有結束，他需要承受的打擊又豈止是這一點？不想被打倒，只能讓自己的心變得堅強。

我攤開紙，用紙鎮壓好，拾筆開始寫本人有生以來的第一封情書，給我的丈夫——

「在這廣闊的宇宙、廣闊的時間與廣闊的空間中，能與你一起生存在這片藍天下，呼吸著一樣的空氣，有著相似的對這個世界的看法，於我是這樣幸福的事情。我的丈夫是這個世界上最優秀的人，有著最善良的心。無奈的生活，懦弱的人徒留嘆息，勇敢者卻會堅強地走下去。要好好生活，這是上天對我們的饋贈。」

拿信封裝了封好，就讓杏兒給送到書房，仔細囑咐她一定要讓爺看見。我的大腦像轟然運轉的機器，胤祥不是玻璃做的，他會堅強地承受這一切。

胤祥在書房悶了兩天，終於還是來了我的屋。神采依然，微笑著向我走過來，我面帶驚訝地站起身，怎麼恢復得這樣快，是超人嗎？他就那樣笑意盈盈地看著我，倒弄得我不好意思起來。

「您，沒事吧？」

「沒事。」他答。「在書房裡把過去搜集的黃河汛情寫了個摺子，這幾天所有的差事都要交上去……」說完又換上輕鬆的神色。「正寫著關鍵處呢，誰想有人又把大吃一驚的東西送過來了。」背在身後的手抬起揚了揚，忍著笑問：「這是什麼？」

「呃，嗯……」我支吾了半天，終於心一橫。「情書，第一次寫的呢，呵呵，您看不懂是嗎？」

他笑著盯視我，一邊向我走近，一邊說：「有些詞兒確實不懂，但妳的意思我卻是明白的。」等走到面前，單手摟住我的肩膀說：「是很好的勸慰，青兒似乎就是為了我而存在這世上的……」

……

這一年的鞭炮格外響亮，聲聲都入了我的心，那些如同流水般逝去的美好日子，去不復返了。

胤祥沒了以前的榮耀，格格去了。我捂著耳朵看著遠處小太監貓腰點亮的爆竹，轟然作響後瞬間灰飛煙滅，看著大格格、弘昌、暖暖拍著手笑得高興的臉，逝去的已經逝去，生者要好好活著，因為孩子們會長大，他們就是希望。

康熙四十九年。

開春，不管是宮裡的宴會還是阿哥們辦的宴會上，幾乎沒有下給十三皇子府的請柬，我們樂得在家中閉門思過，省了那些不得自在的繁文縟節。

太子復立後有些變態地送了些礙眼的東西，無不是變著心思羞辱胤祥，他並不在意，只是微笑著收了，並不還禮。四阿哥的禮送得不但多而且藝術，寫了封信給胤祥，大意是我與你自小相識，形影相依，你做的事為兄的都看在眼裡，日後都給你討回來。

胤祥毫不推辭地照單全收了，說：「這禮不能還，要不就顯得生分了。」

我笑，心裡想道：以前說「父母之愛子，則為之計深遠。」如今卻是把「父母」換成了「兄長」，把「子」換成了「弟」。你這個四哥是真把你放在心上了。

十四阿哥的禮也很是豐厚，胤祥嘆了口氣說：「難為他還想著，他的立場最是為難，妳想法兒給回一份吧。」

我覥著臉笑。「咱家確實短銀子，就寫封信回禮得了，我可不想把到手的銀子再送回去。」

他笑罵道：「真真是個地主婆，一點虧也不吃。」

兩人心裡都明白，十四阿哥的性子粗獷中見細緻，決計不能拂了他的面子，且不說平時頗為親厚，那從小一起長大的情分就不能不顧，所以收著倒也安心。我只給盈如寫了封真情實意的感謝信，讓家裡的小廝們給送了過去。

其他阿哥們也偶有資助的東西送進來，只是按著胤祥的意思全都按規矩回了禮，兩不相欠了事。

他照例是要去給康熙行禮問安的，回來之後總是鬱鬱的，我看在眼裡，卻也不能多說些讓他釋懷的話來，畢竟對於親情之間的裂縫，再多的勸解也是蒼白無力、解不開他的心結。

胤祥沒有資格再管朝堂上的事，便越來越常待在書房裡，一待就是一天，很少出院子，桌上的書被他一遍一遍的批註寫得密密麻麻的。

我怕他太悶，就天天往書房裡跑，孩子們為了讓我跟他們一起玩，更是天天追在我屁股後面，於是一個人變成了兩個人，兩個人變成了五個人。胤祥總是嫌我們太過吵鬧，閉門死活不讓進去。他經常無奈地對我搖頭嘆息道：「我怎麼就娶了個孩子進門做福晉？」

就這樣追逐笑鬧著，在「一年之計在於春，一日之計在於晨，一家之計在於和」的朗朗讀書聲中，度過了亂花漸欲迷人眼的春天。

沅沅年初有了身孕，她進府這麼多年以來總算有了自己的孩子，淡淡的臉上多了些喜悅的神采，竟比以往更多了些韻味。她把該管的帳目又交回我手裡，略略不好意思地說：「福晉辛苦您了。」

我不在乎地點頭道：「沒事的，這些本該是我管的，妳好好養著即可。」

話是這麼說，可是如今府中情形不似往日，入不敷出，越發窘困起來。我看著過多的帳目，一點一點地清理，杏兒捧了茶上來，默默立在我身邊。

我拿著筆隨口叫她。「杏兒，妳來，幫我唸著，我謄了這筆帳。」

她輕輕應了「哎」，略有哽咽。

我猛地抬頭，她的眼紅紅的，好像剛哭過。我納悶地審視了她半天，問：「為了何事這麼傷心？」她不作聲，我再問：「跟八阿哥怎麼了？」

這些日子太不好過，她的感情我刻意不問，她也刻意不說，但事情就是這樣，橫在眼前，你越是逃避，它越是鮮豔明亮迫不及待跑出來。我揉了揉太陽穴。「今兒太晚了，帳目明天再理，爺歇在書房那兒也不會過來，妳好好跟我說會兒話，不管解不解決得了，總有個商量不是？跟我說說，妳心裡也好受些。」

她咬著嘴唇克制著自己，重重地點了點頭。

我躺在床上，她坐在榻上，把腦袋放在交疊的胳膊上趴在我床邊。

「杏兒有多喜歡八阿哥？」

她依舊保持著剛才的姿勢道：「就像您喜歡爺一樣的喜歡。」

我平躺著望著帳頂問：「會看見他就心疼嗎？」

「我與他見著的時候少，好不容易見一面，就覺得見了這面，就會少一面似的。」

我苦笑了一下，接著問：「妳想嫁給他嗎？」

「想，但是如不了自己的願。」

伸手摸了摸她的頭髮，我依然直視著帳頂道：「他有多喜歡妳？」

她把臉埋進胳膊裡小聲道：「沒有多喜歡，有亦可，無亦可。」

我嘆了口氣。「妳既然已經想得這麼明白，想必心裡也有了應對的法子。」

她抬起了頭，眼睛亮亮的。「格格，我心裡有他，不管能不能嫁給他，我都是心甘情願的。我人微言輕，很多事情只能想在心裡，這一輩子跟著妳，也知足了。」

「不覺得委屈？」我轉頭看著她。

她亦堅定地回望我，倔強地抿嘴搖了搖頭。

我看著她這副認真的模樣，忽地笑了。「那妳剛才哭什麼？嚇了我一跳。」

她黯然，眼裡倏地沒了光彩。「我只是很想見他。」

與杏兒的交談終以無計可施而告終，真是美麗的錯誤。八阿哥雖然失了勢，但是開口要一個小丫頭總是容易的，除非他不想要。感情的事太熬人，上次還說讓她進貝勒府，這次是怎麼想的久久不開這個口？再一次感到自己的無力，什麼也做不了。

看著雜亂無序的帳本，再想起近來經歷的這些事，看著杏兒為情所苦的模樣，我忽然千般煩惱一齊湧上心頭，惱得淚一直往眼眶裡衝，我也不管，任它流了個痛快。心情煩悶易感，正好趕上勻芷和玉纖過來向我請安，都吃了一驚。

勻芷拿了帕子給我擦著，看我哭得可憐，眼裡也帶了淚，柔柔說了句：「好福晉，莫哭了。」

我看著她的樣子也不好意思起來，只好拿了自己的帕子給她擦了擦眼角。

玉纖細細盯了我半天，突然眼睛一轉。「福晉是不是有喜了？」

她話一說，我立馬抬起了頭，她沈思道：「我以前也是這樣的，總是莫名其妙地哭鬧，福晉快請太醫看看吧。」

果真應驗了玉纖的話，太醫診斷我是懷孕了。

胤祥高興得很，送走了太醫，他含笑看著我問：「聽說福晉您今兒哭鼻子了？」

我微微紅了臉，不好意思地說：「掉了幾顆金豆子。」

他笑出了聲，然後捏著我的肩膀，認真地看著我說：「青兒，妳跟著我真是受苦了。」

我環著他的腰，靜靜靠在他胸膛上。

六月荷塘，粉色的荷花開得嬌俏，亭亭玉立在翠綠的葉子上，一時間荷香四溢，舒爽宜人。

杏兒用新鮮的荷花做了些糕點，倒是對了我的脾胃，難得因為害喜吐空的肚子不再挑剔，我吃了很多。我讓她也給各屋的福晉們都拿了些過去，回來的時候卻看見她身後跟了兩個小跟屁蟲，我打著扇子就笑了，除了弘昌和暖暖還能是誰？

兩個人對我行了禮，我問杏兒：「大格格怎麼沒來？」

弘昌搶先說了。「額娘留姊姊在犀學針線女紅呢。」

我點了點頭，也到了那歲數了。暖暖好奇地過來貼著我的肚子問：「額娘，杏嬤嬤說您肚裡有個小娃娃，是真的嗎？」

我笑著點頭。

她皺了小鼻子再問：「那我也是從額娘的肚子裡出來的嗎？」

弘昌湊到我面前。「才不是，妳是撿來的。」

暖暖一聽急了，尖著聲板著臉說：「你才是撿來的呢。」

我與杏兒都笑了，杏兒忙打圓場。「阿哥、格格都別惱，不是說要嚐嚐嬤嬤做的點心嗎？快來。」

張嚴氣喘吁吁地跑上了亭臺，臉色慌亂。「福晉，您快去看看爺。」

我連忙站起來，道：「杏兒，好好照看著他們。」

然後就讓張嚴扶著下了亭子，我忙著問他：「怎麼了？慌慌張張的？」

他頭使勁低著。「今兒一天都精神不濟，剛要出門就一下栽在地上了。」

我皺眉聽著，再問：「現在在哪兒呢？」

「在書房，一直關著門不讓進去。」

終於爆發了，他從四十七年攢下的委屈，心裡強抑著的苦惱，這些內傷終於開始慢慢表現在外面了。我到了書房門口，推門進去看了看並沒有人，找去裡間也是靜悄悄的空無一人，自己先嚇了自己一跳，急忙叫起人來。

幾個小廝聚在門口，解了我的疑慮。「爺被四爺叫去了。」

我驚恐的心才安定下來，復又走回書房，重重地坐在凳子上，瞥了眼桌子，好奇地抽出在硯臺下壓著的奏摺一角，是胤祥的請安摺子。

康熙去了塞外，並沒有帶著他，所以他夥同留京的兄弟們向遠在他方的父親問安。翻開摺子，卻看見幾個明晃晃的朱批大字刺得人眼睛生疼——「胤祥並非勤學忠孝之人。爾等若不行約束，必將生事，不可不防。」

我捂著肚子冷笑著站了起來，當初寵他愛他憐他疼他的是你，如今嫌他怨他惱他怒他的也是你，這天家的父子情分竟淡薄至此，他究竟是犯了什麼罪讓你這樣毫不留情地用最惡毒的語言傷害他？可又知道，這「不忠不孝」幾個字在他心裡造成了多大的難堪、苦楚和悲憤？你讓他情何以堪？

第十六章 失意

胤祥第一次喝醉了酒，酩酊大醉不省人事，被四阿哥親自送了回來，如今的他已是雍親王，越發看不出臉上的神色，皺著眉頭似乎成了唯一的表情，沈沈地叮囑我。「妳照顧好十三弟，他今兒被皇阿瑪說了兩句，心裡不痛快。」

我的語氣不自然地帶了情緒。「皇阿瑪若真是說了兩句，他也不至於這樣，多少次了，他還不是都忍過來了？」

四阿哥看我的眼神充滿了怒氣，聲音也極是冰冷。「這樣的話別再說了，妳都做了娘的人，怎麼依舊這麼莽撞？還嫌他不夠受罪要給他惹事不成？」

我看了看胤祥，終是閉了嘴。

四阿哥親自吩咐張嚴。「好好侍候你們爺，給他洗澡把衣服換了。」

張嚴連忙應了，一溜小跑就去囑咐嬤嬤們燒水去了。

四阿哥再轉身看我，臉色、語氣都緩和了很多。「府裡若是吃穿用度不夠，儘管跟妳四嫂說，我都囑咐好了的。」

我苦笑著點了點頭，胤祥的性子不被逼到絕路絕不會去求任何人，連他的皇阿瑪他都不求，又怎麼會向你這個哥哥開口呢？又轉念一想，四阿哥想必太瞭解胤祥了，所以這話不是客套，是純粹對我說的。

他不放心地又看了看胤祥，轉頭看著我道：「十三弟從小就對妳上心，這許多年的感情我都看在眼裡。他額娘去得早，很多事情都埋在心裡，不願對別人說起，如今又遇到這番遭遇，心裡肯定很苦。他對妳是十分喜歡的，妳莫負了他，好好勸勸他。」

四阿哥今天破天荒與我說了這麼多的話，句句真誠懇切，我都一一應著，他才放心地走了。

放好了洗澡水讓胤祥坐進去，可是他一坐在木桶裡就直沈下去，水沒了頭頂。如此反覆了四、五次總是坐不住，他一口氣喘上來正好被水嗆了，猛烈地咳嗽起來，我在桶外扶著他，抱著他的脖子忍不住眼淚洶湧而至。

我解了外袍，穿著中衣、中褲抬腳就進了木桶，把他的腦袋放在我肩上，手裡拿著布蘸濕了給他擦著肩膀、胸膛、臉龐，他的嘴緊抿著，眉頭深鎖。我慢慢給他揉開了緊皺著的眉頭，不一會兒又皺在一起，我嘆了口氣，不再管它。

好不容易給他洗好澡、換好了衣裳，把他扶到床上睡了。

我輕輕叫杏兒，她進門看見我濕淋淋的，驚得趕忙服侍著我換了衣服，好在是夏天，並沒有大礙。

她看了看胤祥，壓著聲責怪我。「格格，真不要命了！也不想想您肚子裡的孩子。」

我笑了笑。「那也不能不管我丈夫。」

寅時胤祥就醒了，給我蓋了蓋被子，害怕驚醒我，輕手輕腳地準備下床。我一下拉住了他的手，也坐起身來了。

他微微揉了揉眼眶，輕聲對我說：「看我，又把妳吵醒了。」

我給他在身後墊了靠墊。「我根本就沒睡著。」然後自己起身下床把晚上預備下的蜂蜜水給他喝了，他目不轉睛地盯著我，臉竟稍稍紅了。

我把碗接過，又重新放回桌子上，把蠟燭吹熄了，這才走到他身邊。窗外有淡淡的星光閃爍，朦朧看不真切，胤祥靠著墊子驚訝地問我：「怎麼把燈熄了？」

平躺回床上，我慢慢開口。「君不見黃河之水天上來，奔流到海不復回……天生我材必有用，千金散盡還復來……與君歌一曲，請君為我傾耳聽……」

寂靜的夜裡，我的聲音尤其清晰，背到最後，胤祥的聲音也隨我輕輕背起來。「五花馬，千金裘，呼兒將出換美酒，與爾同銷萬古愁。」

他的聲音豪邁頓挫，霎時間萬般氣勢呼嘯而至。

我再開口：「海客談瀛洲，煙波微茫信難求……」

每每總是我開了頭，他行雲流水地背了下去。「……且放白鹿青崖間，須行即騎訪名山。安能摧眉折腰事權貴，使我不得開心顏？」

兩人一起背了很多詩，都是些直抒胸臆，豪放豁達的。

我聲音有些沙啞。「胤祥……你心裡的苦我都知道，你說出來吧，這樣自己也好受些。」

他還是倚著靠墊，並不看我，沙著聲道：「皇阿瑪是不會再要我這個兒子了。」只此一句，說起來已是困難，再勉強開口。「我這次是徹底傷了他的心，他再不會原諒我了，我是個不忠不孝的人。」

哽咽的聲音讓我淚流滿面，伸手輕輕撫摸著他的臉，胤祥抓了我的手，頭猛地低下，他的吻如雨點般落了下來，黑暗中有微涼的液體墜落，繼而順著我的臉滑下。

他把臉埋在我頸窩裡，硬硬的鬍渣戳疼了脖子上敏感的皮膚，我只知道自己的肩膀濕了。抬頭望帳頂，淚無聲順著眼角滑落，以前我只希望我可以在他堅強的懷裡哭，被他溫柔呵護，如今卻希望他能夠依靠我，我可以保護他。

這天乃至日後更長的歲月中，胤祥完完全全掩埋了自己，萬事比先前還要小心謹慎，先前是儒家君子風範深植內心，後來道家無為的思想讓他發揮到了極致。

沅沅對肚裡的孩子很是小心，臉上帶著滿足的笑，身上閃著母性的光輝，我自嘆弗如。

這天在房裡正理著惱人的帳目，想著這許多毫無頭緒的事情，突然肚子疼得厲害，血也順著褲管流了出來，我的心一下子慌了，小傢伙開始向我抗議了，再也撐不住，就倒在了杏兒的懷裡。

「快來人哪，福晉暈倒了。」

她驚慌的臉與無助的聲音成了我最後殘留在腦海中的印象，我太睏了，只想長睡不復醒。

四周都安靜極了，只剩下自己的呼吸聲清晰可聞，哪怕只有一刻鐘，我也想好好地、輕鬆地、沒有任何煩惱地睡一會兒。眼皮黏膩昏沈，像壓了千斤的重量，夢裡卻有個蒼老的聲音開始與我對話，我試圖睜開眼睛望著他，費了半天勁仍是徒勞，他只是問我：「妳想回去嗎？」

若是放在以前，我會想也不想毫無猶豫地回答他：「想，我很想回去。」可是此刻，到了嘴邊的話竟是那樣艱難，如果我走了，胤祥可怎麼辦？他說過，我是他的妻子，誰都可以背叛他離開他，可是我不能，只因我有責任要與他同甘苦共患難。

「我……我現在還不能……他……這個樣子，我怎能離開……我……」

在我猶豫不決的時候，那聲音卻是漸漸遠去了，他道：「妳再好生想想吧，到時我會再來接妳。只是，時空所限，並不是每次都那樣幸運的，若回不去，妳便只能化作這時空的遊魂了。回去後，我會將為什麼這一切要發生在妳身上全都告訴妳。」

在他離開的那一刻，我問自己後悔嗎？是的，一剎那非常後悔。我的未來並不樂觀，可是，心裡十分留戀不捨，我無法放棄肚子裡稚弱柔嫩的小小生命，放心不下暖暖，更想在一季一季的蟬鳴中與胤祥一起牽手走過。

我不甘心，為了讓他敞開心扉接納我，我已經努力了那麼多，逞強也罷，就是不想讓他活在那種沒有愛情，將算計自衛當作本能的孤寂裡。

我就是這樣偏執又不知變通的人，也不知到底哪來的勇氣讓我這樣堅持。想到這裡便流下了淚，繼而又被溫熱的手掌擦了去，自己選擇的路，不管再難，都要走下去，我沒有後路可以退。

於是再睜開眼睛看塵世中的一切，身邊圍著的人都憔悴不堪，我看著胤祥熬紅了的眼睛、倦怠的面容，不安地問他。「孩子。還在嗎？」清弱的聲音也嚇了自己一跳。

他沈重地點了點頭。

我扯嘴笑著看他。「那就好。」

胤祥躲閃了我的注視，聲音嘶啞。「以後別再糟踐自己的身子了，哪有妳這樣的，有了身孕還這樣不在意……」

我用盡了全身的力氣才拉著他的右手，與他兩手合握，傷疤橫在他手中卻也橫在了我心上。月老的紅線被他握在手裡，我是怎麼逃都逃不了了。

我開口安慰他。「沒事兒，若連我都不在了，你可怎麼辦？我得陪在您身邊才放心啊。」

胤祥俯身緊緊抱著我，一會兒又害怕壓疼了我就稍稍離開了些，我看見他的淚水自眼中滑下，自己的鼻頭酸酸的，不敢再看下去，就趕緊調轉了頭。

透過他的肩膀環視了一周，杏兒的眼腫得不像樣子，她的憔悴不亞於我的，張嚴抬袖子抹了抹臉，匀芷、玉纖和沅沅都在，皆是一片哀泣之聲。我心想十三皇子府都慘到這分兒上了，以後還能再怎麼慘？

杏兒端著藥碗進來，扶著我坐起來喝了。

我笑著問她。「我到底是得了什麼病？」

她稍稍紅了臉，輕輕道：「是月事出了問題。」

我一聽也愣了，婦科的東西我知之甚少，不就是身子著了水，有那樣嚴重嗎？再說懷孕了還會來月事？看著她一個大姑娘這樣，也不好再仔細問下去。

十月，沅沅的女兒出世；十二月，胤祥的嫡長子來到了這個世界上，府中又多了兩個小生命。

先前還看不出什麼來，可是過不了幾天，我的兒子高燒不退，胤祥急了，親自去請了太醫過來，太醫撚著鬍鬚說了很多生澀的名詞，最後說道：「小阿哥身子太弱，應該著意調養。」胤祥點了點頭，指著我說：「太醫，也一起給福晉瞧瞧吧。」

……

臨近年關，胤祥犯了腿疾，臥床不起，我下不了床，只能把張嚴叫過來仔細問了，又讓勻芷過去多照顧著他。

一日，他好些便過來看我，我看著床上的小阿哥，再輕輕笑話他。「您倒是跟個孩子較上勁兒了，躺床上滋味好受啊？」

兩個人說笑了一陣子，突然聽到外面喊道：「爺，皇上宣您進宮。」

我倆面面相覷，都成了驚弓之鳥。

回來時他竟意外地帶了笑，我便知道康熙還是捨不得這個他從小帶在身邊的兒子。

年三十那天白天，在我的屋裡，杏兒正在給小阿哥做著衣服，我拿著小衣服讚嘆了半天。

「真是難為妳了，攤上我這麼個不會做針線活的主子，這些事少不得妳親力親為。」
杏兒微微笑了。「奴婢能為主子您做的也就這些了。」
院子裡響來幾聲爆竹噼啪作響的聲音，弘昌正穿了虎頭鞋、戴了虎頭帽高興地拿著香跑了進來，暖暖跑著追上，扯著他的袖子喊。「哥哥哥哥，別放爆竹了，給我騎馬玩兒吧。」
弘昌好脾氣地笑了。「好，今兒過年，我不跟妳計較。」說完就趴在地上，任暖暖坐了上去。

康熙五十年。

這一年，太子終於還是被廢了，隨著皇位爭奪愈演愈烈，很少再見著四阿哥的人，胤祥屬於被遺忘的皇子，絕對沒有再爭奪的資格，他也不上心，只在府中默默無聞地度日，想來那年所說的歸有光式生活，竟有實現的一天。
胤祥自四十九年到現在，咳嗽一直斷斷續續的，身子也不似從前那樣好。太醫只說是故疾重犯，聽了半天才明白原來他小時候由於照顧不當，體內是有結核病菌的，但因為體質不錯，就一直被壓制下來，如今萬般煩惱湧上心頭，憂思太甚以致體質變差，連帶著病菌也開始侵入身體各個部位。
他被拘禁了那樣長的時間，陰冷潮濕的環境中膝部自是受不住的，所以病先發於膝上，膝上起白泡，破而成瘡，時而腫痛。胤祥終於不能下床走動，張嚴按太醫的方子抓了藥回來，他連喝了幾日遲遲不見效，心中很是煩躁。

我一直沒閒著，在書房的院落裡闢了間坐北朝南採光很好的小屋，親自將裡面打埋乾淨。就按照現代家裡書櫃的樣子找木匠做了個書櫃，把平日裡胤祥喜歡看的書全都豎著擺進去，在書脊上自己抄了書名貼上。以前在他的書房裡找書甚是不方便，一格格一本本地全都平著放，既沒有條理更浪費時間。

床也是過了我的眼的，都不甚如意。冬天太寒冷，木頭的、鐵的、銅的，胤祥的腿肯定是都受不了的，突然靈光一閃，我親自問了家中幾個滿族的嬤嬤，聽了她們的意見就在屋裡建起了火炕，再翻箱倒櫃把嫁過來時母親給做的被子全都鋪在床上，軟軟的很是舒服。

佈置完了之後自己也笑了一陣，這模樣像極了普通人家，再穿上件粗布衣服就更像了。

我還拾掇著屋呢，張嚴氣喘吁吁地就進來了。「福晉，爺找您半天找不著，正發著脾氣呢，您快隨奴才看看去。」

外頭嚴寒，凍得我一溜小跑去了他的屋，一邊跺腳一邊呵手就快步走到他的床邊，看著他放了手中的書，臉上還隱忍存著的怒氣，我不懷好意地笑著，把凍得冰涼的手放進他胸口的衣服裡。

胤祥倒吸了口涼氣，驚道：「妳……」

「給我暖暖手，外面真冷。」我還是樂呵呵地看著他。

他任我胡鬧，又板了臉問：「這會兒都去哪兒了？找妳半天也不見人。」

雖然語氣不善，可是雙手已經幫我捂著凍得通紅的臉和耳朵了。我索性脫了鞋跟他擠一床被子，笑得歡喜。

「我幫您準備了一件禮物。」

……

胤祥很是喜歡那間小屋，讚不絕口地說正合了他想隱居的意願。冬日晴暖，陽光斜射進屋裡的青磚地面上，明亮了其間的一切，微塵靜靜遊走懸浮在半空中，爐火燒得炕熱熱的，置個炕桌在上面，看書寫字倒也愜意。

我經常與他對面坐，他看他的書，我畫我的畫；他寫他的字，我看我的小說。有時候無意中抬頭對上他直直盯視著我的眼睛，詫異裡面含有太多內容，我便笑著低頭，心中卻是一片波瀾。進府這麼長時間，竟好像是頭一次這樣享受二人世界。

春日群芳開遍，屋裡插了幾枝杏花，清香宜人。夏日荷葉田田，綠蔭中靜謐幽遠。暖暖頭上頂了大片的荷葉就進了屋，直直地衝她父親過去喊道：「阿瑪。」

這丫頭真不夠意思，每次見著胤祥就樂開了花，說不了一時半會兒，便又退了出去。「我去找弘昌哥哥玩。」

胤祥笑著目送她出門，然後繼續給遠在塞外的四阿哥回信。他自從四十九年開始就沒有再隨康熙出巡過，患了腿疾，騎射武功也自然都放下了。我心中有些不自在，看著他平靜毫無變化的臉盯視了許久，直到他抬起頭來納悶地問我。「怎麼了？」

我趴在桌上欠了欠身子，靠近他眨眨眼說：「您長得太好看了。」

他突然往前微傾身子親了我的唇一下，看著他近距離放大的臉，微鬈的睫毛和永遠帶著弧度的嘴角，我如觸電般愣在當場。他呵呵笑了，伸手敲了敲我額頭。我摸了摸自己的嘴巴，有些反應不過來，他也會幹這樣的事兒？

唯一擔心的是他的腿一直拖拖拉拉的不見好，康熙終於放下架子，對這個頗是喜歡的兒子還是不忍心。

他給京中留守阿哥們回請安摺子的時候關心地問了胤祥的病症，派了御醫來給他仔細瞧了瞧，並親自看了御醫呈上的摺子，在治療方子上細細提了些意見。如此四、五次，御醫們治療時很是上心，日子長了也就見了效，可以下地走動走動，腿上的瘡也漸漸開始癒合了。

胤祥的臉上依舊是敬恪有加、平靜如水的樣子，心情卻是漸漸好了起來的，彷彿又回到先前時時帶笑的樣子。看來他如此尊敬他的父親也是有道理的，康熙確實是位慈父。

秋日雲淡風輕，落葉淒淒，飄零的黃葉偶爾隨風飛進敞開的窗戶，猜謎擲棋，賭書潑茶，圍爐夜話。他講蘇軾，講對待事業的態度不能消沈——「未嘗求事，但事入手，即不以大小為之」，講在現實中要有進取精神——「余以為知命者，必盡人事，然後理足而無憾」，講對於生活要明達——「外物不可必，當更臨時隨宜」……

又一個冬天到來的時候，沅沅的女兒夭折了，本來落寞的府中又籠上悲傷的色彩。上次喪子胤祥不在身邊，這次卻是見了全過程，他依舊堅定地撐著這個家，面上絕沒有絲毫的垮懈，苦悶的心情卻在他最薄弱的地方肆意蔓延，已經大好的腿疾又嚴重了起來，瘡終於潰爛成膿，一發而不可收拾。

我去看了沅沅，去時半路裡碰上剛出來的玉纖，她眼睛紅紅的，估計也是想起了自己早夭的兒子，跟我開口說得艱難。

「福晉您去勸勸她吧。」

我很少來沅沅的院落，也很少跟她交談，她是個過於低調的女子，太容易讓人忽視她的存在。

屋子裡擺設簡單，甚至有些寒酸，可是再看時有一種病態的美。

我來她並沒有行禮，就看著我坐在她床邊，低垂著頭開始慘澹地笑。「那孩子昨天還在我身邊，逗她的時候還開心地笑著，今兒一下子就不在了。我心裡是空空的沒有著落，總是想她的臉龐，不敢相信她的生命才剛剛開始，居然就這樣匆匆結束了。」她依舊笑著，旁邊侍候的丫頭們開始默默地垂下淚來。

沅沅接著笑，眼裡卻是含著淚。「福晉不會明白的，我閉上眼就覺得她在怪我，怪我這個當娘的為什麼不好好照顧她。她想長大，想嫁人，想有自己的孩子，想像個平常的女人一樣過一輩子而不只是一年。」

我擦了眼淚，繼續看著她，沉沉笑著，淚還是掉了下來。「我多想死的人是我而不是她，多希望自己沒有看見那緊閉的眼和冰涼的身子，也希望這一切都是一場夢，夢醒了她依舊還躺在我身邊。」

我拿帕子替她擦了眼淚，喃喃說著的她卻有更多的眼淚流了出來。「十月懷胎，在鬼門關前走了一遭，好不容易才生下她，她竟然連額娘也不叫我一聲就去了，多狠心的孩子，實在是太狠心了，連讓我恨她的機會都沒有。」

丫頭們都抽泣起來，我吸了吸鼻子道：「沉沉，妳寬些心，喪事我來辦。」

她聽了我的話立刻止住了哭，抬頭盯視著我。「福晉的好意我心領了，但是我孩子的喪事理應該我來辦的。」

這女子堅強到讓人心疼的地步，說著眼裡又帶了淚。

「福晉知道嗎？也許她是我這輩子唯一的孩子了。自上次您生病，爺他守了一天一夜開始，這府裡的人就沒有一個不清楚您在他心裡的地位，也沒有人會看不出來，以後不管是勻芷、玉纖還是我，都不會再有孩子了。」

我閉了眼，眼淚頃刻間爬滿了臉。跑了一路，淚眼模糊中終於到了那個院子裡的那間房，撲進他的懷裡，拿他胸前的衣服埋了臉，這時間任它靜靜過去，這傷痛才能慢慢平復。

康熙五十一年。

初春，冰雪還沒有融化，大地一片沈寂。時間流逝，街市依舊太平，那小小的棺木中橫陳著的屍體，成了每個人心頭上的刺，無法碰觸。

康熙給我的兒子賜名弘暾，從生下來到現在，他的身體一直不好，康熙從宮中給他指派了奶媽，讓好好照顧著，又因為十三阿哥喪女，決定再給他娶個側福晉，大臣們的女兒都默默地等待康熙的指婚，只除了頭等護衛金保的女兒，她主動要求嫁給胤祥。

我想起來那時候故作強硬的自己，那個倔強、任性、壞脾氣、從不肯輕易低頭認錯的女孩子已經是漸漸離我而去了，從這時候開始，決心坦誠一點，告訴他我的想法，我對他的感情付出多少就要收回多少。

我望著胤祥夜裡沈睡的側臉，存心大力把他晃醒，睡眠本來就淺的他抬手揉了下眼睛，然後盯著我問：「怎麼了？」

「你的小老婆再沒完沒了地來這個家，我……遲早死給你看。這次我不想管也管不了那狗屁責任。」我狠狠地說了出來，得到的是他的微怔，許久不曾有過的爽朗真誠的大笑，以及緊緊的擁抱。

胤祥端坐在暖炕上，在桌上擺了棋局自己跟自己下著，今年的冬天來得遲，本該最冷的時候卻溫暖如春，可上元時節竟突然下起了雪，如細鹽般灑了一院。

康熙下了旨，正月十八正式讓小老婆進門。

我若無其事地靠著窗戶看書猜燈謎，知道他此刻正眼睛不眨頗有興味地看著我臉上的表情研究，面色平淡地從桌上抓了粒黑子，看也不看舉手就扔在他的胳膊上，胤祥愣怔了半天回過神來，摸著自己的胳膊搖頭笑得高興。

看了看目不斜視的我，他好脾氣地撿了那棋子起來，端詳了半天道：「你是個有福氣的，福晉不待見我，卻對你青睞有加。」然後樂呵呵地又重新將它在棋盤上擺好。

我斜斜看著他，粲然笑了。

烏蘇氏，頭等護衛金保的女兒，閨名素慎，胤祥的又一個側福晉。由於身分的關係，並沒有辦得很隆重，只是被轎子抬了進來就算禮成了。

他們成親的那天晚上，我圍著偌大的府院轉了一圈又一圈，腳已經不堪其重，可就是停不下來，好似世間可以讓我如此執著以對的就只有這件事了。

胤祥不知什麼時候跟在我的身後，他的腿沒有好全，走起來並不俐落。他快步伸手拉住了我，我立馬拿胳膊擋開了，再接著走，如此反覆兩、三次後他終於不再碰我，就慢慢在身後跟著。我也不管他，只是想排遣心中那無法說出口的鬱悶。

走到湖邊的時候，我終於停了下來。胤祥也停了下來，站在原地待了半天，確定我不會再從他身邊逃開的時候，就緩緩走了過來，把我緊緊擁在他懷裡。

我可以接受勻芷、玉纖和沅沅，是因為她們是在我之前就已經存在了的，可是我終究不能容忍他在認識我之後，再和別的女人談戀愛生孩子。

「啊……」那一晚我喊壞了喉嚨，叫啞了嗓子。

胤祥告訴我，連他自己都不相信，在我面前他竟像情竇初開的少年，滿滿的喜愛情緒高漲到連自己都控制不了的地步，像漲潮般一直不停地湧上來，以致快要決堤。

新婦第二天早早地就來拜見我，我著實驚呆了好一陣子。御花園中攪擾了我與我丈夫和好的機會，低頭淺笑，梅花人面皆姣好的姑娘正是眼前的這位。

又是個癡心女子，我倒是覺得有意思起來，她壞了我的機會，我壞了她的洞房花燭夜，兩下扯平，一比一。

她恭敬地跪在地上給我端了茶，道：「烏蘇・素慎請福晉喝茶。」

我喝了茶，讓她站起來好好說話，她側身低頭道：「謝福晉。」

「妳剛來府裡難免生疏，有什麼不懂的就多問問。」雖然不滿，但誰讓我是嫡福晉，表面上還是要過得去的。

她再低頭給我行禮。「妹妹一定謹遵姊姊的教誨，不敢隨便造次。」

我心裡笑了，昨天是她的洞房夜，胤祥連去都沒去，她居然還能這樣穩重大方地跟我說話，倒是不能小瞧了她。

我再笑。「妳其他幾位姊姊性子都很和善，沒事可以常走動些。」

她再行禮，溫婉道：「姊姊說的話，妹妹都記在心裡了。」

規矩行完了，心裡顫然，好好的姑娘家，又不是個潑辣無禮的，這可怎麼辦？可是就算她再好，打死我我也做不到把待在我屋裡的胤祥趕到她那裡睡覺去。

——未完．待續，琴瑟靜好／文創風0010《青瓷怡夢》二之二〈死生契闊〉。

文創風 009

青瓷怡夢

國家圖書館出版品預行編目資料

青瓷怡夢 二之一，願嫁良夫 / 琴瑟靜好著.
-- 初版. -- 臺北市 : 狗屋，民100.12
面 ; 公分
ISBN 978-986-240-707-3（平裝）

857.7 100023142

著作者 琴瑟靜好
發行所 狗屋出版社有限公司
地址 台北市104中山區龍江路71巷15號1樓
電話 02-2776-5889～0
發行字號 局版台業字845號
法律顧問 蕭雄淋律師
總經銷 知遠文化事業有限公司
電話 02-2664-8800
初版 100年12月
國際書碼 ISBN-13 978-986-240707-3

定價250元
狗屋劃撥帳號：19001626
網址：love.doghouse.com.tw E-mail：love@doghouse.com.tw

狗屋硬底子，臺灣文創軟實力，原創風格無極限！